I0645054

À BORD AVEC LE MILLIARDAIRE INCOGNITO

CAENYS KERR

RED AVENTURINE PRESS

Quand Tristan Sinclair, cadre aux dents longues et sans chichis, s'embarque pour une croisière de luxe en Adriatique afin de laver l'honneur de sa meilleure amie, l'amour est la dernière chose à laquelle elle pense. Échaudée par les vieilles fortunes, elle refuse de faire deux fois la même erreur.

Mais « Nico », le comptable gaffeur dont elle tombe amoureuse à bord du Dorata Laura, n'est pas celui qu'il prétend être. Luciano Ricci —héritier milliardaire d'un empire de croisières—s'est fait passer pour un comptable, traquant un voleur au sein de son propre équipage.

Réunis par des enquêtes secrètes, une alchimie qui couve et des nuits de tempête en mer, Tristan et Luc ne peuvent nier ce qui les lie. Mais quand les trahisons refont surface et que la confiance vole en éclats, l'amour suffira-t-il à combler le gouffre entre eux ?

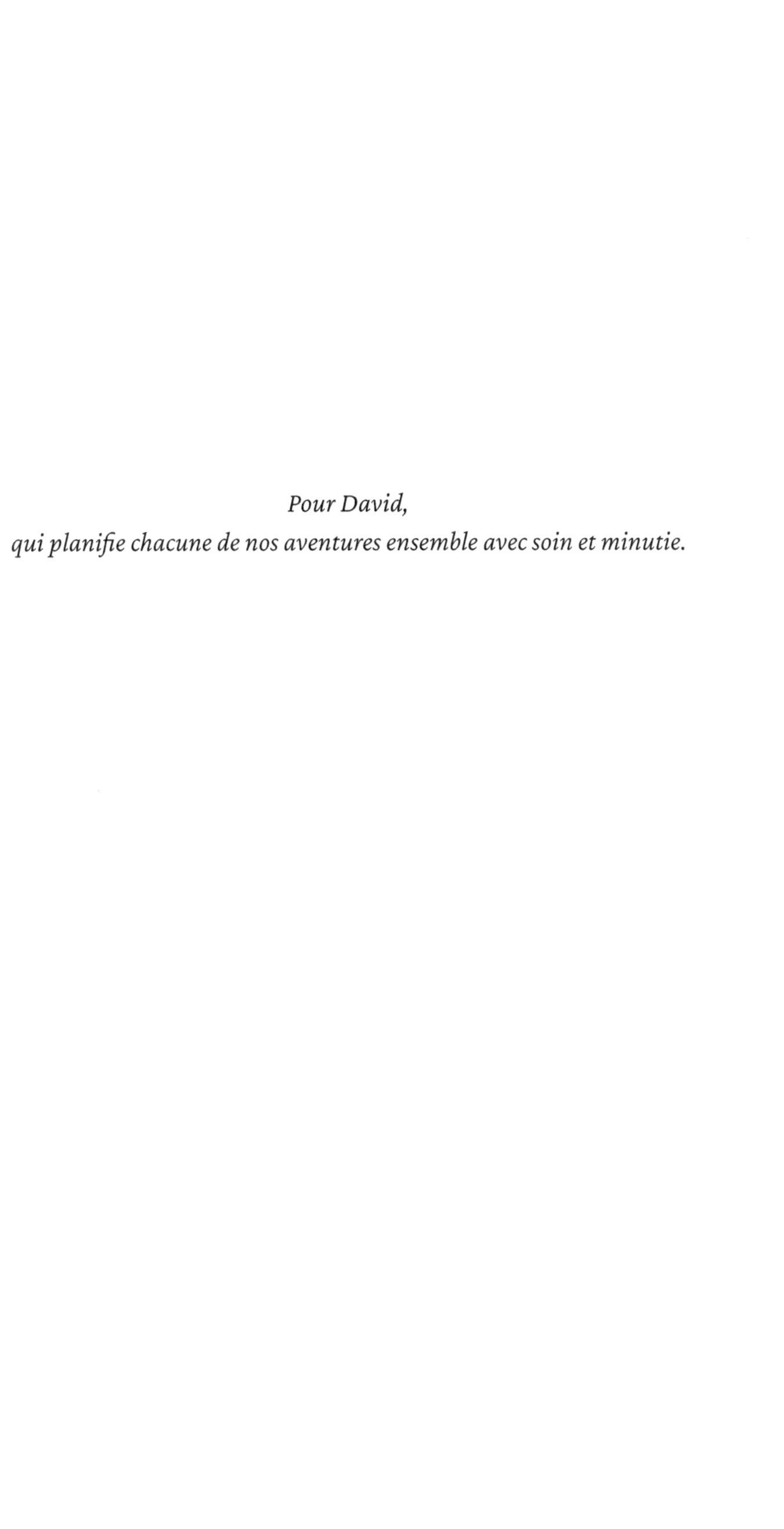

Pour David,
qui planifie chacune de nos aventures ensemble avec soin et minutie.

CHAPITRE I

Tristan Sinclair tenait en équilibre un plateau avec deux tasses de café cerclées d'or en luttant contre la bise d'hiver qui s'engouffrait dans le canyon de gratte-ciel du quartier des affaires animé de Melbourne. Bon sang, qu'est-ce qu'il faisait froid. Elle ferait peut-être mieux d'investir dans une machine à café digne de ce nom pour le bureau et de s'épargner la corvée de braver les éléments pour sa dose de caféine.

Remontant sur son épaule son cabas lourd, elle ajusta sa prise sur les boissons et poussa la porte de son immeuble de bureaux. Une rafale surgie dans son dos fouetta un pan d'un lourd tissu caramel qui accrocha le plateau, renversa les tasses et projeta une cascade de café sur son tailleur-jupe préféré.

C'est quoi, ce bazar ?

— Scusi ! lança une voix grave et masculine au milieu de l'agitation.

Tristan pivota, l'irritation la traversant comme un courant vif. Elle était trempée de café, en pleine journée de travail, et tout ce touriste trouvait à dire, c'était Scusi ? Sérieusement ? Son calme habituel s'était évaporé dans le vent violent de la ville.

Elle se raidit, la frustration bouillonnant sous sa peau. Face à lui, elle leva les yeux, puis encore plus haut. Rares étaient les hommes qu'elle devait regarder de bas en haut : rien que cela la fit hésiter.

Des yeux miel étonnants accrochèrent les siens. Une nouvelle rafale balaya une mèche châtain foncé qu'elle étala sur son front.

Il jeta un coup d'œil autour de ses pieds au bazar qu'il avait causé, apparemment imperturbable malgré le vent. Sa main gauche nue restait appuyée contre la porte, tandis que d'autres employés pressés défilaient pour échapper au froid.

— Scusi, répéta-t-il, levant le bras qui portait le manteau en guise d'explication. — Le manteau, le vent. Il haussa les épaules, comme si cela suffisait.

Mon Dieu, qu'il est beau, soupira la partie sensible de son cerveau. Sa raison, elle, l'était beaucoup moins. Ses lèvres s'entrouvrirent, prêtes à lâcher la tirade qu'il méritait.

Ses lèvres à lui tressaillirent.

Ah, ça l'amusait ? Il allait découvrir qu'elle n'acceptait pas les excuses molles.

Il leva une main, les doigts repliés sauf l'index dressé. — Ah, mi dispiace. Euh… mille excuses, signorina. S'il vous plaît, ne me grondez pas. Changeant le manteau de son bras droit à son bras gauche, il sortit un mouchoir immaculé de la poche de son pantalon. Il hésita, tergiversant un instant comme s'il débattait de savoir s'il pouvait — ou devait — toucher son tailleur. Se décidant, il coinça le mouchoir dans sa main à côté du plateau en carton. — Ancora, signorina, je suis tellement désolé. Ciao.

Et, juste comme ça, il avait disparu.

Il glissa par la porte qu'elle venait de franchir quelques secondes plus tôt, son manteau — l'instigateur de tout ce bazar — gonflé derrière lui comme un geste de congé méprisant, tandis qu'il passait les portiques de sécurité vers la batterie d'ascenseurs pour les étages supérieurs.

Quoi ? Attends. Comment c'est arrivé ? Tristan fusilla du regard le plateau encore dans sa main. Le plateau vide. Elle devrait reprendre du café. Un rapide examen de son tailleur ruiné mit fin à cette idée, du moins tant qu'elle n'aurait pas épongé la tache sombre sur ses vêtements.

D'un pivot sec, elle prit la direction qu'avait empruntée l'homme, obliquant sur le marbre vers l'accueil et le poste de sécurité du hall.

L'agent de sécurité d'âge mûr lui adressa un sourire à son approche.

— Salut, Tristan. Ça va ? demanda-t-il.

— Plus ou moins, Frank. Elle écarta les bras du corps. — J'ai eu un petit accident, comme tu peux le voir. Il y a du bazar près des portes, maintenant. Tu peux envoyer quelqu'un s'en occuper ? Sinon, quelqu'un risque de glisser. Je n'aimerais pas qu'on se blesse à cause de moi.

— Pas de souci. Je préviens tout de suite la maintenance. Frank décrocha le combiné.

— Merci. T'es un ange, dit-elle, un souffle de gratitude desserrant un peu la tension dans sa poitrine.

Le premier jour dans cet immeuble, elle s'était présentée à la sécurité pour demander son chemin, nerveuse comme une chatte. Frank avait remarqué l'insigne discret sur son revers.

— Ancienne de la Navy, hein ? Golfe Persique ? Tu t'es engagée juste après le lycée ? lui avait-il demandé.

— Oui, et je suis restée six ans. Elle parlait rarement de son temps dans la Marine, mais elle était fière de son service. Là-bas, personne ne se souciait du fait qu'elle avait été abandonnée au système d'aide sociale à deux ans, seulement de sa détermination à faire le meilleur travail possible quelles que soient les circonstances.

— Bien joué, avait-il dit en lui adressant deux pouces levés. — Laisse pas ces bons à rien de là-haut te miner. Ils ne comprendront jamais ce que t'as traversé — ni même ce que t'as fait pour eux. Quand t'auras besoin de retrouver un peu de bon sens ou de chaleur humaine, descends prendre une tasse dans ma planque. Il lui avait fait un clin d'œil souriant et l'avait badgée à travers les portiques. Ils étaient devenus amis depuis.

D'un signe de la main en guise d'au revoir, elle se dirigea vers les ascenseurs intermédiaires, appuya sur le bouton de son étage et monta.

Celia, sa secrétaire d'une quarantaine d'années, le regarda par-dessus ses lunettes, posées sur le carton écrasé dans le poing de Tristan.

— Melbourne est à court de café ? lança-t-elle, son humour pince-sans-rire intact.

— Y avait ce type... fit Tris, avant que sa voix ne se perde.

— Grand, brun, incroyablement beau ? Celia battit des cils dans une pâmée exagérée.

— En fait, oui. Tristan se gratta le front avec le bord du plateau vide.

Celia fit coulisser son clavier dans sa niche au-dessus de ses genoux, recula son fauteuil de son bureau — dégagé, à part un écran devant elle et un combiné à sa droite — puis se leva gracieusement sur des talons de 10 cm.

— Ah-ah. Je vois, fit-elle avec un sourire en coin. — Laisse le café, je m'en charge. Va nettoyer ta tenue. Avant que Tristan ne proteste, Celia la fit pivoter vers le bureau intérieur. — Je reviens fissa, ajouta-t-elle. — Ensuite, tu me raconteras tout. Ça va ?

Au hochement de tête de Tristan, Celia attrapa son sac, lui lança un dernier regard interrogateur, puis se dirigea vers les ascenseurs.

Tristan baissa les yeux sur ses vêtements tachés, poussa un soupir frustré puis entra en martelant dans son bureau.

Elle traversa la moquette épaisse gris pâle à poils courts et se laissa tomber dans son fauteuil ergonomique en cuir — l'homme lui hantait encore l'esprit. Il était exactement comme Celia l'avait décrit : sûr de lui, donnant l'impression de maîtriser son environnement, café renversé ou pas.

Tristan aurait aimé balayer le coup de foudre qu'elle avait ressenti quand leurs regards s'étaient croisés. Ce goujat arrogant pensait qu'un mouchoir était une aide acceptable ? Elle rêvait de l'occasion de lui dire ce qu'elle en pensait. D'un souffle excédé, elle envoya le plateau à café dans la corbeille sous son bureau. Elle se pencha pour repêcher le mouchoir qui y avait suivi. Qu'est-ce que je suis censée faire de ça ?

Son regard tomba sur sa tenue. Le rose crème glacée à la fraise était désormais marbré de taches brun foncé. En rousse, le rose ne lui allait pas toujours, mais cette nuance-là fonctionnait. Elle l'avait choisie après avoir vu une actrice australienne — au teint et aux cheveux semblables — la porter à la perfection.

Dans cet environnement de travail, projeter une image plus douce avait ses avantages. Ce tailleur avait fait des merveilles à la réunion du matin, où des concurrents pour le poste qu'elle visait étaient sortis du bois.

C'était son tailleur de stratégie. Fichu.

Au moins n'avait-elle pas besoin de courir chercher quelque chose à mettre pour ce soir. Sa robe pour l'événement de la soirée pendait déjà dans le minuscule placard de son bureau. La gérance de l'immeuble organisait des soirées tous les trois mois — à la fois réseautage et mise à jour sur les travaux et questions de maintenance. D'habitude, elle y allait avec John, son mentor et supérieur direct. Ce soir, toutefois, il avait un vernissage avec son compagnon. Elle y allait seule.

Enlevant ses escarpins roses assortis, Tristan traversa la moquette pieds nus, ferma la porte et tourna la clé.

Ignorant les nuages filants au-delà de la fenêtre de son bureau, elle se défit de ses vêtements, roulant jupe, veste, caraco et mouchoir ensemble en un paquet net sur le sol du placard. En simple string rose soyeux et soutien-gorge balconnet, elle attrapa la robe rouge sur son cintre et l'enfila par la tête.

D'apparence trompeusement simple, la robe épousait sa silhouette aux bons endroits — mettant en valeur sa poitrine pas si menue, sa taille fine, son ventre plat et ses hanches arrondies. Ce n'était pas sa tenue habituelle de journée de travail, mais vu l'état de son tailleur, c'était la meilleure option. Et puis, cela lui ferait gagner du temps entre sa réunion tardive et la fête.

Elle attacha ses cheveux en queue-de-cheval, l'élastique posé à la nuque, puis retoucha son maquillage dans le miroir fixé à l'intérieur de la porte du placard. Les pieds glissés dans des escarpins assortis à la robe, elle avait repris la main.

Déverrouillant la porte, elle la laissa entrouverte. Toujours aucune trace de Celia ni du café de remplacement.

Tristan traversa jusqu'à son bureau, se tourna vers son ordinateur et tapa sur le clavier pour afficher ses e-mails. Une icône de message clignotait dans le coin inférieur de l'écran. Siena ? Tu es en Italie. Pourquoi es-tu réveillée à cette heure ? Les muscles de son front se tendirent et elle toucha le logo en forme d'éclair.

« Appelle-moi. Au plus vite ! » Le court message suffit à lui hérisser les poils de la nuque d'alarme.

Elle cliqua sur l'image de son amie, déclenchant la sonnerie ondoyante familière.

Un instant plus tard, Siena apparut à l'écran, à bout de nerfs. Ses cheveux sombres étaient en bataille, son visage de lutin habituellement lumineux était tiré et ses grands yeux bleus, cerclés de rouge.

— Pourquoi tu ne dors pas ? demanda Tristan.

— Trop de choses sur le feu, répondit Siena en fronçant les sourcils. — Écoute, Tris, j'ai besoin de ton aide, commença-t-elle, puis s'interrompit net. Son expression changea — l'alarme traversa ses traits.

Tristan se redressa sur sa chaise. Siena ne demandait jamais d'aide. C'était l'une des personnes les plus autonomes qu'elle connaissait. Un murmure de prudence et d'inquiétude remua bas dans le ventre de Tristan.

— Maintenant que je sais que tu es dispo, je t'appelle, dit Siena en coupant la communication.

Le sac à main de Tristan sonna. Le téléphone noir ? Son estomac se noua.

Il y a des années — à l'époque où elle, Siena et Beth étaient élèves-officiers à l'Académie de la Défense à Canberra — elles avaient acheté des téléphones mobiles prépayés. C'était bien avant que le gouvernement australien n'impose que toutes les nouvelles cartes SIM soient traçables.

Leurs téléphones étaient strictement réservés à leur cercle intérieur, utilisés seulement entre elles trois ou en cas d'urgence. Ils étaient aussi hors réseau que la technologie le permettait. À la télé, on appellerait ça des téléphones jetables. Même si elle et ses amies n'étaient pas des criminelles fuyant la détection, ces téléphones leur offraient un niveau d'anonymat dont elles n'avaient pas imaginé qu'elles pourraient avoir besoin un jour.

Chaque dimanche soir, Tristan suivait la même routine : vérifier le solde du crédit du téléphone, s'assurer qu'il n'avait pas expiré et le mettre en charge. Le lundi matin, il retournait dans une poche cachée de son sac de tous les jours, même si elle se demandait pourquoi elle le gardait encore. Beth était disparue, présumée noyée, depuis cinq ans, et Siena était en sécurité dans son travail pour une compagnie de croisières en Italie. Il ne semblait plus y avoir grand intérêt à l'emporter partout.

Et pourtant, il sonnait.

Avec une sensation de mauvais pressentiment qui lui serrait la poitrine, Tristan fouilla dans son sac — au-delà du portefeuille, du rouge à lèvres, des paquets de mouchoirs, de deux sacs de courses réutilisables et d'une poignée de stylos épars — jusqu'à ce que ses doigts se referment sur le petit appareil léger. Il était vieux, pratiquement obsolète, mais au moins, il sonnait.

Elle appuya sur « Accepter ». — Siena, qu'est-ce qui se passe ?

— Oh mon Dieu, Tris. Il y a quelque chose de louche dans le monde des croisières que je dois éclaircir, dit-elle, la voix heurtée d'un sanglot. — Mais... je me suis bousillé le genou, donc je suis en arrêt.

Siena qui panique ?

Pas bon.

Tris se concentra sur le prosaïque pour se laisser un instant pour assimiler et le temps d'ancrer Siena. — Comment tu t'es fait mal au genou ?

— Bête. Erreur de débutante. Tu aurais honte de moi. Siena expira un souffle tremblé. — J'étais sur le pont sous la pluie, j'ai glissé et mon genou a heurté une rambarde. Rideau.

Un silence.

— On pourrait croire que j'aurais retenu la leçon après l'accident de Beth, ajouta-t-elle, la voix tombant, mais ce n'était même pas une tempête — juste de la bruine.

— Tu aimes toujours chanter sous la pluie, hein ? taquina Tris, le souvenir apaisant momentanément son malaise.

— Ouais, répondit Siena, la voix s'adoucissant. Tris pouvait entendre la façon dont les lèvres de son amie se pinçaient sur le côté, avec ce léger changement dans son regard — son tic classique de mea culpa.

— Tu es arrêtée combien de temps ? demanda Tris.

— Trois semaines. Je vais rater cette rotation, puis le navire part en cale sèche six semaines pour rénovation, ce qui veut dire que je ne saurai peut-être jamais ce qui se passe ni pourquoi. La frustration bordait sa voix. — Si les patrons s'en rendent compte avant moi, je me prendrai tout sur le dos — nouvelle à bord, bouc émissaire parfait. Sa voix montait mot après mot. — Les runes m'avaient prévenue. Le tarot aussi. Hagalaz — crise, et La Maison-Dieu — destruction. Est-ce que j'ai écouté ?

Tris expira. Siena consultait des runes et des cartes pour chaque question de sa vie depuis que Tris la connaissait, donc rien d'étonnant à ce qu'elle les mentionne.

— Doucement. Ralentis, dit Tris. Au moins, Siena semblait plus en colère qu'effrayée. — C'est quoi, exactement, le problème ?

— Il me faut plus de temps, dit Siena, ou quelqu'un en qui j'ai confiance pour démêler ça à ma place.

Tris se frotta la peau plissée de son front. — Démêler quoi ?

Siena prit une inspiration. — On manque de personnel, mais la masse salariale est gonflée ; on est à court de vins et spiritueux, mais nos factures sont exorbitantes. L'argent se vide quelque part, Tris. Je crains un sérieux détournement de fonds sous ma responsabilité. J'ai besoin d'identifier quand ça a commencé sur le Dorata Laura, comment ça se fait et qui est derrière.

Tris se redressa. — Le Dorata Laura, c'est le navire où tu travailles, hein ? Tu es l'intendante d'équipage. En quoi tout ça est de ta responsabilité ?

Siena laissa échapper un rire sans joie. — Comme dans la Navy : on gère tout ce qui touche au personnel. S'il y a un problème, ça atterrit sur mon bureau. Bagarres ? Mon problème. Vols ? Pareil. Je ne sais pas si je peux faire confiance à qui que ce soit à bord pour m'aider à y voir clair. Mon chef, le chef de mon chef... ils pourraient être impliqués. Si c'est le cas, quelqu'un d'autre va être désigné coupable. Le bruit de ses cheveux qu'elle ramenait en arrière. — Toute la situation pue le crime organisé. Je dois avancer sur des œufs.

Les tripes de Tris se nouèrent. — Et moi là-dedans ?

— Il me faut quelqu'un de sûr pour me remplacer au départ du navire mercredi, dit Siena.

Tris déglutit. — Attends, quoi ?

— Ils vont avoir besoin en urgence d'une Responsable des ressources humaines — slash — intendante d'équipage, puisqu'ils n'ont personne en réserve. Tu as les compétences. Tu es bien plus analytique que moi et, surtout, j'ai confiance en toi. Tu serais parfaite si tu acceptais de sacrifier tes vacances et de pimenter un peu ta vie avec un brin d'espionnage — comme au bon vieux temps.

Le bon vieux temps.

Tris inspira brusquement. Tout ça, c'était fini depuis longtemps, Dieu merci.

À l'époque, elle, Siena et Beth étaient envoyées infiltrer des bars de quai pour tendre l'oreille aux intrigues politiques — des pirates aperçus au large de l'Éthiopie, des mouvements d'armes illégales, ou des blocages soudains dans des lieux comme le canal de Suez. Trois jeunes femmes sorties faire la fête ne semblaient être une menace pour aucun des marins qui fréquentaient ces endroits.

Il y avait eu quelques chaudes alertes — certains hommes voulaient plus que de la conversation — mais la stratégie avait fonctionné. Les renseignements collectés étaient remontés tout en haut de la chaîne de décision.

Elles s'étaient fait la promesse de rester ensemble, quoi qu'il arrive, pour la couverture et la protection. Prendre des risques, c'était ce qu'elles faisaient — à l'époque.

Ça ? Ça se rapprochait dangereusement du présent.

— Je ne suis plus très à l'aise sur les bateaux, dit Tristan, avalant pour lutter contre le flot d'images qu'elle s'efforçait d'étouffer — chaos tempétueux, la poigne qui glissait à Beth et la pure impuissance tandis que son amie disparaissait dans la mer noire.

La cicatrice à l'intérieur de l'avant-bras droit de Tris, qui fendait le tatouage qui s'y trouvait, en était un rappel permanent. Les ongles de Beth avaient cherché de l'adhérence, lui déchirant la peau alors qu'elle se battait pour tenir. Si Tris l'avait pu, elle aurait volontiers pris sa place, souffert n'importe quoi pour sauver Beth. La poigne d'acier de Siena sur la ceinture de Tris avait assuré la survie de toutes les deux.

Le capitaine du yacht du trafiquant d'armes présumé avait fait un cercle dans la zone, en tentative sommaire pour la retrouver, avant de décider qu'il n'y avait aucun espoir de retrouver Beth vivante dans la mer formée. Siena avait eu la présence d'esprit de jeter une bouée, au cas où, malgré l'agacement de l'équipage face au gaspillage de ressources. À l'époque, elle avait eu l'impression que le capitaine avait haussé les épaules, remis le cap et que Beth était restée en arrière. Oubliée. Sacrifiable. Siena avait bandé tant bien que mal la plaie de Tris, puis elles s'étaient serrées l'une contre l'autre tout le chemin du retour au port.

Tris se força à se reconcentrer alors que Siena continuait de parler.

— Tu n'as peur que des tempêtes, Tris. Des grosses. On n'en a pas en mer Adriatique à cette saison — rien à voir avec cette nuit-là au large de l'Afrique du Nord, dit Siena, la voix adoucie. — Les bateaux, c'était ta vie. Peut-être que ça pourrait être... je ne sais pas. Thérapeutique.

Tris eut presque un rire. C'est ça, le problème avec les vieilles amies : elles savent exactement où sont vos points faibles — et comment appuyer dessus.

— La thérapie n'est pas le mot que j'emploierais, grogna-t-elle. L'idée d'être coincée sur un navire en pleine mer lui donnait la chair de poule froide. — Je ne peux pas.

Les mots furent à peine un souffle.

Siena soupira au bout du fil. — Tris. Sœur, épée et bouclier, un seul cœur pour toujours. S'il y avait une autre solution, je ne te demanderais pas. J'ai vraiment besoin de toi.

Un seul cœur pour toujours.

Le regard de Tris tomba sur son bras. Le tatouage abîmé. Un cœur avec les initiales S, T et E à ses angles. Le E d'Elizabeth, Beth, avait été lacéré par la main de Beth elle-même dans ces derniers instants. Un seul cœur pour toujours signifiait qu'elles seraient là l'une pour l'autre quand il le faudrait. Le bouclier qui l'entourait et l'épée en diagonale symbolisaient leur promesse de toujours se protéger. Quand, où que ce soit, quel qu'en soit le prix.

Elle ferma les yeux et déglutit avec peine.

— Je viendrai si c'est crucial, laissa-t-elle échapper d'une voix rauque. Elle se racla la gorge, imposant un ton plus assuré. — J'étais censée passer mes vacances à préparer un entretien de promotion. J'imagine que je peux faire ça n'importe où. Prenant une grande inspiration, elle ajouta : — Quelles qualifications il me faut ? Je n'ai rien fait en RH depuis que j'ai quitté le Service il y a quatre ans. Et encore, mon titre n'était pas « ressources humaines ». Qu'est-ce qui te fait croire qu'ils m'embaucheraient ?

Était-ce complètement mal d'espérer qu'ils ne l'embaucheraient pas ?

Son amie avait des ennuis et, pourtant, au fond d'elle, Tris ne savait pas si elle avait plus peur d'échouer Siena… ou de remonter sur un navire et d'affronter ce qu'elle était devenue.

— Tu as de vraies compétences en management d'équipes, un diplôme de commerce et de l'expérience en comptabilité forensique. On gardera la dernière partie pour nous, pour ne pas alerter les méchants, dit Siena.

— Je ne fais plus ça non plus. Je suis du pur middle management maintenant, je fais tourner la boutique dans le monde des produits d'entretien. Plus pour longtemps, si j'obtiens ce que je veux. La promotion que je vise est l'occasion de changer la culture de l'entreprise, d'apporter une vraie reconnaissance aux personnes — surtout des femmes migrantes — dont la réputation de la société dépend.

— OK, je suis peut-être un peu à la ramasse. Tu sais toujours faire, non ? C'est ça qui compte. Il me suffit d'envoyer un e-mail à Freda Higson au siège, de lui transmettre ton nom et tes qualifications et banco, tu es mon remplaçante temporaire. Tu es partante ?

Tris posa son front dans sa main, en expirant vivement. — Siena…

— Avant que tu répondes, j'ai vérifié les vols, dit Siena, la voix soudain malicieuse. — Mon doigt plane au-dessus d'un siège en business pour toi. Il n'en reste que deux.

Du Siena tout craché. — Melbourne est peut-être à l'autre bout du monde par rapport à Naples, mais on a des vols internationaux toute la journée, tous les jours.

— Oui, oui. Celui-là est parfait. Tu pars de Melbourne vendredi soir à vingt-deux heures trente, courte escale à Dubaï et tu arrives à Rome samedi à l'heure du déjeuner. Je te retrouve, on dort à Rome pour que tu secoues le jet lag, puis on file à Naples dimanche. Tu commences lundi — tu rencontres tout le monde et tu te mets dans le bain — puis départ mercredi.

— Attends. Elle dure combien, la croisière ? Stop — stop ! Il faut que je réfléchisse aux implications. Tu es en train de me forcer la main exprès ?

— Yep, répondit-elle sans hésiter. — Tu suranalyses tout. C'est ce qui fait de toi une pro pour dénicher les indices, mais une catastrophe pour prendre des décisions pour toi. Si je te laisse un millimètre, tu vas te dégonfler.

Pour la première fois depuis le début de la conversation, Siena rit — un rire sincère, soulagé.

— Et puis, ajouta-t-elle, tu es en vacances de toute façon. Pourquoi ne pas les passer sur une croisière de huit jours en Adriatique ? Il te faudra quelques tenues chic : les officiers doivent se mêler aux invités haut de gamme lors des soirées formelles.

Tris pinça l'arête de son nez. Son instinct la prévenait déjà — ce ne serait pas juste un service. Ça allait lui coûter. Elle reconnaissait aussi la part de vérité dans les paroles de Siena. Si on lui en laissait la possibilité, elle se débinerait.

— Hmpf. Tu sais ce que je pense de ce genre de gens. Ses tripes se contractèrent au souvenir de l'humiliation.

— Combien de fois je t'ai dit d'oublier ce connard ? C'était l'époque de la Navy. C'est du passé.

Facile à dire pour Siena. Tris s'en remettrait-elle un jour ?

Un officier comme elle, issu d'une famille fortunée, lui avait promis monts et merveilles. L'amour, la stabilité, la famille qu'elle n'avait jamais eue. Il avait peint un avenir doré, jurant que ses parents l'adoreraient, tissant un rêve si parfait qu'elle s'y était laissée prendre.

Jusqu'à l'escale à Sydney, où sa véritable épouse — blonde, lisse, aimante — l'attendait, les bras ouverts.

Il avait eu le culot de les présenter. — Voici Tristan, avait-il dit avec un sourire désinvolte. — C'est un des gars.

Tris avait serré la main de la jeune femme, la poitrine écrasée par le poids de la honte, la bile lui brûlant la gorge. La pauvre n'avait aucune idée de l'infidélité galopante de son mari.

Ce jour-là, Tris avait rayé l'amour de son avenir. Pas de fantasmes, pas d'engagements au long cours — juste une carrière. Le travail offrait un bien meilleur retour sur investissement.

Elle se secoua pour se libérer du passé et se concentra sur Siena — l'unique constante indéfectible de sa vie.

— Qu'est-ce que je peux dire pour te convaincre ? supplia Siena. — Viens pour les vacances ?

— Des vacances où je bosserai dans un poste que je n'ai pas occupé depuis des années, en me sentant comme une imposture ?

— J'ai besoin de toi, Tris, dit Siena d'une voix adoucie. — Tu es la seule personne en qui j'ai une confiance absolue.

Tris soupira. Voilà le bouton sur lequel seule Siena savait appuyer.

— Et ton argument massue, c'est que ça pourrait être dangereux ?

— Seulement si les méchants sont de vrais méchants... Je te brieferai quand tu seras là. Ça me fera un bien fou de te voir. Un temps, puis la malice glissa dans sa voix. — Je peux appuyer sur le bouton, maintenant ?

CHAPITRE 2

Luciano Ricci était assis derrière un lourd bureau en acajou, dont la surface polie luisait sous les lumières du bureau. Son entreprise se targuait de valeurs à l'ancienne — solidité, tradition, respect. Le mobilier en faisait l'écho.

Le travail l'appelait, mais son esprit s'attardait sur ce qui venait de se passer dehors. Les vents de juillet à Melbourne étaient féroces. Il aurait dû mettre son manteau, mais la courte marche depuis le restaurant, où il avait déjeuné avec de potentiels fournisseurs à quai, ne le justifiait pas. Au lieu de cela, ce fichu vent avait semé la pagaille, s'enroulant autour de la femme qui essayait d'entrer avec son café.

Elle était grande, presque à sa hauteur. Des mèches d'un roux lumineux s'étaient échappées de sa queue-de-cheval, fouettant sa joue. Son regard avait été tranchant. Des yeux vert mousse s'étaient braqués sur lui, sa colère prête à exploser.

Il avait levé un doigt dans un geste instinctif, et elle avait hésité, ses yeux vacillant de curiosité.

Cela faisait longtemps qu'il n'avait pas ressenti ce choc sourd — l'incontestable collision entre défi et attirance. Il ne serait pas contre l'idée de voir où cela mènerait.

Une aventure brève ferait l'affaire. Les relations plus longues s'accompagnent d'attentes d'engagement et de permanence. Le plus souvent, ces attentes avaient peu à voir avec lui et tout à voir avec son argent.

Cynique ? Peut-être, mais il faisait bien plus confiance à sa propre expérience qu'à l'insistance de sa mère selon laquelle un grand amour, durable, comme celui qu'elle partageait avec son père, l'attendait.

Se ranger était un problème pour le Luciano du futur — un problème qu'il avait remisé jusqu'au jour où il serait trop vieux pour s'en soucier.

Il aurait dû demander le numéro de la fille au café. Pas qu'elle le lui aurait donné. Plus probablement, elle l'aurait assommé avec son sac à main. Luc ricana.

Comment pourrait-il découvrir qui elle était ? Elle devait travailler dans l'immeuble, puisqu'elle avait apporté du café à l'intérieur, mais avec ses cinquante-huit étages de bureaux, retrouver une employée serait impossible. À moins que...

Il pouvait attendre près des portes principales vers cinq heures du soir, pour voir si elle apparaissait. C'était un pari hasardeux, mais...

Son téléphone privé sonna, tranchant net sa pensée.

Une seule personne avait ce numéro. L'échine de Luc picota de prémonition. Son père n'appelait jamais sauf en cas d'urgence, encore moins à deux heures trente du matin. Ettore Ricci travaillait à toute heure, mais l'horaire était étrange, même pour lui. Luc appuya sur le bouton pour répondre.

Il n'y eut pas de salutations, juste la voix sèche de son père. — Tu dois rentrer et trouver ce qui cloche sur la Dorata Laura.

Luc expira lentement, le soulagement remplaçant la pointe initiale de peur. La Laura était l'un des paquebots les plus récents appartenant à l'entreprise familiale, baptisé du prénom de sa grand-mère. Chaque navire portait le préfixe « dorata » en gage du luxe « doré » de la flotte.

— Je suis plus utile ici, dit Luc. — Aujourd'hui, j'ai négocié un nouvel accord à quai pour que nous puissions envoyer un paquebot en Australie, en Nouvelle-Zélande ou même dans les îles du Pacifique.

— Bien, bien, mais je peux engager un directeur pour faire ces choses. Wilhelm Broek me dit que tu as fait du bon travail en trouvant le fauteur de troubles sur le Nautic Noble, dit son père.

Ah, voilà. Son père ne le dirait pas franchement, mais Luc percevait fort bien l'ajout sous-entendu. Rentre à la maison. Travaille pour ta propre entreprise, comme tu aurais dû le faire depuis la fin de l'université.

Luc se pinça l'arête du nez.

— Je ne suis pas le fils de Wilhelm Broek. Personne sur ses navires ne s'attend à voir l'héritier d'un empire maritime à plusieurs milliards d'euros récurer le pont ; donc on ne le voit pas.

Ettore renifla. — Tu es milliardaire toi aussi, mio figlio. Nous sommes partenaires à parts égales à tous égards — grâce à l'adoration aveugle de ta grand-mère.

Luc soupira. La conversation était loin d'être terminée. L'héritage était un autre point sensible sur lequel Luc n'avait pas envie de s'appesantir.

— Ce que je dis, c'est que, quand je travaille pour quelqu'un d'autre, l'équipage et les clients voient peut-être un homme de ménage, s'ils voient quoi que ce soit. Il se passa une main dans les cheveux. — Dans notre entreprise, la moitié des gens me connaissent depuis que je suis né.

— È vero, concéda Ettore, mais ils te voient comme un adolescent, pas comme un homme qui approche de la trentaine. En plus, tu te déguises pour tout le monde — pourquoi pas pour nous ? Personne ne s'attend à voir mon fils globe-trotter à bord, sauf dans la Suite du Propriétaire.

Luc se gratta le front du bout des ongles. Son père ne lâcherait pas l'affaire.

— J'ai besoin de toi ici. Ettore enfonça le clou. — J'ai besoin de quelqu'un en qui je peux avoir une confiance absolue. L'argent disparaît. Des avis négatifs fleurissent sur les sites de voyage. Le navire est censé être en effectif complet, mais les responsables disent qu'ils manquent de bras. Je ne sais pas qui est derrière tout ça et je n'ai pas le temps de le découvrir alors que je dirige une compagnie de fret et cinq autres paquebots, bientôt six. Tu sais comment ces choses-là fonctionnent, et ça te remettra dans le bain.

Voilà — l'argument réel. La traction à peine subtile vers l'empire que son père avait l'intention de lui léguer, un emploi que Luc fuyait depuis des années pour de foutrement bonnes raisons.

Il fit glisser deux doigts sur la barbe naissante de sa joue. Cela faisait trois semaines qu'il avait bouclé l'affaire du Nautic Noble. Il était prêt pour un nouveau défi. Autant que ce soit pour sa propre entreprise.

Après tout, il était l'égal de son père au capital. Sa grand-mère y avait veillé. S'éloigner était sa stratégie pour éviter les conflits de direction. Les loyautés divisées tuaient les entreprises plus vite que de mauvais investissements.

S'il acceptait, il lui fallait un point de départ.

— Tu as des suspects ?

Ettore n'hésita pas. — Les ennuis ont commencé juste après que nous avons nommé une nouvelle responsable des ressources humaines, McFarlane, dit son père. — Tu pourrais peut-être commencer par là.

Luc mémorisa le nom. — Tu as des postes vacants à bord en ce moment ?

— Il va y en avoir, dit son père. — J'envoie le comptable en congé. C'est pour ce métier que tu as été formé, même si tu ne t'en sers pas beaucoup ces temps-ci.

Luc ignora les doléances de son père au sujet d'études universitaires gâchées. Son diplôme de comptabilité lui avait été utile, lui donnant une compréhension formelle des affaires, de la stratégie et du management — des compétences inestimables dans ses missions sous couverture. Il ne s'agissait pas seulement de trouver des coupables, mais aussi de mettre à jour leurs motivations.

Au fil des ans, il avait occupé divers emplois de couverture, du matelot à l'instructeur de gym, à bord de paquebots, vraquiers et cargos du monde entier. Son vrai travail consistait à découvrir où se formaient des brèches dans des entreprises qui tournaient autrement comme des horloges. Il avait géré des cas aussi mineurs que des vols de petite caisse, qui engendraient la défiance au sein de l'équipe d'animation d'un paquebot, jusqu'à des perturbations bien plus sérieuses, comme lors de sa dernière mission sur le Nautic Noble, où il avait démasqué l'instigateur des bagarres parmi l'équipe de l'ingénierie.

— Comment vas-tu faire pour que le comptable prenne des congés ? demanda Luc.

— Depuis que nous avons eu des soucis, il y a quelques années, avec un matelot qui a pété les plombs à force de tourner en rond, nous avons instauré une politique d'entreprise obligeant tous les membres de l'équipage à prendre suffisamment de repos à terre. Ce type travaille sans discontinuer depuis deux ans, en passant d'un de nos navires à l'autre, donc je peux faire appliquer la règle. Il est passé de l'Isabella à la Laura quelques mois avant que nous ne nommions la nouvelle responsable RH. Il avait postulé pour le poste, mais il n'était pas aussi qualifié qu'elle. Elle avait l'expérience de la gestion de grandes équipes. Maintenant je me demande si je n'ai pas fait le mauvais choix, si cette femme nous siphonne de l'argent ou, pire, si elle œuvre avec quelqu'un pour nous couler.

— Ne saute pas aux conclusions, Papa, dit Luc. — Il nous faut plus d'informations avant d'accuser qui que ce soit ou même de faire des suppositions. Quand est le prochain départ et pour combien de temps ?

— C'est une croisière de huit jours sur l'itinéraire adriatique, de Naples à Venise, départ mercredi. Tu peux être là à temps ?

— Si je boucle quelques dossiers, je peux venir vendredi ou samedi. Je vérifie les vols et je te dis. Qu'est-ce que tu vas dire à Maman ? Je ne peux pas rentrer la voir avant, si on ne veut pas que quelqu'un sache que je suis dans les parages. Elle n'aimera pas apprendre que je suis de retour sans être passé, dit Luc.

— Laisse ta mère à moi. Son père ricana. — Elle ne découvrira pas que tu es ici si tu restes sous les radars.

— Tu t'occupes des papiers d'embarquement, ou je m'en charge ?

— Tu n'en auras pas besoin. Je leur dirai que tu es un remplaçant, donc pas besoin de papiers. Si on te demande, tu pourras dire qu'on ne les a pas encore transférés depuis l'Isabella. Tu sauras gérer. Son père ne doutait de rien. — J'enverrai le jet te chercher.

— Pas si tu veux que je reste anonyme. Je voyagerai sur un vol commercial, et ce ne sera pas en première.

— D'accord, d'accord. Viens dès que tu peux. Ettore mit fin à l'appel.

— Che sfiga. Luc jura entre ses dents, s'affaissant dans son fauteuil. Il avait caressé l'espoir de retrouver la femme qu'il avait (pas) rencontrée et de découvrir ce qui allait avec ces lèvres. Quitter Melbourne sans l'identifier relevait vraiment de la guigne.

Il aurait adoré avoir l'occasion de la courtiser tout un soir pour voir où cette attirance immédiate pouvait conduire. Et voilà le fantasme qui s'envole. Il se concentra sur les tâches à régler pour pouvoir partir le week-end. Il devrait être de retour dans quinze jours. Retrouver la jeune femme devrait attendre d'ici là. Il appela sa secrétaire pour organiser son vol retour. Il devrait être prêt pour vendredi soir.

Au fil de l'après-midi, il ne voyait pas l'intérêt de se précipiter à la réunion des occupants de la tour de bureaux. Le compte rendu serait posé sur son bureau le lendemain, car sa famille détenait une part considérable de l'immobilier. Néanmoins, en tant que représentant de l'entreprise en Australie, il avait la responsabilité de se montrer. Techniquement, il était aussi occupant, puisque le siège australien de leur compagnie de croisières, Eleganti Crociere nel Mediterraneo, ainsi que son bureau actuel, s'y trouvaient.

Un doux soleil peinait à percer au travers des nuages épars quand il se dirigea d'un pas nonchalant vers l'hôtel de prestige attenant à l'immeuble. Le syndic de la tour insistait pour tenir ses réunions dans la salle de bal de l'hôtel plutôt que dans la grande salle de conférence commune du bâtiment principal. — Pour le prestige, avait dit sa secrétaire.

Il confia son manteau au concierge en traversant le hall, le laissant au personnel de blanchisserie pour qu'on enlève la tache de café sur une manche. L'intendance le rapporterait dans sa suite avant la fin de la soirée.

De la main gauche, il lissa ses cheveux pour dompter les effets de la brise, puis il remonta la large galerie du rez-de-chaussée d'un pas décidé. Les tintements de verres et les conversations animées indiquaient que la réunion n'avait pas commencé. Merde. Il ne pourrait pas se faufiler incognito.

— Monsieur Ricci, quel plaisir de vous voir. Un petit homme trapu et dégarni, la cinquantaine bien entamée, stationnait près de la porte. — Nous avons retardé le début de la réunion jusqu'à votre arrivée. Le ton mielleux du coordinateur hérissa les nerfs de Luc.

— Bene, signor. Commençons. No grazie, je vais rester ici, dit Luc, déclinant le geste de l'homme en direction du fond de la salle, où une grande table ovale pouvait asseoir plus de quarante personnes. Ceux qui étaient arrivés tôt avaient déjà pris place. Luc préférait rester en périphérie, appréciant de pouvoir s'éclipser quand l'ennui le gagnait.

L'homme parut offusqué. Luc prit une flûte de vin pétillant, la lui leva en salut, puis se fraya un chemin jusqu'au côté fenêtre de la salle. Les derniers rayons du jour ourlaient la tour de bureaux monolithique d'à côté.

Une grande femme, qui ressemblait étrangement à celle du café, occupait le meilleur endroit près de la fenêtre. Elle se tenait avec une posture parfaite, s'appuyant sur l'appui de fenêtre d'une façon qu'un œil averti seul remarquerait. Ses paupières battaient à mi-hauteur, comme si elle aspirait à les fermer pour absorber la dernière chaleur du soleil tout en ayant besoin de paraître attentive à la réunion. Des cheveux roux, lâchés, encadraient son visage ; un côté était glissé derrière l'oreille, révélant un profil délicat — un petit menton arrondi et un nez droit.

La robe rouge ajustée, ceinte d'une large ceinture de tissu assorti, accentuait sa taille fine et ses courbes bien dessinées. Intrigué, Luc se rapprocha.

La réunion s'étira pendant trois quarts d'heure interminables — fonds de réserve, calendriers de lavage des vitres, remplacements de moquette et taux de vacance. Luc prêtait peu d'attention, préférant surveiller la rousse cuivrée qui se détendait peu à peu contre la fenêtre.

À la fin de la réunion, un serveur passa avec son plateau. Luc reposa son verre vide et prit deux flûtes pleines. D'un léger coup de coude, il effleura le bras de la jeune femme.

— Scusi. Ses yeux s'ouvrirent en grand. — La réunion est finie. Désirez-vous un verre frais ? Il lui tendit la deuxième flûte.

Elle se tourna vers lui. Au moment où leurs regards se croisèrent, la reconnaissance le frappa d'un coup. Son cœur fit un bond inattendu.

Il l'avait trouvée.

— Ah bella. C'est vous. Il lui adressa son sourire le plus charmeur — celui qui, d'ordinaire, lui valait tout ce qu'il voulait. Pas cette fois.

Se redressant de toute sa hauteur — presque la sienne sur ses talons aiguilles — elle le toisa avec froideur. Elle pinça les lèvres, comme si elle avait une pique à lancer, puis se détendit. Au lieu de cela, elle posa la hanche contre l'appui de fenêtre. — Vous savez quoi ? Oui, vous avez été négligent et oui, vous auriez pu être plus sincère dans vos excuses pour le désagrément causé. Au final, ça n'a pas d'importance.

— Votre patron ne s'est pas fâché, j'espère, d'avoir été privé de son café ?

— Mon travail ne consiste pas à aller chercher le café de qui que ce soit. Elle ne leva pas les yeux au ciel, même si l'exaspération dans sa voix suffisait. — Le patron se débrouille ou s'en passe. Vous attendez des autres qu'ils courent partout, à perdre un temps de travail précieux, pour satisfaire vos caprices ?

— Comment répondre à votre question sans passer pour un égocentrique ? J'emploie des personnes dont la tâche est de gérer les détails afin que je puisse me concentrer sur mon rôle. Ce n'est pas une perte de temps. Elles font ce pour quoi je les paie.

— Très bien, dit-elle en caressant la peau derrière son oreille d'un long ongle. — Moi, en revanche, je choisis de prendre un café pour ma secrétaire en même temps que le mien en revenant du déjeuner. Elle posa son verre vide sur l'appui de fenêtre et en prit un dans la main qu'il lui tendait. — Cette fois, elle est sortie remplacer ce qui avait été renversé sur mes vêtements. Quand elle est revenue, j'étais dans ma réunion suivante. Bonus pour elle — elle a eu les deux cafés. Moi, en revanche, j'ai raté mon remontant de l'après-midi. Maintenant, je tiens à peine debout.

Il gloussa. — Laissez-moi me rattraper. Permettez que je vous offre le dîner.

Elle le regarda par-dessus le bord de sa flûte. — Vous n'en avez pas eu assez de me renverser des choses dessus aujourd'hui ?

Un aboiement de rire lui échappa, attirant des regards curieux des invités voisins. Il se pencha, baissant la voix. — Si vous me refusez, vous allez briser la réputation de playboy que je m'échine tant à cultiver.

— Si j'accepte, la mienne, celle d'une femme parfaitement sensée, sera détruite. Elle eut un sourire en coin, inclinant la tête vers une épaule levée.

Elle l'intriguait. Il émanait d'elle une force — une étincelle indéniable — qui le captivait.

— Nous avons un dilemme. Il passa une main sur le râpeux de sa barbe claire. — Je propose un compromis. Je retire mon invitation si, à la place, nous pouvons nous asseoir à la même table en profitant chacun de notre repas ?

— Hmm. Une fille doit bien manger, j'imagine. Le restaurant ici a bonne réputation… Ses yeux pétillèrent sous l'éclat des lustres.

Le coordinateur du comité se précipita. — Monsieur Ricci, y a-t-il quelque chose dans les discussions que vous aimeriez que je traite immédiatement ? Je suis à votre service.

Sa dame en rouge se retira du triangle humain. — Rien, merci. Si vous voulez bien nous excuser, nous avons un rendez-vous. Il tint la main à proximité du dos droit de la jeune femme, sans la toucher.

— Nous ne nous connaissons pas, n'est-ce pas ? Je suis Paul Wilson. Le coordinateur s'adressa à elle avec le même sourire sirupeux qu'il avait servi à Luc.

— Tristan Sinclair, dit-elle en lui tendant la main. — Enchantée. Je dois y aller. Bonne soirée.

Luc inclina le menton en guise d'adieu à Wilson, puis marcha aux côtés de Tristan jusqu'à ce qu'elle se penche pour récupérer un grand sac à main derrière la porte. Coincée dans le haut se trouvait la tenue rose qu'elle portait plus tôt.

— Permettez-moi de faire nettoyer votre tailleur ? demanda-t-il.

Elle le regarda. — Merci pour l'offre. Je m'en occuperai chez moi. Au revoir.

— Attendez. Vous avez rendez-vous avec moi, souvenez-vous. Il pivota pour trouver le sujet de son regard. — Wilson ? Ne vous en faites pas pour lui. Venez.

— Je ne crois pas, et je ne vous ai rien promis du tout — certainement pas un rencard. D'ailleurs, bibi n'est pas très douée pour se faire cajoler à cause de la compagnie qu'elle fréquente. Elle hissa le sac sur son épaule.

Il ne pouvait pas la laisser partir sans se battre.

— Nous ne sortons pas ensemble. Nous serons assis à une table à profiter d'un repas. Vous me sauveriez d'un énième dîner en tête-à-tête avec moi-même. Délibérément, il adoucit son regard. Elle rougit. Il avait gagné.

— Vous n'acceptez pas un non, n'est-ce pas ?

— Quand il s'agit de consentement, si, dit-il. — Quand je marchande pour quelque chose que je désire ardemment, non.

— C'est moi, ce quelque chose que vous voulez ? Je ne suis pas à vendre. Elle le fusilla d'un regard par en-dessous.

— Signorina, si vous étiez à vendre, vous seriez déjà sur moi, non ? Il gloussa, attendit un battement de cœur, puis un autre. Comme elle ne partait pas, il ajouta : — Les tagliatelles all'amatriciana ici se rapprochent de celles de mon enfance. Delizioso. Et les scaloppine... oh là là.

— Du marchandage, hein ? Il a intérêt à être aussi bon que vous le promettez, ce repas, sinon je laisserai un sacré mauvais avis.

Son sourire lui coupa le souffle. Il avait voulu du temps pour la séduire, et le destin avait exaucé son vœu. Il n'avait qu'une chance.

CHAPITRE 3

—Signor Ricci. Signorina. Buona sera. L'infime inclinaison de tête du maître d'hôtel signifia une déférence envers son compagnon. Bien que ses manières respirassent une grandeur étudiée, le geste rappelait la servilité affichée plus tôt par Paul Wilson, ce qui troubla encore davantage Tris.

Peu de convives étaient installés à cette heure précoce du dîner, donnant à Tris l'occasion de mesurer l'opulence discrète du restaurant. Un unique lustre étincelant dans le vestibule dispersait des éclats arc-en-ciel sur le parquet ciré, enveloppant la salle d'une lueur chaleureuse. Le chef de rang les conduisit, à pas feutrés sur la moquette épaisse, jusqu'à une table déjà dressée avec une bouteille de vin rouge préalablement ouverte, son bouchon posé sur une petite soucoupe à côté.

Le maître d'hôtel tira une chaise pour Tristan puis, d'un geste sûr, étendit une serviette immaculée sur ses genoux avant de lui remettre un menu. — Un peu d'eau, signorina ? Plate ou gazeuse ?

— Gazeuse, merci. Une vague de malaise la traversa — réaction familière aux étalages de richesse et à l'empressement obséquieux qui les accompagnent souvent.

— Signor ?

— La même chose. Une grande bouteille de San Pellegrino, s'il vous plaît, Pietro, dit Ricci.

L'homme inclina la tête, prêt à s'éloigner.

— Un attimo, Pietro, dit Ricci, l'arrêtant d'un commandement tranquille. Il se tourna vers Tris, ses doigts mimant un geste d'« apporte ». — Donne-moi tes vêtements.

Elle cligna des yeux. — Pardon ?

— L'hôtel est très efficace. Ils s'en chargeront pendant que nous dînons. Il se pencha légèrement, sa voix s'abaissant en un murmure conciliant. — Ne fais pas d'histoires, bella. Donne-les-lui, et ce sera prêt à être remis en un rien de temps.

Tris chercha sur son visage une arrière-pensée. Le pire était déjà arrivé — le tailleur était fichu, irrécupérable sans nettoyage professionnel. Dans un soupir résigné, elle sortit le rouleau d'étoffe tachée de café et le tendit.

Ricci donna des instructions en italien fluide, et le maître d'hôtel accepta le paquet sans le moindre signe d'étonnement, s'éclipsant avec une efficacité sans faille. Comme si ce genre de requête était parfaitement normal dans le monde de Ricci.

— J'ai demandé à ce qu'on te le rapporte au moment où nous commanderons le dessert. Puis-je te verser un verre de ce Barbaresco d'ambroisie ? On l'appelle la reine des vins. Je le trouve plus doux que le Barolo, le roi, qui a sa place quand j'ai envie d'un rouge profond.

— Pourquoi le vin était-il débouché ? Peut-on lui faire confiance ?

Un nouveau sourire illumina ses yeux et sa bouche. — Je suis prévisible avec le vin. Le sommelier aura retiré le bouchon à cinq heures précises. Si j'avais été retenu au bureau et avais choisi de dîner à vingt heures, le nez se serait davantage ouvert, même s'il est déjà prêt à boire maintenant.

— Tu bois une bouteille de vin chaque soir ?

— J'ouvre une bouteille de vin — nuance. Je ne prends qu'un verre ou deux. Ce qu'il advient du reste de la bouteille, je ne le sais ni ne m'en soucie. Goûte. Dis-moi ce que tu en penses.

Ses années comme officier dans la Marine lui avaient beaucoup appris sur toutes sortes de boissons alcoolisées, y compris l'art d'apprécier les grands crus. Il versa le liquide rouge grenat dans son verre jusqu'à un tiers. Elle prit le verre par le pied, le fit paresseusement tournoyer avant d'incliner la tête pour humer le nez.

— Qu'as-tu trouvé ? demanda-t-il.

— Il s'ouvre lentement. Fruits, anis… Elle but une gorgée, fit rouler le vin dans sa bouche, avala et soupira. — Fraise, roses, une sorte de pot-pourri à la lavande. Délicieux. Merci, Signor Ricci.

Elle détailla ses traits en reposant son verre. Au-dessus de sourcils arqués, de courts cheveux châtain foncé, légèrement ondulés, et ces magnifiques yeux d'un caramel doux, irrésistibles. Son nez droit et fin menait le regard vers une bouche aux proportions parfaites, la lèvre inférieure, un peu plus pleine, promettant des plaisirs érotiques. Pommettes et mâchoire carrée composaient un cadre solide — un visage d'autorité.

Il fronça les sourcils. — Quoi ? demanda-t-elle.

— Appelle-moi Luc, dit-il, le prononçant comme « loutch ».

— Je pourrais, si on nous avait présentés. Les seuls indices dont je dispose sur ton identité, c'est Paul Wilson et le maître d'hôtel qui t'ont appelé Mr Ricci ou Signor Ricci.

Son visage s'éclaira. — Comme je suis malpoli, Bella. Il lui tendit la main. — Je suis Luciano Ricci, de Naples, Italie. Tu es Tristan ?

— Tristan Sinclair, de Melbourne, Australie. Enchantée ? L'électricité statique crépita entre eux quand sa main effleura la sienne. Son corps tressaillit. — Hmm, évitons de refaire ça, dit-elle. Son sourire prit un tour entendu.

— Tu t'entretiens une réputation de playboy, hein ? demanda-t-elle.

— C'est ce que les gens attendent de moi, haussa-t-il les épaules.

La contradiction implicite la déconcerta. Peut-être travaillait-il comme tout le monde, finalement. — Si tu n'es pas un playboy, tu fais quoi dans la vie ?

Une jeune serveuse déposa une assiette d'antipasti, détournant l'attention de Tris avant que Luc ne réponde. — Êtes-vous prêts à commander, ou souhaitez-vous encore un peu de temps ?

Tris parcourut le menu. — Les tagliatelles sont-elles aussi bonnes qu'il le prétend ? demanda-t-elle, en jetant un regard de côté à son compagnon.

— Certainement. Vous préférez doux, moyen ou relevé pour le piment ?

— Moyen, merci, et les scaloppine, dit Tris.

La serveuse demeura en attente, les mains dans le dos, prête à noter le choix de Luc.

— Je prendrai la même chose, dit-il en lui tendant son menu.

— Une salade ? demanda-t-elle.

— Nous partagerons une insalata mista, grazie, dit Luc. La serveuse sourit, ramassa le menu de Tris et s'éloigna d'un pas décidé.

— Comment font-ils pour ça ? demanda Tris. — Se souvenir des commandes sans les noter.

— Secrets de métier, rit-il, en rapprochant le plateau d'elle. — Chacun a sa technique. Si je prenais une commande pour le plat du jour, je plierais un pouce — main droite pour le primo, gauche pour le secondo.

— Tu as fait le service ? J'ai du mal à le croire. Elle choisit un cœur d'artichaut, du prosciutto et une cuillerée d'olives.

— Dans une affaire de famille, tout le monde faisait de tout. Il ramena la conversation à la réunion de plus tôt. — Puisque tu as dormi pendant la majeure partie...

— C'était si évident ?

— Seulement pour moi, dit-il, avec une lueur taquine dans le regard. — Je surveillais, au cas où je devrais te rattraper.

Son sourire était dévastateur. Une chaleur surprenante se répandit dans son ventre, un frémissement de joie lui battant la poitrine.

— Si tu dois faire un compte rendu de la réunion, les points clés étaient... Il se mit à les énumérer avec une mémoire stupéfiante, ajoutant des détails qu'elle n'aurait pas retenus, même en ayant prêté attention.

— Waouh. Pas étonnant que tu sois doué pour retenir les commandes au restaurant, dit-elle. Je n'en aurais pas retenu la moitié.

— Parce que tu étais apaisée, comme un chat au soleil. J'étais étonné que tu ne tombes pas de ta chaise, dit-il.

— Chacun sa façon de gérer les circonstances. Comme apprendre à saisir des micro-siestes de deux minutes pour survivre à une manœuvre militaire de vingt-huit heures.

La serveuse débarrassa le plateau et le remplaça par les pâtes, aussi parfaitement délicieuses que Luc l'avait promis.

La conversation ne faiblit pas, parcourant les pays et lieux d'intérêt que chacun avait visités. La question du travail de Luc ne revint pas, bien qu'il semblât beaucoup voyager. Il la divertit par ses descriptions de diverses villes et attractions de son pays.

Ses incursions en Méditerranée s'étant faites à bord de navires de la Marine, son expérience de l'intérieur des terres était limitée. Les commentaires de Luc balayaient le pays du nord au sud, pressant Tris de se ménager l'occasion d'y passer plus de temps. Elle se garda de lui dire qu'elle se rendait en Italie ce week-end. Les coïncidences troublantes ne lui plaisaient guère, peu importe les fourmillements qui l'envahissaient chaque fois que son regard s'attardait sur elle.

— Tu prendrais un dessert ? demanda-t-il.

— Non merci. Je commence tôt. Je vais récupérer mon tailleur et filer.

— Un café alors ? Pour remplacer celui que j'ai détruit ?

— Même pas. Si tu pouvais demander l'addition, j'apprécierais.

Son sourire aurait dû la mettre en garde. — Je m'en suis occupé.

— Combien je te dois ? demanda-t-elle, les dents serrées en pensée.

— Rien. Merci pour le plaisir de ta compagnie.

— Ai-je précisé que je n'aime pas les hommes autoritaires qui décident de tout sans même faire semblant de me demander ce que je veux ?

— Ce n'est qu'un dîner, *bella*, des excuses pour ma maladresse d'aujourd'hui. Accepte-le comme tel. La prochaine fois, on jouera selon tes règles. Je retrouverai tes vêtements.

Elle n'en était pas apaisée, mais à moins d'exiger de la serveuse qu'elle annule le paiement et divise l'addition, elle ne pouvait pas faire grand-chose. Ayant fait connaître son point de vue, elle en resterait là.

Il souleva l'index de la main posée sur la table et une serveuse apparut aussitôt. L'échange se fit encore en italien, les deux hommes jetant des regards dans la direction de Tris. Luc fronça les sourcils et congédia la serveuse d'un geste. — Il y a eu une confusion. On a livré ta blanchisserie dans ma suite avec mon manteau. Veux-tu que je les envoie la chercher, ou préfères-tu m'accompagner ?

— Pour admirer les précieuses gravures que tu fais sur ton temps libre ? fit Tris, la bouche tordue de côté.

— Des gravures ? Non, je ne peins pas et je ne dessine pas. Sa confusion semblait réelle.

Devait-elle expliquer l'expression ? Cela pourrait donner l'impression qu'elle s'attendait à l'intéresser au-delà d'un dîner partagé. — Tu as une suite ici ? demanda-t-elle pour détourner la discussion.

— C'est près du bureau.

Elle n'aurait pas pu se payer une chambre basique pour une nuit dans cet établissement, encore moins un séjour prolongé dans une « suite ». — Belle affaire de famille, si tu peux te permettre les tarifs ici, dit-elle.

Il haussa les épaules. — Tu me vois siéger en salle du conseil à Rome ? Je suis ce que tu appelles la brebis galeuse, non ? J'avais une broutille à régler à Melbourne. Demain, je pars.

Et ce serait tout. Son cœur se serra, mais sa raison pépia qu'elle l'avait échappé belle. Cet homme était bien trop tentant pour sa tranquillité d'esprit. — Je vois. Ce sera plus rapide si je vais le récupérer et que je file. Merci pour le dîner. Elle prit son sac.

Il contourna la table et tint sa chaise tandis qu'elle se levait. Sa main posée dans son dos envoya un frisson d'énergie le long de sa colonne. Elle aurait dû l'écarter, mais son magnétisme était chose rare pour elle.

Il n'avait pas répondu à sa question sur son travail, laissant flotter sa propre description de playboy dans l'air. Elle ferait bien de garder en tête qu'il ne s'éterniserait pas.

Ils entrèrent dans un ascenseur vide, et les portes, à peine refermées, se rouvrirent aussitôt.

— Juste à temps, lança une jeune femme. Elle se faufila en dansant, escortée de six autres. Ils coincèrent Tris contre le corps de Luc, son dos plaqué à son torse ; ses mains se crispèrent sur son sac, qu'elle tira contre son ventre. Sa main à lui se posa sur sa hanche pour l'équilibrer face aux bousculades des femmes. Des frissons de désir la traversèrent. Le parfum de l'homme, la force de ses bras la séparant des autres clients, et sa haute stature complotaient contre elle.

Le désir vira presque à la panique quand le vieux démon — la claustrophobie — resurgit. Trop de monde dans le petit espace, pas assez d'air pour respirer. Des frissons secouèrent son corps.

La main sur sa hanche se fit insistante, remontant et redescendant le long de son flanc. — Tourne-toi, murmura-t-il à son oreille. Elle obéit. — Ferme les yeux. Il n'y a que nous ici, bella. Elle s'exécuta, s'emplissant de son odeur, se concentrant sur son sillage, comptant chaque ongle qui s'enfonçait dans sa paume serrée autour de l'anse de son sac.

Elle avança d'un pas pour se dégager de ses bras lorsque les autres descendirent à un étage inférieur à celui de Luc et qu'elle put de nouveau respirer. Il la maintint enfermée entre ses bras, sa joue posée contre son front, tandis qu'un fredonnement doux vibrait dans sa poitrine.

Son cœur trébucha à cette proximité prolongée. Son corps voulait se fondre dans le sien. Elle était mal.

Un tintement retentit et la porte s'ouvrit à son étage. Luc la guida dehors, se dirigea d'un pas vif vers sa suite et l'y fit entrer.

Il la ramena dans ses bras pour la réconforter. Les siens se refermèrent autour de lui.

— Tu as souvent ces crises ? Qu'est-ce qui les déclenche ? demanda-t-il en lui massant les épaules, son nez niché à la base de son cou.

— Les orages et les espaces clos. L'un, d'un événement traumatique ; l'autre, d'une discipline d'enfance. Non, ça n'arrive pas souvent, dit-elle en arquant le dos pour créer un peu de distance sans pour autant retirer ses bras. — D'ordinaire, je suis préparée. Ce soir, tu m'as distraite.

Il plongea son regard dans ses yeux verts.

— Probablement parce que tu es un playboy, pas vrai ? sourit-elle, le tremblement dans son corps s'apaisant.

— Mmm. Que veux-tu que je dise ? Il abaissa les bras pour refléter la façon dont les siens s'enroulaient légèrement autour de lui.

— Ah, fit-elle. Merci de m'avoir sauvée et cachée des autres. Elle lui toucha la joue et pressa son corps contre son étreinte.

— Avec plaisir, dit-il, sans la quitter des yeux, la ramenant contre lui.

Il aurait dû la laisser partir, mais la tenir ainsi était un cadeau. Elle l'avait fasciné lorsqu'elle lui avait tenu tête, puis il s'était éloigné. Elle l'avait distrait le reste de l'après-midi. L'avoir retrouvée, avoir dîné avec elle, il en voulait plus, plus de temps, plus d'elle, plus de tout.

Elle interrompit sa retraite, resserrant ses bras autour de lui.

Sans rompre le contact de leurs regards, il repoussa derrière son oreille une mèche récalcitrante, son pouce caressant la douceur de sa joue.

— J'ai eu envie de t'embrasser depuis notre rencontre sur le pas de la porte, dit-il. Son attention se fixa sur le mouvement de sa gorge lorsqu'elle avala. — Je peux ? Il étudia ses traits en abaissant la tête par paliers, lui laissant le temps de se dérober. Ses yeux s'agrandirent et elle soupira dans sa bouche quand il l'atteignit.

Il effleura ses lèvres des siennes. Soyeuses, offertes, enivrantes. Son corps se fondit dans le sien. Sa bouche incita ses lèvres à s'entrouvrir et sa langue s'y glissa pour savourer sa saveur, nuancée par les restes de son vin. Une fragrance musquée montait du creux à la base de sa gorge, érotique, impérieuse. Sa virilité se dressa contre la douceur de son ventre tandis qu'elle se harnachait à lui, ses cuisses pressées fort contre les siennes.

Changeant l'angle de leur étreinte, le baiser se fit plus profond, plus brûlant, plus exigeant. Il se recula ; elle le suivit, refusant toute distance. Il écrasa de nouveau ses lèvres sur les siennes, aspirant, goûtant, pillant. Mon Dieu, il n'en avait jamais assez. Ses mains labourèrent sa chevelure, empoignant son cuir chevelu.

D'une douce poussée, elle se dégagea. Une pointe de déception lui traversa le bas-ventre.

Elle aplanit les paumes sur le devant de sa chemise et fit glisser de ses épaules sa veste de fine laine. Il l'attrapa et la lança sur un canapé proche. Puis, glissant ses mains derrière sa nuque, elle ramena sa bouche à la sienne, se gavant de lui avec la même franchise fébrile qu'il avait tant goûtée chez elle. Son cœur se gonfla.

Il releva la tête et prit son visage entre ses mains. — Tristan, si on ne s'arrête pas maintenant, il n'y aura plus de retour en arrière.

Cramponnée à ses épaules, elle inclina son corps vers lui, puis s'écarta. Son visage était empourpré. Sans croiser son regard, elle pivota à demi, prête à se détourner.

— Tu as raison. Désolée. Je n'ai pas assez bu pour accuser l'alcool. C'est toi qui m'enivres, dit-elle.

— Si je t'enivre, toi, tu me fais complètement perdre la tête. Il saisit sa main pour la ramener face à lui. — J'ai eu besoin d'embrasser ces lèvres depuis que je les ai rencontrées dans le vent.

— Hein. Moi aussi. Voilà qui est fait. Si tu veux bien me récupérer mon tailleur, je m'en vais, dit-elle.

— Tu pourrais rester. Il supplierait s'il le fallait pour la garder.

— Je ne fréquente pas les riches et célèbres.

Le front posé contre le sien, il dit : — Notre entreprise est riche et célèbre. Moi, je ne suis que moi. Je préférerais tellement que tu ne partes pas.

— Je ne connais pas les règles d'un plan d'un soir, dit-elle.

— On se rend heureux. Le matin, on se dit au revoir.

— Sans attaches, hein ? Elle leva le visage, les sourcils arqués.

— J'aimerais que, cette fois, il n'en soit pas ainsi.

— Flatteur. Elle mordilla sa lèvre inférieure gonflée. — Tu as dit que tu pars demain.

Il embrassa la marque laissée par ses dents. — Je reviendrai, murmura-t-il. — Je te le promets.

— Pas de promesses. Je n'y crois pas. Ses lèvres effleurèrent les siennes en parlant, son souffle chaud et encore teinté de vin. Il la serra plus près, se moulant à la courbe de son corps.

Leurs baisers devinrent pressants, désespérés. Elle fit sauter les boutons de sa chemise, effleurant du bout des doigts son torse nu, suivant les reliefs des muscles.

Il abaissa la fermeture de sa robe jusqu'à rencontrer l'obstacle de sa ceinture. Sans rompre le baiser, elle défit la boucle devant, la laissant tomber. Il glissa les mains dans le tissu ouvert, lissant la peau douce de son dos, dégrafa son soutien-gorge, puis fit glisser la robe au sol.

Ses seins nus se pressèrent contre lui, chauds et souples.

— Dio, gémit-il. Il en avait rêvé dans sa fantaisie de l'après-midi et à présent, elle était là, lui offrant tout.

Il la guida doucement vers la chambre. Elle ne résista pas.

Tris se réveilla sur l'image de Luc, appuyé sur un coude, en train de l'observer.

Elle ne se souvenait plus de la dernière fois où elle s'était éveillée avec quelqu'un à ses côtés dans un lit. La chaleur de sa présence, l'intensité tranquille de son regard — l'un et l'autre la troublaient plus qu'ils n'auraient dû.

Une main suivait nonchalamment les courbes de son corps, rallumant instantanément les sensations de la nuit. Il se pencha et l'embrassa longuement.

— Je dois aller à une réunion dans une demi-heure. Je ne pouvais pas partir sans te dire adieu. Sa main effleura sa hanche, sa bouche s'attardant sur la sienne. Une profonde inspiration souleva sa poitrine contre la sienne. — Ce ne peut pas être un adieu. Il faut que je te voie à mon retour.

Ses mots la traversèrent comme une onde, mais elle se ressaisit. — Plan d'un soir, on était d'accord. Sans attaches. Tu pars aujourd'hui. Elle s'était accrochée à cette idée toute la nuit, même si son cœur menaçait de trahir sa résolution.

— Je reviendrai. Donne-moi tes coordonnées. Il s'assit au bord du lit, la regardant.

Elle se redressa contre les oreillers. — Je ne pense pas, dit-elle doucement. — Mon cœur ne supporterait pas d'attendre un appel qui ne viendrait jamais. Du bout du doigt, elle retraça le grain de beauté en forme de cœur sur sa clavicule, le gravant en mémoire. — Si on doit se revoir, ça arrivera. Peut-être que je sortirai prendre un café un jour de grand vent et qu'un manteau doté de sa propre volonté me projettera le plateau dessus. Elle étira ses lèvres en un sourire pour masquer la douleur dans sa poitrine.

Il plissa les paupières. — Je ne vaux pas la peine qu'on m'attende ? demanda-t-il.

Elle resserra ses doigts sur son épaule. — On a passé une nuit incroyable. Je ne fréquente pas les riches et célèbres, tu te souviens ?

Le regard qu'il lui lança la transperça jusqu'à l'âme. Puis, sans un mot de plus, il se leva brusquement et se dirigea d'un pas vif vers la salle de bains.

Tris mâchonna l'intérieur de sa joue, puis expira lentement et se traîna hors du lit pour enfiler un des peignoirs moelleux de l'armoire. Elle alla se rafraîchir dans les toilettes près de l'entrée, ayant besoin d'un moment pour reprendre contenance. Quand elle revint, il était déjà habillé — pantalon sombre, chemise ouverte au col, l'incarnation de l'élégance sans effort.

Ses yeux se consumèrent en glissant sur ses jambes nues et le peignoir serré vaguement à la taille. — Si tu changes d'avis à mon sujet, envoie-moi un message à ce numéro, dit-il en lui tendant une carte de visite où figurait « Luc » au-dessus d'un numéro.

Avant qu'elle ne puisse répondre, il captura sa bouche dans un dernier baiser brûlant — celui qui fit tournoyer ses émotions, comme il l'avait fait toute la nuit.

Mon Dieu, pouvait-elle vraiment le laisser partir ?

Du bout des doigts, il effleura son visage comme pour en mémoriser chaque détail, l'imprimant de sa marque.

Lorsqu'il se recula enfin, il soutint son regard, sans ciller. — Nous nous reverrons. D'un dernier regard prolongé, il pivota et quitta la suite d'un pas rapide.

Tris s'affaissa au pied du lit, la carte blanche entre ses doigts. Était-il sérieux ?

Elle se redressa puis se leva avec douceur.

Sa tenue d'hier, fraîchement blanchie, pendait dans l'armoire, enfermée dans un sac plastique transparent. Pas la moindre trace de café sur son chemisier, sa jupe ni sa veste. Ici, le personnel connaissait son métier.

Dieu merci. La dernière chose dont elle avait besoin, c'était d'arriver au travail dans la robe rouge de la veille.

En secouant ses vêtements, elle rattrapa la ceinture avant qu'elle ne tombe. La robe. Elle ne pourrait plus jamais la remettre sans se souvenir de lui — de ce lien, de la façon dont il la faisait se sentir.

Avec soin, elle roula l'étoffe en un cylindre serré et la glissa dans un de ses sacs de courses pliables. Puis, avec une résolution délibérée, elle l'enfouit au fond de son cabas, hors de vue.

Si seulement elle pouvait en faire autant avec ses souvenirs de Luc.

La réalité était brutale. Dès qu'il avait quitté la suite, il était devenu un chapitre de son passé.

Aujourd'hui, d'autres priorités l'attendaient.

Quelques heures au bureau, puis rentrer pour préparer sa valise.

D'abord : une réunion avec son patron.

CHAPITRE 4

John Trevethan fit rouler sa chaise en arrière de son bureau quand Tris frappa à la porte restée ouverte.

— Tris. Entre. Tu as décidé ce que tu fais de tes trois semaines de congé, ou tu t'en sers comme d'une période de bachotage pour le nouveau poste ?

— Il y aura du bachotage. Je dois m'assurer de maîtriser toutes nos divisions avant l'entretien. D'un autre côté, une amie m'a appelée hier pour me proposer une croisière en Adriatique à laquelle elle ne peut pas se rendre.

— Excellent. Une coupure te fera du bien. Tu reviendras détendue et prête à repartir sur les chapeaux de roues. J'ai beaucoup misé sur toi, ma fille, et je veux te voir réussir ici.

— Merci, John, ton soutien compte énormément.

— En vieux loup de mer, je sais que le retour à la vie civile peut prendre du temps. Il s'adossa à son siège, croisant une jambe sur l'autre, les mains posées sur son torse maigre.

— Ça fait quatre ans que j'ai quitté la Marine, lui rappela-t-elle.

— Oui, oui. Il leva les mains en signe de reddition. — Tout ce que je dis, c'est que ce n'est pas toujours facile quand on est seule.

Il avait peut-être de bonnes intentions, mais un doute effleura l'esprit de Tris. Si John ne croyait pas qu'elle pouvait se débrouiller dans la vie, comment pouvait-elle lui faire confiance pour la soutenir quand elle prendrait en charge une part importante de l'entreprise ? Elle chassa cette pensée.

— Tu as des questions sur le nouveau rôle ? demanda-t-il.

Tristan inclina la tête, pensive. — Dans quelle mesure le conseil et le PDG seraient-ils ouverts à élargir le rôle vers une feuille de résultats à quatre lignes, un 4BL — incluant la culture d'entreprise en plus des composantes sociale, environnementale et financière de la ligne de résultat ?

— C'est une première étape pour nous. Certes, on fait déjà pas mal de social de toute façon, on s'occupe des nôtres autant qu'on peut. Pourquoi ? Il y a quelque chose dans la culture de l'organisation qui ne te plaît pas ? demanda John. — Si c'est le cas, je ne te conseillerais pas de l'aborder à l'entretien.

— Il y a encore un solide plafond de verre ici — pour les femmes, les personnes des Premières Nations et les immigrés. J'aimerais faire évoluer cet état d'esprit. La plupart de notre personnel de nettoyage est composé de femmes et d'immigrées, et elles devraient avoir une voie d'évolution plus claire. C'était un combat qu'elle menait partout où elle avait de l'influence.

— C'est toi qui vas briser ce plafond, dit-il. — Tu peux travailler l'aspect humain dans la partie sociale du rôle, mais n'essaie pas de changer le monde du jour au lendemain. Commence par prendre le poste. Son ton était ferme, pragmatique.

— Comme tu l'as vu à la réunion d'hier, beaucoup d'autres veulent ce poste. Tu dois être plus maligne et plus stratégique si tu veux l'emporter. Concentre-toi sur la planète, les personnes et les profits. Une fois que tu auras le poste bien en main, viens me parler de culture. Ou bien... Il haussa un sourcil. — Tu l'appelles déjà « patriarcat » pour faire coller personnes, profits et planète ?

— Tu me connais bien, dit-elle d'un ton léger, même si un autre frisson de doute se réveilla dans sa poitrine. Il y avait quelque chose de différent chez John aujourd'hui — un décalage, sans doute.

Il sourit, puis son expression se fit sérieuse. — Mon conseil ? Concentre-toi sur le business et les marques qui composent l'entreprise. Ta priorité doit être des politiques qui nous font choisir les bons produits — ceux qui nous protègent des nazis de l'écologie militante et des gardiens autoproclamés du droit du travail, tout en continuant à générer des bénéfices de plusieurs milliards.

— « Nazis » est un mot fort. Elle tiqua. — Nous devons prendre en compte l'impact environnemental de nos activités. On source des produits pour la restauration, le nettoyage, la blanchisserie et les installations. Les clients veulent savoir que nous avons l'empreinte carbone la plus légère possible.

— J'appelle un chat un chat, dit-il en haussant les épaules. — Et si ça ne tenait qu'à moi, je ne laisserais pas non plus les syndicats entrer. Ils ne font que gêner les affaires. Son ton était plus acerbe que d'habitude, une quasi-égrenant un grognement sur son visage — peu conforme à son caractère.

Tris fit glisser deux doigts sur les muscles crispés de son front. — D'où ça te vient, tout ça ? Je ne t'ai jamais vu ultra-conservateur. Les syndicats existent pour protéger les travailleurs contre des employeurs sans scrupules. Elle plissa les yeux. — Michael n'a pas été élu chef syndical ?

John grimaça. — Ouais, ben. Les syndicats dépassent leur mandat et les patrons syndicaux menacent de mettre fin à des relations personnelles aux pires moments.

Son estomac se retourna. — Vous avez des problèmes, Michael et toi ? Après vingt-six ans ensemble ?

Il laissa échapper un long soupir. — Parfois, les gens en qui tu as confiance te laissent tomber quand tu t'y attends le moins. Une ombre passa sur son visage. — Il n'est pas venu au truc de la galerie. Il m'a laissé en plan. Puis, comme pour s'en défaire, il demanda : — La réunion s'est bien passée ?

— Comme d'habitude. Ils commenceront à laver les vitres la semaine prochaine. Pas question de dire à son patron comment elle avait passé la nuit dernière.

— Noté. Il posa les coudes sur le bureau. — Parle-moi de ta croisière. Son humeur s'éclaira, un peu. — Si c'est une bonne, ce pourrait être le tonique dont Michael et moi avons besoin.

— Elle part de Naples vers la Sicile, file en Grèce, remonte en Croatie, puis repasse par quelques ports italiens avant de finir à Venise. Je resterai à bord pour le trajet retour jusqu'à Naples.

—Avec qui ? demanda John.

— C'est une compagnie italienne haut de gamme. Il y a presque autant de membres d'équipage que de passagers. Ce sont les ECM — Eleganti Crociere nel Mediterraneo — pardon pour l'italien. En anglais : Elegant Mediterranean Cruises, traduisit-elle. — Tous leurs navires portent un nom en « Dorata-quelque chose ». C'est « Golden-je-ne-sais-quoi »...

— J'en ai entendu parler, dit John en hochant la tête. — Nous avons répondu à un appel d'offres pour certains de leurs services à quai quand ils ont envisagé de s'étendre dans la région, mais ils semblent avoir tout verrouillé. Tu pars quand ?

— Ce soir. Melbourne jusqu'à Dubaï, puis Rome. Je prendrai un train pour Naples le lendemain.

— Naples, hein ? Assure-toi d'aller voir l'Allée de Noël — Via San Gregorio Armeno. Toute la rue est bordée de boutiques vendant des décorations de Noël et des crèches. Prends ton temps pour regarder avant d'acheter quoi que ce soit — il y a des chances que la boutique suivante ait encore mieux. Il balaya l'air d'un geste. — Bref, tu es pratiquement en vacances déjà. Prends le reste de la journée pour t'organiser.

—Je prends. Je partirai après le déjeuner. Il y a deux-trois trucs que je veux finir d'abord. Elle hésita. — Au fait, je transforme mon absence en congé sans solde. J'ai déposé les papiers aux RH ce matin. Je préfère garder mon congé annuel, et qui sait ? Je finirai peut-être par travailler quelques jours sur le navire. Ce serait une bonne expérience de management.

John hocha la tête, approbateur. — Ça me va. Quoi que tu fasses, reste prudente et reviens ici décrocher ce poste et tout déchirer. Ses lèvres s'étirèrent en un demi-sourire. — Évite juste de faire une bêtise du genre tomber amoureuse d'un bel Italien.

Tristan rit en se dirigeant vers la porte, mais ce moment de légèreté ne dissipa pas totalement le malaise qui rampait dans ses pensées. Elle avait eu l'occasion d'expliquer ses véritables raisons pour ce voyage, mais s'était retenue. John était d'une humeur étrange aujourd'hui. Elle n'était pas du genre à garder des secrets, pourtant quelque chose lui disait que ce n'était pas le moment de dire la vérité.

Tout comme elle ne l'avait pas dit à Luc la veille au soir.

Ni l'un ni l'autre n'avait besoin de savoir — et ils ne sauraient pas, à moins que quelque chose ne tourne très mal. Elle verrait le moment venu si l'orage pointait à l'horizon.

Il y avait des avantages à une vie en solitaire, pensa Tristan en refermant la porte derrière elle, le soir venu. Le chauffeur de la compagnie aérienne était arrivé à l'heure convenue, avait frappé une fois, récupéré ses bagages et l'avait conduite à l'aéroport avec une efficacité silencieuse.

À l'enregistrement, elle évita les files d'attente de la classe économique pour se diriger droit vers le comptoir de la classe affaires avant de filer à travers le contrôle des passeports. Lors d'un précédent voyage à Sienne, elle avait volé en éco — plus jamais. Le piétinement sans fin à la sécurité et au contrôle avait suffi à lui faire jurer que, dès qu'elle le pourrait, elle voyagerait toujours en affaires. Ce soir, sa carte d'accès prioritaire lui garantissait un passage encore plus fluide. Le paradis.

Au salon, elle commanda un verre de vin pétillant et une petite assiette de fromage et de crackers. Alors que l'agent le lui tendait, un mouvement derrière la cloison treillagée attira son regard. Un grand homme inclina la tête vers le comptoir d'accueil.

Tris se figea.

Ce n'était pas possible que ce soit Luc.

Elle chercha à mieux voir tandis qu'il s'éloignait vers le fond du salon, mais la cloison lui bouchait la vue. Son pouls s'emballa. Elle se montrait ridicule. Un vœu pieux, peut-être ? Elle avait fait son choix — fixé ses propres règles. Luc appartenait déjà à son passé.

Elle but une longue gorgée de vin, se forçant à calmer son cœur affolé.

Les hommes riches et privilégiés n'étaient pas son style. Ce n'était pas seulement le souvenir de son collègue de la Marine qui lui avait brisé le cœur — elle se souvenait à peine de son nom. C'était l'attitude de ceux qui se croient tout permis qui la hérissait. Leur façon d'utiliser les gens puis de les jeter sans un regard. Un thérapeute se régalerait à analyser pourquoi une fille qui avait grandi dans le système de protection sociale en gardait un tel ressentiment.

Mais, au fond, n'était-elle pas elle aussi en train de s'offrir un petit privilège ?

Elle but une gorgée. Peut-être. Mais elle avait sa défense prête si on la mettait au défi : elle avait besoin d'être fraîche à l'atterrissage. Les sièges de la classe éco sur long-courrier lui tordaient le corps en nœuds pendant des jours.

Avec un soupir, elle sortit sa tablette de son bagage cabine et l'ouvrit. Si elle se concentrait sur l'actualité internationale, peut-être — juste peut-être — arrêterait-elle de ruminer des dilemmes qu'elle ne pouvait pas contrôler.

Dès que l'affichage de la compagnie fit passer le statut du vol de « ouvert » à « embarquement », Tris rassembla ses affaires et se dirigea vers la porte. Elle avait largement le temps, mais elle aimait être en avance — organisée, installée et prête à dérouler son plan de vol personnel.

La cabine de classe affaires était configurée en 1-2-1 : des sièges individuels côté hublot et des paires au centre. Sa réservation de dernière minute l'avait placée dans la section centrale.

L'écran de séparation rétractable entre les sièges était en position basse. Elle le laissa ainsi. Dormir en avion pouvait déjà paraître claustrophobe sans y ajouter un mur. Avec un peu de chance, sa voisine ou son voisin penserait pareil — sinon, elle ferait avec ou passerait la nuit assise.

Un steward s'approcha, sourire d'accueil aux lèvres, lui proposant un verre de vin pétillant et un menu. — Je reviens dans un instant prendre votre commande, dit-il avant de poursuivre son service.

Tris s'enfonça dans son siège, prit une gorgée de vin et parcourut le menu. Elle comptait dîner plus tard — caler son repas sur le fuseau de Dubaï pour s'ajuster. Pour l'instant, quelques noix avec son verre et un film feraient l'affaire.

Elle hésitait — agneau aux épices marocaines ou « terre et mer » avec filet de bœuf et grosses gambas — quand un choc atterrit à côté d'elle.

Un sac s'écrasa sur le siège.

Elle jeta un coup d'œil par-dessus la cloison, et son souffle se coupa.

Des yeux miel-caramel se verrouillèrent aux siens.

Les bras de Luc se figèrent à mi-geste alors qu'il hissait son bagage cabine dans le coffre supérieur. Un sourire lent et entendu étira ses lèvres.

— Bonjour, murmura-t-il. — Tu m'attendais ?

Tris posa prudemment son verre sur l'étagère à côté d'elle et soutint son regard sans ciller.

— C'est bien toi, dit-elle.

Son regard chuta — s'attardant sur sa bouche.

— Oui, dit-il. — C'est moi.

— Et tu vas jusqu'à Dubaï ? Son cœur cogna.

— Nulle part où s'arrêter d'ici là, dit-il en rangeant son sac avant de se laisser tomber dans son siège. Sans hésiter, il lui prit la main.

Tris se figea. La chaleur de sa paume lui envoya une décharge à fleur de peau, réveillant des souvenirs — son corps glissant contre le sien, la pression de sa bouche, la façon dont il la faisait se sentir.

— Bella. Sa voix était basse, taquine. Le sourire dans ces yeux miel-caramel s'enroula dans son ventre comme une flamme lente.

Elle retira sa main d'un coup et se rassit vivement. Contrôle. Elle avait besoin de contrôle. Cet homme avait une façon de passer ses défenses et, si elle n'y prenait pas garde, elle ne s'en remettrait peut-être jamais.

— On s'est dit au revoir. Sa voix sortit posée, plus ferme qu'elle ne se sentait.

Le sourire de Luc s'accentua. — Bon vol, ajouta-t-elle en se réfugiant derrière le menu, lui lançant un bref regard de biais et évasif.

— C'est tout ? Il pencha la tête, l'amusement pétillant dans son regard. — Tu es... comment vous les Aussies appelez ça ? — en train de m'envoyer balader ?

Elle força son expression à rester lisse, battant des cils pour l'effet. — C'est une expérience nouvelle pour toi ?

Son sourire vacilla, à peine, avant que le steward n'arrive pour prendre sa commande de boisson.

Tris profita de l'instant pour faire défiler le système de divertissement et se concentrer sur n'importe quoi d'autre que lui. Un film. Un documentaire. À la rigueur, la vidéo de sécurité. Mais sa présence imprégnait son espace — son parfum, sa chaleur, le poids de son regard posé sur elle.

Ses doigts pianotèrent au hasard sur les commandes. Puis — chaleur. Sa main couvrit la sienne, forte et sûre.

Une étincelle crépita dans tout son corps.

Luc se pencha légèrement. — Détends-toi. Sa voix était douce, cajoleuse. — Je ne peux pas te sauter dessus dans l'avion — même si nous en avions envie tous les deux. Contentons-nous de profiter du vol, hmm ?

Sa respiration accrocha.

Lentement, elle soutint son regard. Hocha la tête.

Mais quand ses yeux glissèrent vers sa bouche — s'y attardant une fraction trop longtemps — elle attrapa son verre et en avala le reste d'un trait.

Le steward revint, préparant la cabine pour le départ.

Tris saisit le casque posé à côté de son siège et le mit. Il était temps de revenir à son plan de vol personnel : encas avec film, dîner, sommeil, encas, film, petit-déjeuner et — si le temps le permettait — encore un film avant Dubaï. Elle avait affûté cette routine au fil des années. Elle la maintenait organisée, en contrôle.

Déterminée à donner l'image d'être totalement absorbée, elle choisit un James Bond récemment sorti.

Le briefing de sécurité l'interrompit, suivi de près par le décollage. Elle adorait ce moment. La puissance brute des réacteurs, la force qui la plaquait contre le siège quand l'avion s'arrachait au sol — ça lui donnait toujours un frisson. Les yeux fermés, elle laissa la sensation la traverser.

Quand l'avion se stabilisa, elle soupira, rouvrit les yeux et tendit la main vers son casque — pour surprendre Luc en train de la regarder.

— Tu aimes voler, hein ? Ses yeux pétillaient d'amusement.

— Oh, oui. Tris sourit. — Depuis toujours, pour toujours.

Elle lui adressa un bref sourire avant de revenir à son film.

À peine s'était-elle replongée dans l'action à l'écran qu'une caresse légère sur son bras la fit sursauter. Elle lança à Luc un regard acéré. Il la regardait comme si elle était la chose la plus divertissante à bord.

— Oui ? Elle garda une voix neutre en ôtant son casque.

Luc désigna le steward à côté de lui. — Richard voudrait connaître nos préférences de repas et quand nous souhaitons dîner.

Elle pinça les lèvres pour ne pas lui répondre sèchement. « Nous » ? Il n'y avait pas de « nous ».

Se tournant vers l'agent, elle dit : — Des noix et le Sauvignon blanc néo-zélandais pour l'instant, s'il vous plaît. Puis, le bœuf avec le Cabernet de Coonawarra dans deux heures environ. Merci.

Elle offrit un sourire poli, puis se reconcentra sur son écran — pour grincer des dents quand Luc ajouta avec aisance : — Sì. Elle prendra la pavlova, je prendrai le fromage. Deux cafés, s'il vous plaît. Merci.

Hum. Il choisissait maintenant le dessert pour elle ?

Elle tourna vivement la tête vers lui.

Luc se contenta de sourire. Suffisant. Sans s'excuser.

Ça allait être long.

Tris grogna dans sa barbe et relança son film. Elle remit son casque et ignora ostensiblement Luc pour se concentrer sur son écran. Quand son vin et ses noix arrivèrent, elle fit le vide, ne gardant que les sons du divertissement. Quand le générique tomba, son corps exigea qu'elle se déplie et étire ses muscles.

Elle parcourut la cabine d'un bout à l'autre, prenant son temps avant de revenir à sa place. En repassant, elle aperçut un steward dresser la table de Luc pour le dîner. Une seconde plus tard, un autre ajustait son plateau et installait son propre repas.

Luc leva son verre. — Alla tua buona salute, dit-il avec aisance. — Et un vol tout en douceur.

Tris hésita, puis fit tinter doucement son verre contre le sien. Elle pouvait se montrer gracieuse.

Luc dînait comme s'ils étaient dans un bon restaurant, pas haut au-dessus de l'Australie — ou où qu'ils soient à présent. Ils étaient en l'air depuis près de trois heures, ce qui signifiait qu'ils se trouvaient probablement au-dessus de l'Australie-Occidentale.

Très bien. Elle jouerait le jeu. Ça pouvait tout aussi bien être une réception d'entreprise, et il était l'inconnu assis par hasard à côté d'elle.

— Tu fais une halte à Dubaï ? demanda-t-il.

— Non. C'est juste une escale. Et toi ?

— Je rentre en Italie pour deux semaines.

Ah. Les chances de le recroiser si vite étaient déjà astronomiques, mais là, ils étaient sur le même vol, avec des sièges voisins ? Trop de coïncidences.

Ses instincts frissonnèrent. L'appel de Siena l'avait mise en alerte. Oui, elles avaient utilisé les vieux téléphones, mais si quelqu'un surveillait Siena, il ne faudrait pas grand-chose pour retrouver l'appel. Si son amie était sous surveillance, alors tous les lieux qu'elle fréquentait — y compris son appartement — pouvaient être compromis.

Tris se força à afficher une expression neutre. Inutile de laisser Luc voir où son esprit était parti.

— Tu as regardé un film ? demanda-t-elle, détournant la conversation des destinations et des plans.

Il acquiesça. — Un de ces thrillers d'action que tu as zappés. Et toi, tu regardes quoi après ?

— Après ? Je dors.

Luc fit tss. — Trop tôt. On ne dort pas juste après un repas. Tu feras des cauchemars. Ma nonna me le disait, et elle avait raison sur tout. Son air faussement grave faillit la faire rire.

— Ah oui ? Et que conseillerait ta nonna ?

— Regarder quelque chose de léger. Laisser le corps se détendre. Ensuite, tu peux dormir. Il se pencha d'un air de conspirateur. — De préférence un classique comique que tu as vu mille fois — comme ça tu n'as pas à réfléchir, juste à savourer.

Son charme était impossible à ignorer. Fichu.

Le steward revint, remplaçant l'assiette d'entrée vide de Tristan par son plat principal. Sa bouche s'emplit d'eau à la vue d'un faux-filet parfaitement saisi, surmonté de trois grosses gambas.

— Si je mangeais comme ça tous les jours, il me faudrait monter les escaliers en courant au lieu de prendre l'ascenseur.

Luc gloussa.

— Tu travailles dans l'immeuble où on s'est rencontrés, non ? Ses yeux pétillaient, et il haussa légèrement les sourcils sur « rencontrés ».

Tris garda une expression neutre. — Évidemment.

— Tu fais quoi ?

Ses alarmes internes redoublèrent. Elle prit une gorgée lente de vin avant de répondre.

— Du travail de bureau, dit-elle d'un ton léger. — Rien de glamour, mais si personne ne le fait, les rouages des affaires se grippent. C'était strictement vrai. Son travail se faisait dans un bureau — même si son objectif était de monter assez haut pour influer sur les politiques.

Elle inclina la tête. — Tu y travailles aussi, ou tu étais juste de passage ?

Le sourire de Luc ne faiblit pas. — Parfois, oui. D'autres fois, on m'envoie sur le terrain.

Tris écarquilla les yeux d'un air feintement admiratif. — Ça a l'air dangereux.

Il sourit. — Non, pas dangereux. On est une agence de voyages. Mon job, c'est de m'assurer que les clients ont l'expérience pour laquelle ils paient.

Bien sûr. Une agence de voyages basée aux étages supérieurs d'un immeuble où il fallait un accès sécurisé — rien que pour choisir l'étage dans l'ascenseur. Pas exactement accueillant pour les clients.

Elle posa son couteau avec un petit claquement. — Ton steak est comment ? demanda-t-elle, ramenant la conversation sur un terrain neutre, où il n'y avait pas besoin de mentir.

— Parfait, dit-il en coupant dans la viande. — C'est fou ce qu'ils arrivent à sortir de ces minuscules cuisines.

— Tu as choisi ton prochain film ?

Les lèvres de Luc se relevèrent. — Un jour sans fin. S'il est au programme, je le regarde toujours : c'est mon film de nonna.

— Film de nonna ?

— Oui. Le film que ma grand-mère me dirait de regarder. Il se laissa aller contre le dossier, un sourire paresseux jouant sur ses lèvres. — Je le connais par cœur. Il me fait toujours rire et, si je m'endors en cours de route, je sais déjà comment ça finit.

Tris sourit. — J'adore ce film.

Le regard de Luc se réchauffa. — Ah oui ?

— Oui. Elle but une gorgée, se rappelant. — Un jour, j'étais assise en face d'un monsieur plus âgé dans un avion qui le regardait. À l'embarquement, il était si sérieux, tout raide et guindé. Dès que le film a commencé, il a éclaté de rire. Fort. Sa pauvre femme essayait de le faire taire, mais à chaque fois, il riait plus fort. À la fin, elle a abandonné et s'est mise à rire de lui. Ils avaient tous les deux les larmes qui coulaient sur les joues.

Le sourire de Luc s'accentua. — Et voilà pourquoi Un jour sans fin est le film de nonna parfait.

Tris ricana. Fichu. Il était impossible à détester.

— D'accord. On le regarde ensemble, dit-elle.

La conversation sur leurs films préférés les accompagna jusqu'à la fin du dîner. Tris reçut sa pavlova et son café sans commentaire, choisissant d'en profiter malgré l'autoritarisme de Luc qui avait commandé pour elle.

Quand les stewards débarrassèrent leurs plateaux, Luc la guida pour synchroniser leurs écrans vidéo.

Au générique d'ouverture, elle se tortilla pour trouver une position confortable. Elle savait déjà ce qui arrivait, riant à l'avance avant même que les blagues ne tombent. Quand elle leva la main pour essuyer une larme de rire, Luc l'attrapa et glissa dans sa paume un mouchoir de lin impeccable.

Un éclair de déjà-vu la traversa — exactement comme l'incident du café la veille. Était-ce vraiment seulement hier ? Tant de choses s'étaient passées depuis.

Elle sécha ses yeux, sans même avoir un instant de répit avant le prochain éclat de rire. Quand elle regarda Luc, elle le surprit à jongler entre l'écran et son visage, les épaules secouées d'un rire retenu.

Au générique de fin, elle lui tendit le mouchoir. — Tiens. Merci.

— Non, garde-le, dit-il, la voix tiède d'amusement. — Si tu rêves du film, tu pourrais en avoir besoin.

— Tu n'as pas tort, souffla-t-elle.

Se levant, elle attrapa la tenue de détente légère qu'elle avait prévue pour dormir. Une petite pointe de nostalgie la piqua — les jours où les compagnies aériennes offraient des pyjamas lui manquaient encore. Récupérant la trousse de toilette dans la pochette de siège, elle se dirigea vers la salle de bain pour se changer.

À son retour, son siège avait été transformé en lit totalement plat, la couette sagement repliée en signe de bienvenue. Luc avait été plus rapide, déjà installé sous sa couverture, la regardant approcher par-dessous des paupières mi-closes.

Lorsqu'elle s'approcha, il se redressa sur un coude, l'invitant d'un geste.

Curieuse, elle posa un genou sur son lit et se pencha vers lui. — Quoi ?

Sa main glissa sur sa nuque, la tirant un rien plus près — juste au moment où une poche de turbulences secoua l'avion. Elle perdit l'équilibre et bascula sur lui, son souffle se suspendant alors que leurs lèvres n'étaient plus qu'à quelques millimètres.

Son sourire était paresseux, sa voix basse. — Mmm. Sympa.

Ses paumes atterrirent sur ses épaules ; son pouls cognait tandis qu'elle essayait de se redresser. Elle se figea. Sa bouche était si proche, son souffle chaud contre ses lèvres.

Juste encore une fois.

La pensée se forma avant qu'elle ne puisse l'arrêter.

Ses lèvres effleurèrent les siennes — léger, furtif. Mais la main qui berçait sa nuque stoppa sa fuite. Il approfondit le baiser, sa langue traçant ses lèvres, la taquinant, l'attirant plus près.

Son corps répondit avant que son esprit ne proteste.

Dangereux.

Et pourtant, elle ne se dégagea pas.

Perdue dans le baiser, elle lutta pour reprendre ses esprits. Son pouls tambourinait, sa respiration était irrégulière. Enfin, elle poussa sur ses épaules, rompant l'envoûtement.

Son esprit filait au rythme de son cœur. Reprendre de la hauteur. Elle devait la reprendre. Et pourtant... jamais un baiser ne l'avait emportée ainsi — jamais elle n'avait perdu à ce point la notion du monde, juste à cause d'une pression de lèvres.

Se reculant, elle étudia son visage, savourant la légère stupeur encore accrochée à ses yeux. Bien. Il était aussi touché qu'elle.

Elle lâcha un petit rire. — C'était agréable. Bonne nuit. Avec une torsion délibérée, elle se roula sur son lit, mettant de l'espace entre eux.

Luc laissa échapper un petit rire, puis traça un doigt le long de sa joue. Un frisson la parcourut.

— Buona notte, cara. Sa voix était profonde, une caresse à elle seule. Il soutint son regard une seconde de plus, quelque chose de sombre et d'illisible y passant, avant de se retirer de son côté de la cloison.

Il enfonça ses bouchons d'oreille et tira son masque de nuit, coupant le monde.

À sa suite, elle se cala, glissant ses propres bouchons d'oreille avant de les coiffer d'une musique classique douce au casque. Elle vérifia une seconde fois que sa ceinture était attachée par-dessus la couette, puis abaissa son masque, une chaleur douce au creux de la poitrine en s'enfonçant dans la literie moelleuse.

Le baiser était incroyable, et se réveiller à côté de lui au matin ? Ce serait la cerise sur le gâteau.

CHAPITRE 5

—Quarante-six heures, Monsieur Griff. Le ton de Tristan était ferme, sans faille. — Si je n'ai pas un passeport physique à votre nom sur mon bureau, vous ne quitterez pas le port avec le navire.

L'homme face à elle renfrogna les sourcils, ses yeux brun foncé lançant des éclairs de frustration, tandis que ses épaules se tassaient, comme pour encaisser un choc.

— Je vous l'ai expliqué, Madame Sinclair, dit-il d'une voix teintée d'irritation. — Ils n'ont pas transféré mon passeport depuis le navire précédent. C'est la même compagnie. Vous ne pouvez pas simplement utiliser les informations déjà au dossier en attendant que mon passeport arrive ?

Il répétait le même argument depuis quinze minutes. Tristan croisa les bras.

— La compagnie n'a aucune trace d'un passeport au nom de Nico Griff. Pas d'acte de naissance. Aucun document justificatif. Rien, à part votre candidature. Elle se pencha en avant, accrochant son regard. — Je ne vous autoriserai pas à effectuer cette traversée sans passeport valable. Je comprends que votre affectation ait été de dernière minute parce que le comptable est parti en congé — c'est sans importance. Je dois rendre des comptes aux services d'immigration à chaque port, et la moindre irrégularité met toute la compagnie en danger. Nous partons mercredi à 16 h 30. Si je n'ai pas votre passeport d'ici mercredi midi, vous ne monterez pas à bord.

Elle observa la tension dans sa mâchoire, la façon dont ses mains se crispaient en poings le long de son corps. Qu'est-ce qu'il ne comprenait pas là-dedans ? S'il avait travaillé sur d'autres navires d'ECM, il devrait connaître les règles.

Dans un long soupir, Griff finit par se laisser tomber sur la chaise qu'il avait ignorée jusque-là et enfouit son visage dans ses mains.

— J'ai besoin de ce boulot, gémit-il légèrement. Ses doigts s'enfoncèrent dans son cuir chevelu avant qu'il ne relève la tête, son regard s'aiguisant. — On m'a dit que le passeport ne poserait pas de problème parce que le propriétaire en personne exigeait que je sois ici. Je n'ai pas l'argent à jeter par les fenêtres pour obtenir un passeport en urgence.

Tristan inclina la tête, l'étudiant. Quelque chose clochait. Ses instincts bourdonnaient, une note d'alerte vibrant sous la surface. Essayait-il de l'embobiner ? Un rictus presque imperceptible jouait au coin de sa bouche, comme s'il s'amusait à ses dépens. Ce n'était pas une broutille.

S'agrippant au bord de son bureau, elle se força à rester calme. Peut-être que les mises en garde de Siena — ne faire confiance à personne — la rendaient paranoïaque, mais quelque chose, dans ce scénario, ne collait pas.

Elle le détailla encore. Ses yeux — brun sombre — la troublaient d'une manière qui la déstabilisait. Ils n'étaient pas miel-caramel comme ceux de Luc, mais ils déclenchaient une sensation familière, un bourdonnement sourd au creux du ventre. Peut-être parce que, à Melbourne, elle et Luc avaient passé la nuit entière emmêlés, rappelant à son corps tout ce qui lui manquait. Ou peut-être était-ce le parfum — exactement la même senteur. Ça devait être ça.

Cette réaction était irrationnelle. Cet homme n'était pas Luc.

Il était grand — ou le serait, s'il ne se voûtait pas en permanence, comme s'il cherchait à se faire plus petit. Une tache de naissance couleur fraise, de la taille d'une boîte d'allumettes, s'étendait du côté de son nez sous l'œil gauche. Ce n'était pas particulièrement disgracieux, mais elle soupçonnait qu'il en était complexé. Ses cheveux étaient d'un brun boueux sans relief. Sa barbe et sa moustache encadraient sa bouche en un ovale vertical, lui donnant un air légèrement démodé.

Elle posa les mains à plat sur le bureau et prit sa décision.

— J'ai l'autorité de vous avancer de l'argent, que nous déduirons de votre salaire, dit-elle. — Le navire a besoin d'un comptable pour assister le contrôleur financier, mais je ne mettrai pas en péril la crédibilité de la compagnie pour autant. Si vous n'avez pas les documents requis à temps, votre seule autre chance sera de nous rejoindre en Sicile. Il faudra vous y rendre par vos propres moyens.

Griff soutint son regard, impénétrable.

Elle se pencha légèrement. — Le temps file, Monsieur Griff. Si vous voulez être sur le navire au départ, il faut vous activer pour ce passeport.

Il se redressa d'un bond. — Vous avez raison. J'aurai besoin d'euros d'avance.

Ce brusque changement de ton la surprit. Le timide, l'effacé avait disparu — remplacé par quelqu'un de bien plus sûr de lui. Le montant qu'il indiqua correspondait au coût d'obtention d'un passeport italien.

Réprimant un frisson de malaise, Tristan sortit la caisse du tiroir du bas de son classeur. Elle compta la somme demandée, remplit les documents nécessaires et le renvoya.

Dès que la porte se referma derrière lui, elle expira longuement. À peine une demi-journée de travail, et la voilà déjà confrontée à des membres d'équipage qui pensaient pouvoir rouler la petite nouvelle. Ils se mettaient le doigt dans l'œil.

Ce type — Nico Griff — le comptable empoté au dos voûté et à la gaucherie étrangement peu convaincante, l'intriguait. Son apparence semblait presque calculée pour rebuter, et pourtant, quelque chose en lui l'attirait. Il avait une forme de magnétisme, un léger écho de l'attrait de Luc.

Était-ce simplement parce qu'il était italien ?

Ses doigts glissèrent vers la carte de visite posée sur son bureau. Luc. Elle avait passé le vol jusqu'à Dubaï à ses côtés par une étrange coïncidence — si tant est qu'elle y croie. Il avait prétendu avoir décroché la dernière place. C'était possible, puisque Siena avait dit qu'il n'en restait que deux quand elle avait réservé celle de Tristan.

À Dubaï, ils s'étaient séparés quand il s'était dépêché de prendre sa correspondance. Son vol à elle partait plus tard.

Il n'avait pas mentionné sa destination finale. Elle non plus.

Il pouvait être n'importe où dans le pays.

Un endroit où il ne serait certainement pas ? Debout dans son bureau, à quémander de quoi payer un passeport en urgence.

Tristan inspira profondément, puis laissa tomber la carte dans le tiroir et le claqua. Luc était un coup d'un soir. Point. Il était temps de le sortir de sa tête.

Un passeport en un rien de temps.

La commissaire de bord intérimaire était inflexible. Déterminée. Luc adorait ça. Qui aurait cru que la femme de ses rêves réapparaisse dans sa vie avec une telle force ?

Lorsqu'il était arrivé au bureau et l'avait trouvée là, il avait à peine contenu l'envie de la saisir, de savourer la chance inouïe de leurs retrouvailles. Au lieu de ça, il s'était forcé à jouer son rôle — traînant les pieds, hésitant, distillant juste assez de doute de soi pour l'empêcher de percer son déguisement.

Une torture.

Bon sang, c'était difficile de maintenir l'allure de chien battu alors qu'il ne voulait que la serrer contre lui et fêter ça. Mais une pensée tenace s'insinuait déjà.

Elle n'avait pas mentionné travailler pour ECM. Dans l'avion, elle avait pesé ses mots, sans jamais laisser entendre qu'elle se rendait à un job — sur la compagnie de croisières de sa famille, qui plus est. Savait-elle qui était vraiment Luc Ricci ? Leur placement côte à côte sur le vol Melbourne–Dubaï était-il réellement un hasard ?

Depuis Dubaï, ils étaient partis chacun de leur côté. Du moins le croyait-il.

Et maintenant, elle était là.

Allait-elle aider ou entraver son enquête ?

Elle lui compliquait déjà la vie. D'ordinaire, les embauches de courte durée étaient décontractées, plus enclines à surfer sur leur contrat qu'à se perdre dans les règlements. Moins d'ennuis signifiait plus de temps pour en profiter.

Tristan était différente.

Elle prenait son rôle au sérieux — trop, même. Son regard avait glissé sur la pile d'ouvrages de management sur son bureau. The Fourth Bottom Line. Making People Feel Valued. Management in the New Age. Le cadre opérationnel d'ECM était déjà verrouillé ; pourquoi une intérimaire aurait-elle besoin de ça ? Visait-elle quelque chose au-delà de cette seule affectation de croisière ?

Il était indéniable qu'elle était superbe, avec ces lèvres terriblement embrassables et ce regard vif et sans concession, mais elle était censée n'être que de passage. Il aurait dû pouvoir la contourner avec l'excuse « les papiers ne sont pas encore arrivés » que son père avait suggérée. Elle n'avait même pas cillé.

Il avait dérapé vers la fin de leur entretien — sa frustration avait transpiré, sa voix trop assurée, trop ferme. Et elle l'avait remarqué.

Il devait être plus prudent.

Peut-être — peut-être bien — devrait-il lui savoir gré d'être foutrement douée pour protéger la compagnie, comme une vraie commissaire de bord.

S'il voulait appareiller avec le navire, il lui fallait un passe-port — maintenant — au nom de Nico Griff.

Zio Guido était son seul espoir.

Sauf que traiter avec Guido avait toujours quelque chose de dangereux.

Luc s'engouffra dans un taxi à la station du quai et donna l'adresse au chauffeur. Tandis que la voiture s'éloignait, il s'adossa, pesant la sagesse de ce qu'il s'apprêtait à faire.

Sa mère, Isabella, et Guido avaient grandi ensemble dans un quartier dur de Naples. Ils n'étaient pas liés par le sang, mais ils avaient survécu ensemble — se couvrant mutuellement, se tirant d'affaire, s'étant même sauvé la vie plus d'une fois.

Tous deux avaient été élevés par des mères seules après que leurs pères étaient morts dans des circonstances distinctes et violentes. En chemin, ils avaient scellé un pacte indéfectible, s'aidant à s'agripper à la vie tout au long de leur enfance.

Puis leurs chemins avaient divergé.

Isabella avait épousé Ettore Ricci, le croyant simple docker. Et Guido ? Il était devenu un chef du monde clandestin, du marché noir.

Leur amitié avait tout traversé — presque tout.

Luc se souvenait encore du moment où elle avait failli voler en éclats.

Il était adolescent, et travaillait des quarts d'été sur l'un des navires de la compagnie. Avant un voyage à Dubrovnik, Guido lui avait demandé, mine de rien, de remettre un paquet à un « ami ». Luc avait accepté. L'ami lui avait donné un petit présent en échange — un détail auquel Luc n'avait pas prêté attention.

Quand le navire avait accosté, Isabella l'attendait.

Il était si fier de lui, impatient de lui dire qu'il avait un message à déposer pour Guido.

Elle s'était figée.

— Montre-moi, avait-elle exigé.

Désemparé, Luc lui avait tendu le petit colis de la taille d'une boîte à chaussures. Elle n'y avait jeté qu'un regard avant de foncer dans le bureau de Guido.

Luc l'avait suivie, les yeux écarquillés, juste à temps pour voir sa mère jeter le paquet sur le bureau de Guido.

— Voilà votre paquet, Guido.

Sa voix était glaciale, vibrante de fureur. — C'est la première et la dernière fois. Je ne vous laisserai pas utiliser mon fils. Mon fils. Comme l'une de vos mules. C'est mon garçon, Guido — laissez-le tranquille.

Luc ne l'avait jamais vue ainsi. Il n'avait jamais vu Guido si ébranlé.

Sur le chemin du retour, elle lui avait passé le savon de sa vie.

— Ne rends pas service. Ne demande pas de service. Si tu as besoin de quelque chose de Guido, tu paies. Ou on te paie. Comme tout le monde. Pas de faveurs, Luc. Que du business.

C'était il y a plus de dix ans.

Et le voilà, sur le point d'enfreindre sa règle. Encore.

Au fil des années, lui et Guido avaient conclu de nombreuses transactions.

Tout récemment, Luc avait payé l'un des spécialistes de Guido pour altérer son apparence en vue du poste à bord du Dorata Laura. À présent, il allait acheter un faux passeport et une fausse identité au nom de Nico Griff — juste pour satisfaire la commissaire de bord diligente et terriblement séduisante qui refusait de plier les règles. La faveur qu'il demanderait, ce serait de le faire à la vitesse de l'éclair.

À Melbourne, Luc avait rangé Tristan dans la case secrétaire. Il s'était trompé.

On ne décroche pas comme ça le poste de Responsable des ressources humaines sur un navire d'Eleganti Crociere nel Mediterraneo sans les bonnes qualifications — à moins qu'elles ne soient bidon.

Il pouvait vérifier.

Aucun d'eux n'avait parlé boulot durant leur parenthèse. Lui s'était tu pour éviter de mentir ouvertement. Quelle était son excuse à elle ?

Le taxi s'arrêta devant un haut portail de bois vieilli, près de 6 mètres de haut et posé à ras du caniveau. Une entrée plus discrète était aménagée dans le battant de gauche — 1 m de large, 2 m de haut. À n'importe quelle autre heure, il serait allé directement au bureau de Guido près des docks, mais Guido déjeunait toujours chez lui ; alors le voilà.

Luc appuya sur la sonnette à côté de la petite porte et leva le visage vers la caméra de surveillance.

Un déclic discret signala l'ouverture de la serrure.

Il se baissa, entra et traversa la cour pavée pour gagner la maison principale. L'ancien palazzo avait appartenu à une famille aristocratique et rivalisait avec le domaine des Ricci tant par sa taille que par sa splendeur.

Une domestique en uniforme le conduisit à travers une double porte dorée jusqu'à la salle à manger. Malgré le cadre familial, l'endroit exsudait une opulence feutrée — sol crème et or aux motifs travaillés, rehaussé d'accents bleu lapis et cornaline, tentures hautes en riche or et cobalt qui adoucissaient la pièce d'une élégance discrète.

Au fond, une voix familière retentit.

— Luciano, mon garçon. Ça fait plaisir de te voir.

Les bras de Guido l'enveloppèrent dans une étreinte solide.

— Viens, dit-il en le menant vers la table.

L'odeur d'orecchiette tout juste préparées flottait dans l'air. L'estomac de Luc se contracta en réponse.

Une femme entra d'un pas vif, portant un grand plat de pâtes. Elle ne lui accorda qu'un bref regard avant de froncer profondément les sourcils.

Guido se tourna, hilare.

— C'est Luciano, Mamma, dit-il, comme pour rappeler à sa femme quelque chose d'inavoué.

— Luciano ? Elle tendit le cou pour le dévisager.

— Sì. Umberto fait du bon boulot, non ? Même toi, tu ne l'as pas reconnu. Guido s'adressa à Luc en désignant le plat que portait sa femme. — Elle a un cuisinier et une maison pleine de domestiques, et elle insiste quand même pour préparer le déjeuner.

— Luciano, tu vas manger avec nous, dit Margherete en posant le plat sur la table. La silhouette bien en chair de sa tante de cœur se précipita vers lui et le serra dans une étreinte farouche.

— Si c'est toi qui l'as préparé, Zia, comment pourrais-je résister ? dit-il pendant que sa tête dodelinait contre son torse.

Elle leva le visage et l'observa. — Je ne suis pas sûre d'aimer ce nouveau toi, pas du tout. Je préfère mon petit garçon parfait. Elle le relâcha dans un soupir et regagna sa place.

— Tu es là pour affaires ou en visite ? demanda Guido en lui faisant signe de s'asseoir.

— Les deux. Les affaires sont une bonne excuse pour te voir.

Guido acquiesça. — Plus tard.

Alors que le repas touchait à sa fin, la domestique croisée plus tôt revint débarrasser la table. Les trois convives se levèrent.

— À ce soir, Mamma. Je ne rentrerai pas tard. Guido embrassa sa femme sur la joue. Luciano la prit dans ses bras, la remercia pour le repas et promit de revenir dans quelques semaines.

Guido guida Luc vers la rue par la sortie de service au moment où une grosse voiture noire s'arrêtait à leur hauteur. Ouvrant la porte arrière, Guido monta le premier, Luc à sa suite. Le trajet jusqu'aux docks se fit en silence.

Ils se garèrent devant un entrepôt où deux costauds traînaient près de l'entrée.

Luc n'était pas dupe de leur indolence apparente. Les hommes le détaillèrent d'un air soupçonneux jusqu'à ce que Guido leur fasse signe de la main. — Luciano, dit-il en lui désignant d'un coup de pouce.

Des sourires lents s'étirèrent sur leurs visages, et ils se rencognèrent sur leurs chaises.

À l'intérieur, Guido referma la porte de son opulent bureau à l'étage et s'assit derrière son vaste bureau. — Alors, qu'est-ce qui t'a fait débarquer chez moi déguisé, au point de faire mourir ta zia de peur ?

— Il me faut un passeport et des papiers pour Nico Griff d'ici mercredi midi — plus tôt si possible. Sinon, la commissaire de bord ne me laissera pas appareiller.

— Intéressant. Santino a reçu des commandes d'une douzaine de passeports, voire plus, à avoir prêts pour demain.

Luc se pencha en avant. — Quelle nationalité ?

— Un mélange — surtout des Philippins.

— Ils sont liés au Dorata Laura ?

Guido haussa les épaules. — Pourquoi es-tu sur cette croisière ? C'est rare que tu sois sur tes propres navires. Je pensais que ton déguisement était pour une autre compagnie.

— Il se passe quelque chose d'étrange — peut-être du détournement, peut-être juste des procédures bâclées. Papa veut que je découvre quoi. Tu as entendu quelque chose ?

— Pas encore. Je te dirai si c'est le cas. Allons voir Santino au bout du couloir, voir s'il peut te caser pour ton passeport.

Adolescent, Guido avait entamé son ascension dans la pègre. Très tôt, il avait tiré Santino de la rue — un faussaire autrefois prisé, jeté par un autre caïd lorsqu'il avait perdu la vue d'un œil. Guido n'avait jamais regretté de l'avoir intégré à sa jeune organisation.

Luc connaissait Santino depuis la majeure partie de sa vie et s'était fié plus d'une fois à ses talents pour assurer ses couvertures.

Le faussaire leva les yeux de son travail lorsque Guido poussa la porte.

— Santino, mon ami. Luciano a besoin d'un nouveau passeport.

— Quel pays ?

— Grec ou italien, proposa Luc. — Ce qui est le plus rapide et le plus simple pour toi.

Santino ricana. — Rien n'est rapide ni facile dans ce boulot. Italien, c'est plus accessible. Quel nom ?

— Nico Griff. Il est comptable, âgé d'environ… Luc hésita. — Bon, quel âge j'ai l'air d'avoir avec ce déguisement ?

Santino le détailla. — Umberto a fait du bon travail sur le visage. La tache de naissance attire l'œil, alors on ne s'attarde pas trop sur tes traits. Astucieux. Il inclina la tête. — Les cheveux sont un peu secs, ceci dit. Tu devrais mettre un peu d'huile. Un sourire en coin lui échappa. — Je te ferai trente-six ans, né en Sicile — ça explique les cheveux gras, hein ? Le vieil homme gloussa.

— Tu peux l'avoir pour demain ? demanda Luc, ignorant la pique sur leurs voisins du Sud.

— Pour toi ? Sì. Les autres attendront.

— Grazie, vieux frère.

Luc arriva au navire juste avant le déjeuner le lendemain, son nouveau passeport en main.

Un éclat soudain, reflet du soleil sur le pare-brise d'une limousine noire, l'aveugla un instant. La voiture s'était arrêtée au pied des marches menant à la passerelle. Quand sa vue s'éclaircit, il aperçut le capitaine du navire, Venn Argstrom, tenant la porte passager avant ouverte. Un homme grisonnant sortit, puis se tourna pour aider une femme du même âge. Un homme plus jeune la suivit de près.

Trop tard pour les éviter, Luc se résigna à passer devant.

— Monsieur Griff, venez par ici rencontrer les propriétaires du navire, lança cordialement le capitaine. — Monsieur et Madame Ricci, j'aimerais vous présenter notre tout nouvel officier à bord. Monsieur Griff est comptable et travaillera dans le service de Monsieur Diamond.

Luc croisa le regard de son père.

— Monsieur Griff, dit Ettore Ricci en lui tendant la main, les lèvres pincées d'un tressaillement complice. — Bienvenue à bord. J'aimerais vous voir à un moment pour passer quelques points en revue.

— Bien sûr, monsieur, répondit Luc d'un ton déférent. — À votre convenance et avec l'accord du Capitaine. Il jeta un regard prudent à son supérieur.

— Bien entendu, vous pouvez rencontrer Monsieur Ricci quand il le souhaite, Griff. Il a le droit de savoir comment les choses se passent, déclara Argstrom de sa voix tonitruante habituelle.

Ettore adressa un léger signe de tête au capitaine avant de se tourner de nouveau vers Luc. — Voici ma femme, Isabelle. Il prit la main gauche d'Isabelle et la pressa doucement.

Son regard effleura brièvement son mari, mais celui-ci resta concentré sur le nouvel agent comptable. Reprenant une expression de politesse distante, elle tendit la main droite. Son regard glissa sur la tache couleur fraise de son visage. Leurs yeux se croisèrent — et elle vacilla.

— Lu...

L'attention de Luc se fixa sur l'endroit où le pouce d'Ettore s'enfonçait dans sa paume — un signal presque imperceptible pour qui ne connaissait pas leur langage silencieux.

Sa mère se reprit vite, souriante. — Enchantée. Monsieur Griff, c'est bien ça ?

Elle fit tourner sa main dans la sienne, baissant les yeux sur la cicatrice qui s'étendait de la commissure entre le pouce et l'index. D'un effleurement, elle passa le pouce sur la marque, et son expression s'adoucit lorsqu'elle releva les yeux vers lui.

Il s'était fait cette cicatrice à sept ans, après avoir insisté pour aider à préparer les légumes en cuisine. Le couteau avait dérapé, entaillant profondément sa main et le bord du pouce, laissant une strie pâle de 2 centimètres.

Luc serra un peu plus fort — reconnaissance muette de l'identification de sa mère — avant de relâcher sa main.

Son père poursuivit : — Mon fils, Sebastian.

Sebastian serra machinalement la main de l'agent comptable, son attention n'allant guère plus loin que la tache sur le visage de Luc.

— Griff, lâcha-t-il d'un ton plat, puis il laissa retomber la main de Luc et se détourna.

Luc capta l'amusement dans les yeux de sa mère. Elle concédait, sans un mot, que son cadet n'avait pas reconnu son propre frère.

— Monsieur et Madame Ricci sont ici pour partager avec nous le traditionnel déjeuner d'avant-croisière, Griff. Pouvez-vous vous joindre à nous ? demanda le capitaine.

Luc rentra les épaules. — Désolé, monsieur, je ne peux pas. J'ai rendez-vous avec la commissaire de bord — déjà fixé. Elle a besoin de mon passeport et de mes documents avant de m'autoriser à embarquer. Il lança un regard en coin à son père, un silencieux je-te-l'avais-bien-dit passant entre eux.

Son père haussa un sourcil mais ne dit rien.

— Merci pour l'invitation, toutefois, ajouta Luc, en bégayant légèrement pour renforcer l'air d'incertitude qu'il cultivait.

— Très bien, filez alors, dit le capitaine.

Luc garda la tête baissée tout en levant les yeux vers son père. — Ravi de vous avoir rencontré, monsieur. Il fit un geste brusque de la main — un demi-signe — avant de se tourner et de se hâter vers la passerelle.

— Drôle de type, commenta Argstrom derrière lui, mais il est chaudement recommandé. Par ici, je vous prie. Attention à la marche, Signora Ricci.

Luc descendit vers les bureaux du troisième niveau, songeant à la communication silencieuse entre ses parents. Trente-trois ans de mariage l'avaient élevée au rang d'art, leur capacité à anticiper les pensées et réactions de l'autre frôlant l'évidence. Il ne doutait pas qu'une fois à l'abri des regards, son père subirait un interrogatoire en règle. Sa mère exigerait de savoir pourquoi — et en détail — comment son aîné se trouvait à Naples, à bord de l'un de leurs navires, et n'était pas rentré la voir.

Il laissa échapper un léger rire — puis s'interrompit net en arrivant à l'étage des bureaux, se recalant dans son personnage. Il devait s'en souvenir : il était Nico. Nico gauche, complexé, mais compétent.

Et c'est Nico qui se présenta à la porte du bureau de Tristan, où deux plaques de nom signalaient sa double fonction : Commissaire de bord et Responsable des ressources humaines. La seconde était son titre officiel, mais c'était la première que la plupart du personnel connaissait.

Il frappa.

— Entrez.

Tristan leva les yeux lorsqu'il entra. — Ah, c'est vous, Monsieur Griff. Avez-vous votre passeport ?

Il le lui tendit. Elle l'ajouta à la pile nette de documents tout aussi immaculés sur son bureau. Il jeta un coup d'œil à l'empilement, se rappelant la remarque de Guido sur l'arriéré de demandes de passeports chez Santino.

— Ce sont tous des passeports d'équipage ? demanda-t-il.

— Oui, de nouveaux membres d'équipage qui embarquent pour cette traversée.

— Il y aura donc une session de formation pour eux. Devrai-je y assister puisque je viens d'un autre navire ?

— Oui. Et moi aussi. Elle tapota la pile d'un ongle manucuré. — Emily fera le briefing demain à 06 h 00 dans l'espace bar. À en juger par ceci, ce sera complet. Assurez-vous d'être à l'heure, Monsieur Griff.

Il hocha la tête de manière maladroite, accentuant sa démarche empotée en sortant.

La comédie gauche qu'il projetait à l'extérieur n'apaisait en rien l'étincelle fébrile qui crépitait dans sa poitrine lorsqu'elle était près de lui.

La Tristan du bureau était posée, maîtrisée, aux commandes.

Dans dix jours, la croisière serait terminée. Le moment venu, il prendrait le temps de détricoter ce vernis professionnel, de soulever les couches, pour redécouvrir la femme qu'il avait connue à Melbourne — l'amante consentante, enthousiaste, joueuse, avec laquelle il pourrait passer le reste de sa vie.

CHAPITRE 6

Le coin du bar, au petit matin, gardait encore la persistante odeur d'alcool renversé. Tris n'aurait pas parlé de puanteur, mais ce n'était certainement pas l'arôme dont elle avait envie pour commencer sa journée. Elle frotta le bout de son nez froncé avec son index.

Le bar n'ouvrirait pas avant l'embarquement des passagers plus tard dans la journée. Situé à l'écart des grands passages, il servait d'espace pratique pour la formation du personnel.

Nico s'adossait à demi au bar, bavardant maladroitement avec Emily. Ils n'étaient que trois à être arrivés pour la séance de sécurité. Ils attendirent un quart d'heure après l'heure fixée. Personne d'autre ne se présenta.

Curieux.

Dans l'industrie de la croisière, les retards n'étaient pas tolérés. La sécurité dépendait de la ponctualité.

— Emily, lancez un appel pour ceux qui ne sont pas là, s'il vous plaît, dit Tris. — Aucun de nous n'a le temps de rester planté à attendre des traînards.

Emily passa derrière le bar et utilisa le système d'annonce interne des ponts inférieurs pour exécuter la directive de Tris.

Encore quinze minutes passèrent. Personne ne vint.

C'était clair désormais — ce briefing n'aurait pas lieu.

Comme Emily supervisait la sécurité à bord, elle prit sur elle de contacter les responsables des membres d'équipage absents.

— Des têtes vont tomber s'il n'y a pas une fichue bonne explication, marmonna Emily. — La compagnie prend la sécurité au sérieux. — Je ne tolérerai pas que l'équipage l'ignore. — La dernière fois que c'est arrivé, Peter Davies s'est proposé pour animer un briefing spécial le soir pour les nouvelles recrues et m'a fait un compte rendu. — Il n'est pas là cette fois. — Tout nouveau membre de l'équipage doit passer par moi. Elle se passa la main sur la tête.

— Bon, d'après ce que je comprends, vous êtes tous les deux du personnel chevronné. — Je vous enverrai par mail la version en ligne. — Quand vous aurez terminé le briefing, le système me fera automatiquement un retour. — Faites-le aujourd'hui, s'il vous plaît. — Avez-vous des questions maintenant ? — Non ? — Bien. Emily fila, laissant Tristan et Nico au bar.

Tristan serra les dents. — Nous avons des passagers qui arrivent cet après-midi. On ne peut pas former le personnel et les passagers en même temps. L'équipage doit être en place, prêt à démontrer sa compétence et sa connaissance du navire.

Nico hésita. — Je me demandais... c'étaient les mêmes membres d'équipage qui ont reçu leurs passeports hier ? Je veux dire, ce sont des nouveaux, ou des transferts, comme moi ? S'ils ont travaillé sur d'autres navires, ils n'ont peut-être pas pensé que la directive s'appliquait à eux. Toutes les compagnies ne exigent pas que les expérimentés assistent à ces briefings.

Tristan l'étudia. Devait-elle lui faire confiance ? Il était nouveau à bord — comme elle — donc il ne pouvait pas être impliqué dans ce qui se passait avec Siena.

— Voyons ça, dit-elle.

Ils descendirent les escaliers jusqu'à la zone des bureaux au niveau trois. Tristan déverrouilla un classeur et en sortit un dossier épais.

— Si je les avais déjà classés, on ne pourrait pas tester ta théorie — quelle qu'elle soit, dit-elle. — Tu as la liste des membres d'équipage programmés pour le briefing ?

Nico acquiesça.

— D'accord, qui est le premier ?

— Jelvin Rodriguez. Philippines.

Tristan feuilleta les passeports. — Le voilà. On dirait qu'il est flambant neuf.

— À quoi il ressemble ? demanda Nico.

— Je déteste dire ça, mais il a le stéréotype du Philippin : teint café, cheveux et yeux foncés, visage un peu rond. Rien de marquant à première vue, dit Tristan.

— Où est-ce qu'il travaille ?

— Euh, une seconde. Elle ouvrit le dossier du personnel sur son ordinateur. — Il fait partie de l'équipe de nettoyage. Je vais vérifier avec son superviseur pour confirmer qu'il est bien à bord.

Nico se gratta le front. — Par curiosité, combien de membres d'équipage philippins avons-nous à bord ?

Tristan haussa un sourcil. — Pourquoi ?

— Fais-moi ce plaisir. Il offrit un sourire lèvres closes, la tête légèrement inclinée. Essayait-il d'être charmant ? Parce que si c'était le cas, ça ne marchait pas. Il avait juste l'air... à côté — comme un chiot dégingandé qui apprenait encore à se servir de ses pattes.

Hum. Ce type n'était pas un chiot.

Elle lança une recherche des membres d'équipage ayant indiqué les Philippines comme nationalité. Pendant que les résultats chargeaient, elle jeta un coup d'œil à Nico — et surprit quelque chose de différent. Son expression s'était durcie, à mille lieues du comptable gauche qu'il donnait habituellement à voir.

Intrigant.

Elle se tourna de nouveau vers l'écran. — Soixante-neuf. Les muscles de son front se tendirent.

— Qu'est-ce qu'il y a ? demanda Nico.

Elle tapota le moniteur. — Ce n'est peut-être que la qualité des photos, mais notre Jelvin semble être triplé. Regarde. Sa photo est presque identique à celles de Bayani Andrada et de Piolo Mendoza. Même visage, chemises différentes.

Nico se pencha par-dessus son épaule pour examiner l'écran.

Son corps réagit avant que son esprit ne rattrape. Sans la maladresse de sa persona hésitante sous les yeux, ses sens le reconnaissaient. Son odeur, sa présence — tout criait familiarité. Elle sentait ses bras, ses lèvres.

Non. Stop. Cet homme n'est pas Luc Ricci.

Puis sa main effleura son épaule, la ramenant d'un coup sur terre. Elle sursauta.

— Pardon. Je t'ai fait mal ? La voix de Nico, mince et incertaine, la ramena tout à fait à la réalité.

— Non, pardon, dit-elle. — J'ai eu l'esprit ailleurs une seconde. Tu m'as surprise.

Les photos des trois hommes étaient pratiquement identiques.

— À quoi ça rime ? marmonna Nico en se repliant de l'autre côté du bureau.

Tristan expira discrètement, soulagée. Ne plus l'avoir dans son champ de vision était plus distrayant que de l'avoir face à elle.

— Ils travaillent où, les sosies ? demanda-t-il.

— Sosies — bon mot. Sauf que ceux-là sont des triplés, pas des doublons, dit-elle en faisant défiler les fichiers. — Ils sont tous dans les services. Qui d'autre as-tu ?

Un par un, ils recoupèrent les noms. Chaque membre d'équipage qui ne s'était pas présenté au briefing sécurité correspondait à un passeport flambant neuf — et avait au moins une image en double à bord.

— À quoi ça rime ? répéta Nico, la frustration perlant dans sa voix.

— Ce serait pour toucher deux salaires ?

— Si c'était le cas, ils connaîtraient leurs identités alternées et auraient répondu à l'appel pour le briefing. Ils devraient aussi faire des doubles ou triples quarts pour se couvrir. Il appuya son majeur contre son front.

— Alors, qu'est-ce que quelqu'un d'autre y gagne ? demanda Tristan.

— Je ne sais pas. Il se détacha du bureau. — Je vais vérifier où vont leurs paiements.

Elle le suivit dans le bureau voisin.

— D'accord, murmura-t-il, les yeux rivés à l'écran. — Le salaire de Bayani Andrada est versé sur un compte bancaire aux Philippines. Celui de Piolo Mendoza… passe par un établissement italien. Hmmm. Jelvin Rodriguez— Il marqua une pause, son ordinateur ramant. — Allez, ne rame pas maintenant… Ah. Le salaire de Jelvin part aussi vers la même banque italienne. Vérifions les autres.

Tristan tapota du bout des doigts le bureau, pensant à voix haute. — Il faut qu'on confirme qui est réellement à bord et qui n'est qu'un nom sur la paie. Les membres d'équipage réels contre les fantômes — les faux, les doublons, les sosies.

Elle attrapa son téléphone. — Je vais envoyer un message à Emily pour organiser des entretiens individuels avec les équipes du nettoyage, de la restauration et de la blanchisserie à la fin de leurs quarts demain. On devrait avoir une rotation complète prête à être interviewée à 6 h 30, 14 h 30 et 22 h 30. Ça va être une longue journée.

— Il y en aura trop pour que tu gères ça seule, fit remarquer Nico. — Et l'équipage ne voudra pas traîner — ils voudront manger et dormir. J'en prendrai la moitié.

— D'accord, dit Tristan. — Je demanderai à Emily de scinder la liste — la moitié viendra me voir, l'autre moitié ira te voir. Il nous faudra une série de questions non intimidantes, quelque chose de détendu. On dira qu'on vérifie les coordonnées et les options de paiement à cause d'un bug informatique. Elle soutint le regard de Nico. — Ce qui, techniquement, est vrai.

— Et s'ils ne se présentent pas ?

Elle haussa les épaules. — Alors on bloque leurs paiements.

Nico hésita. — Ce n'est pas un peu dur ?

— On est sur un bateau, répliqua-t-elle. — Ils n'ont nulle part où aller. Ils ne sont pas partis voir Mamie ni bloqués dans les embouteillages. S'ils sont de l'équipage, ils se présentent. S'ils ne viennent pas, ce sont des fantômes. Sa voix était ferme. — Quelque chose cloche ici, et en tant que responsable des ressources humaines, c'est mon travail d'y remédier. Je n'autorise pas des salaires pour des personnes qui n'existent pas.

Nico fronça les sourcils. — On est censés aider pour l'excursion des passagers à Taormine demain.

Tristan se mordilla la lèvre inférieure, recalculant. — Alors on commence aujourd'hui. On interviewera les équipes de jour et du soir à la fin de leurs quarts. Je resterai tard ce soir. On attrapera l'équipe de nuit demain matin avant le départ. De toute façon, ils sont moins nombreux. Elle planta son regard dans le sien. — Tu peux t'en charger cet après-midi ?

Il leva un pouce rapide.

— Bien. Tristan se détourna, déjà en mouvement. — Je demanderai à Emily de coordonner avec les superviseurs. Nos premiers « clients » devraient être là vers 14 h 30.

Le regard de Nico suivit Tristan tandis qu'elle quittait son bureau. Il serra le poing en victoire silencieuse. Oui ! Et cela n'avait rien à voir avec le mystère à bord.

Malgré son déguisement, malgré tout, son corps à elle réagissait encore à lui. Sa tête pouvait lutter, au fond, elle n'était pas immunisée. Son ego en prit son envol.

Être si près d'elle faisait réagir son propre corps — trop. Il s'était à peine contenu, utilisant le dossier de sa chaise comme barrière. Si elle s'en était aperçue... Merde, ressaisis-toi, mec. Il devait rester dans son personnage. Elle ne pouvait pas savoir qui il était. Pas encore.

Il se força à revenir à la tâche, mais — merde, encore — Tristan réapparut dans l'embrasure de sa porte, une feuille à la main.

Elle avait rassemblé sa magnifique longue chevelure auburn en une queue-de-cheval relevée. Comme elle, sa chevelure refusait d'être domptée, et quelques mèches s'étaient échappées de l'élastique. Ses doigts le démangeaient au souvenir de s'y être glissés, du corps d'elle qui se cambrait sous lui. L'uniforme blanc impeccable ne cachait rien des courbes qu'il connaissait par cœur — ses seins, sa taille fine, l'évasement soyeux de ses hanches.

Bon sang. Cette femme le travaillait.

Il sentit ses lèvres s'étirer et chassa de force le sourire. Rester dans le personnage. Garder la gaucherie, l'embarras.

— Je peux t'aider ? Sa voix sortit trop tranchante.

Tristan tressaillit. Juste une seconde. Mais ce fut suffisant. Un éclair de suspicion passa dans ses yeux.

Doucement, Ricci.

— Non, dit-elle d'un ton froid. — Je suis sûre que tu as pensé à ta propre stratégie pour gérer l'équipage. Elle pivota sur ses talons et sortit en trombe.

Nico jura entre ses dents et la suivit. — Tristan, je suis désolé. Mon cœur et ma tête n'étaient pas au même endroit, et mon cerveau... eh bien, il n'était même pas présent. Merde. Ça sonnait ridicule. Il chercha une excuse. — J'ai, euh, reçu un e-mail perturbant. Ça m'a pris de court.

Elle s'assit derrière son bureau, le regard posé sur lui. Silencieuse. Attentive.

À quoi, il n'en était pas sûr.

Nico reconnut la technique. Le silence est l'un des meilleurs outils en interrogatoire — pour obtenir une explication ou une confession. La plupart des gens se hâtaient de combler le vide, révélant soit la vérité, soit s'enfonçant davantage.

">Il ne fit ni l'un ni l'autre. Il attendit.

Tristan inclina la tête, les lèvres serrées. Ses yeux accrochèrent les siens, sans ciller.

La tension se déplaça. Ce n'était plus une confrontation — c'était une épreuve de volonté.

Lentement, les muscles de son visage se relâchèrent. Petite victoire.

Elle plissa les yeux, puis lui tendit la feuille, le congédiant d'un revers de la main avant de se reconcentrer sur son écran.

Nico parcourut les amorces d'entretien. — On devrait d'abord confirmer leur identité, dit-il en gardant un ton neutre. — Commence par : « Quel est votre nom complet et votre date de naissance ? » Comme ça, on sait exactement qui est en face de nous.

— Merci pour ta suggestion. Tu peux y aller maintenant. Sa voix était sèche, son attention rivée à l'écran. — Je t'enverrai la liste quand j'aurai fini.

Congédié.

Il ne bougea pas.

Elle leva les yeux, le transperçant d'un regard acéré.

— Ne te braque pas, Tristan, dit-il en baissant la voix. — Ça ne te va pas. Un temps. Puis, plus doux : — Je suis désolé pour tout à l'heure.

Il inclina le menton en signe d'aveu, puis fit demi-tour et s'éclipsa en traînant un peu les pieds.

Tristan se reconcentra sur l'élaboration de la trame, balayant d'un revers de pensée le bref bras de fer avec Nico. Elle n'avait aucune idée de ce qui l'avait déclenché. Le type avait-il un trouble de la personnalité ? Tout miel une seconde, rottweiler aboyeur la suivante.

Chassant l'idée, elle structura la fiche d'entretien. La moitié supérieure contenait les questions, la moitié inférieure les bonnes réponses issues des dossiers du personnel. En pliant la feuille, elle pouvait dissimuler les infos de référence et ne laisser visibles que les réponses de l'interviewé. Une fois la personne partie, elle recouperait rapidement ses réponses. Toute divergence serait signalée pour suivi immédiat.

La liste n'était pas longue. La suggestion de Nico — nom complet et date de naissance — venait en premier, suivie de :

Quelle est la nationalité de votre passeport ?

Quand avez-vous commencé à travailler pour Eleganti Crociere nel Mediterraneo ?

Quel était le nom de votre premier navire ECM ?

Quel était votre poste alors ?

Quel est votre poste aujourd'hui ?

Dans quelle banque versons-nous votre salaire ?

Les questions étaient suffisamment neutres pour éviter de susciter des soupçons tout en fournissant des vérifications d'identité essentielles.

Elle imprima un exemplaire test en utilisant les informations des trois membres d'équipage philippins. Quand leurs photos identiques apparurent sur la page, cela la secoua.

Bon sang. Ça ne faisait vraiment qu'une heure qu'elle avait découvert ça ? On aurait dit des jours.

Satisfaite que le document soit aussi abouti que le temps le permettait, Tristan l'envoya par mail à Nico avec des consignes concises pour l'utiliser. Elle avait à peine fini de compiler la liste des équipiers attendus que le premier interviewé se présenta à sa porte, la forçant à fouiller ses feuilles pour trouver la bonne.

Les épaules tombantes de la femme et son air hébété criaient l'épuisement.

— Vous venez de finir votre quart ? demanda Tristan.

— Oui, madame, et je suis prête pour mon lit. Il semble qu'il y ait tellement plus à faire que d'habitude.

— Je ne vais pas vous retenir longtemps. Il y a eu un couac entre les dossiers à terre et ceux à bord. Nous devons simplement vérifier quelques détails. Elle sourit et parcourut rapidement les questions. La femme répondit sans hésiter.

— Merci, Marta. Tristan se leva et lui tendit la main. — J'apprécie que vous soyez passée, et plus encore, j'apprécie le travail que vous faites. La compagnie compte sur vous. Reposez-vous bien.

— Merci, madame, murmura Marta avant de s'éclipser.

Son entretien donna le ton pour la suite. Une petite file s'était formée devant sa porte, alors elle les enchaîna. Aucun des membres d'équipage qu'elle interrogea ne montra le moindre signe d'hésitation ou de mensonge, de quoi la conforter dans l'idée qu'ils étaient exactement ceux qu'ils prétendaient être.

Plusieurs ne s'étaient pas présentés.

Son estomac gargouilla bruyamment, lui rappelant sèchement qu'elle n'avait pas mangé depuis le petit-déjeuner. Pas le temps maintenant. Les haut-parleurs grésillèrent, appelant l'équipage à leurs postes de rassemblement pour le briefing sécurité des passagers.

Tristan se hâta vers le pont cinq, se faufilant entre les passagers qui traînaient des gilets de sauvetage en se regroupant. Chaque client devait assister à la démonstration de sécurité dès que l'alarme générale retentissait — sept coups brefs suivis d'un long.

Quarante minutes plus tard, elle put enfin partir. Un brin de fraîcheur, un peu de nourriture, puis la présence obligatoire de l'officier à la soirée de bienvenue des invités fortunés. Ensuite, elle serait de retour à son bureau, prête à recevoir la prochaine vague d'entretiens ce soir.

Au moins, la concentration de l'après-midi l'avait tenue à distance de l'étrange homme d'à côté.

CHAPITRE 7

Se déshabillant dans sa cabine, Tristan entra sous la douche et laissa l'eau chaude marteler ses épaules tendues. Elle garda son bonnet de douche — pas le temps de s'occuper d'un sèche-cheveux si elle voulait avaler un repas tranquille avant de se mêler aux invités et d'attaquer le travail courant qu'elle avait mis de côté à cause des entretiens d'embauche de l'équipage. Toute cette aventure au nom de Siena la poussait dans des situations qu'elle n'aurait pas choisies pour elle-même.

Quand elle était montée à bord tôt lundi matin, elle s'était présentée à l'agent avant de gagner la cabine qui lui avait été attribuée sur le pont Trois. En tant qu'officière subalterne, elle ne s'attendait pas à grand-chose, alors découvrir qu'on lui avait donné une chambre individuelle avait été une agréable surprise. L'espace privé était un luxe rare sur un navire, surtout un petit bâtiment avec un effectif complet. Pas qu'elle y passerait beaucoup de temps.

En passant devant les autres cabines, elle avait remarqué que la plupart des portes affichaient deux ou trois noms. Une seule autre chambre n'avait qu'un occupant — Nico Griff. À l'époque, elle s'était demandé qui il était et quel poste il occupait. Maintenant, elle le savait.

Cet homme était une contradiction vivante. Ses yeux vifs et évaluateurs ne correspondaient pas à sa posture voûtée ni à son air empoté. C'était une énigme, et elle en avait déjà assez comme ça.

Une porte claqua tout près, la tirant de ses pensées. Elle soupira et ferma l'eau à contrecœur.

Après s'être séchée, elle enfila des sous-vêtements propres, s'aspergea généreusement de déodorant et remit le même uniforme que plus tôt. D'un coup d'œil dans le miroir de l'armoire, elle redressa sa boucle de ceinture et prit une inspiration pour se calmer.

À quoi diable Siena avait-elle pensé en la mettant dans cette position ?

Elle enjamba le petit seuil de la porte et sortit dans le couloir — pour se cogner droit dans un mur de muscles.

Des étincelles la traversèrent, une énergie familière, du genre à la Luc.

— Oh, pardon, souffla-t-elle en reculant, les mains lissant instinctivement ses flancs.

Pas Luc. Nico.

— Tu vas au mess ? La voix de Nico vibra en elle, lui envoyant un frisson d'énergie droit à la poitrine.

— Ouais. Je meurs de faim, dit-elle en refoulant les papillons dans son ventre.

Son sourire faillit la perdre. Et voilà — encore cette contradiction. Qui était ce type ? Et pourquoi la faisait-il se sentir comme une ado à son premier rendez-vous ?

Il s'adossa au mur, lui faisant signe de passer devant.

Ils arrivèrent au mess en même temps que deux des gentlemen hosts de la croisière.

— De la chair fraîche ! déclara l'un d'eux, et, avant qu'elle ait pu réagir, ils lui prirent chacun un bras et la happèrent vers une table.

Déconcertée, Tristan hésita — mi-amusée, mi-horrifiée. Devait-elle rappeler son statut d'officière ? Avant qu'elle se décide, l'un tira sa chaise tandis que l'autre l'y installait avec une courtoisie appuyée. Puis, comme chorégraphiés, ils prirent place de part et d'autre d'elle.

Elle les regarda tour à tour, essayant de retenir un sourire.

— Oh, comme nous sommes épouvantablement impolis, dit l'homme aux cheveux d'argent, avec un accent anglais net et soigné. Nous n'avons pas été présentés. Je suis Nicholas. Il désigna son compagnon. Et voici James.

James lui tendit la main, le sourire chaleureux. — Un très grand plaisir de vous rencontrer, madame. Son accent chantant était difficile à situer — écossais, peut-être, ou irlandais.

Tristan lui serra la main. — Bonsoir, messieurs. Je suis Tristan Sinclair, responsable des ressources humaines. Et... de la chair fraîche ?

Nicholas fit danser ses sourcils avec malice. — Nous sommes toujours à l'affût de nouvelles victimes sur qui exercer nos talents de professeurs. Il inclina la tête. Donc vous êtes la responsable RH ? Parfait. Ses yeux pétillèrent. Dites-moi, charmante Tristan, vous dansez ?

— Je ne suis pas à bord pour danser, j'en ai bien peur, dit-elle d'un ton léger.

— Mais quand l'occasion se présente... ?

Elle rit. — Moi, je suis plutôt du genre à lancer mon corps dans tous les sens, comme bon me semble.

— Avec votre grâce innée, je suis sûr que nous pourrions vous faire maîtriser le quickstep et le foxtrot avant d'atteindre Venise. Qu'en dites-vous, James ?

— Assurément, approuva James avec un éclat malicieux dans le regard. Avec un bon nom écossais comme Tristan Sinclair, vous serez dans votre élément, ma belle.

— Prenons rendez-vous, annonça Nicholas. Sept heures trente chaque matin pendant quarante-cinq minutes, et on verra ce que ça donne.

Elle se renfonça, un sourcil sceptique levé. — J'ai du travail.

Nicholas balaya sa protestation d'un geste de la main. — Oh, ma chère enfant, même sur un navire, on ne vous attend pas à votre bureau avant neuf heures.

La conversation fit une pause lorsque le serveur arriva pour prendre leurs commandes.

Une fois les menus rangés, Nicholas reprit là où il s'était arrêté. — Nous enseignons aussi à Emily. C'est drôlement amusant. Dommage pour Siena — elle progressait bien. Vous la connaissez ?

— Je la remplace, je crois, répondit Tristan, choisissant ses mots avec soin tandis que Nico s'asseyait en face.

— Nous pouvons vous dire qu'elle est charmante, engageante, et oh combien délicate avec des âmes comme les nôtres — ni chair ni poisson aux yeux du commissaire de bord.

— Que voulez-vous dire ? demanda-t-elle.

— Nous ne sommes pas des employés, mais nous ne sommes pas non plus des passagers, expliqua James, son accent écossais rocailleux se faisant plus marqué à mesure qu'il parlait. En tant que Gentlemen Hosts, nous payons un petit forfait pour être à bord. En échange, nous agissons comme bénévoles, afin de garder les vrais clients payants heureux. Siena comprenait cette contradiction. Elle nous faisait nous sentir membres de l'équipe. Ce n'est pas toujours le cas.

— Alors pourquoi le faites-vous ?

— Moi, je vois du pays, dit James. Mon appartement à Édimbourg reste loué en location de courte durée à un meilleur tarif que si je le mettais en bail longue durée. Et si jamais je veux rentrer plus tôt, il m'attend.

Le regard de Tristan alla de l'un à l'autre, les invitant tous deux à développer. — Et quand vous ne faites pas ça ?

Nicholas répondit le premier. — Je suis professeur de physique dans une certaine université de Londres. C'est un métier que j'apprécie beaucoup — façonner de jeunes esprits, allumer l'étincelle newtonienne. Mais les croisières ? Elles m'offrent une vraie parenthèse pendant quelques mois chaque année. Ici, je danse, je bavarde et je flirte gentiment avec des centaines de dames — sans en ramener aucune chez moi ni régler leurs notes.

— Et vous, James ?

L'Écossais releva le menton. — Je porte plusieurs casquettes dans diverses affaires, mais la plus fiable, c'est la finance privée. J'aide les gens à réaliser leurs rêves quand ils ont besoin d'un petit coup de pouce financier.

— On l'appelle Shylock, taquina Nicholas avec un grognement amusé.

James eut un sourire en coin mais ne protesta pas. — Comme notre vieux Nick ici, j'aime sociabiliser avec les charmantes dames à bord. J'ai perdu ma Mary il y a six ans. Je ne cherche pas à la remplacer, mais j'apprécie la bonne compagnie.

— Aucune de vos dames ne vous a tenté au point de vous faire changer d'avis ? demanda Tristan.

— Ach non. Aucune n'arrive à la cheville de ma Mary. Son expression s'adoucit brièvement avant qu'il n'ajoute : Certaines essaient d'être persuasives, bien sûr, mais on nous a formés pour ça. Si ça devient délicat, je fais signe à l'un des autres hôtes, et on s'entraide. On aime tous ce qu'on fait, et aucun de nous ne veut mettre sa place en péril.

Quand leurs plats arrivèrent, Tristan jeta un coup d'œil à Nico de l'autre côté de la table. Il n'avait pas pris part à la conversation, mais il était attentif. Dès que ses yeux croisèrent les siens, il reporta son attention sur Nicholas, qui poursuivit l'explication de leur rôle.

— Nous faisons en sorte qu'aucune dame à bord ne se sente oubliée ou seule, dit Nicholas. Pour certaines, c'est leur première sortie dans le monde après la perte d'un mari, ou quelque chose d'approchant. Il est important qu'elles se sentent incluses — mais pas submergées. Nous tenons des tables au dîner, dansons avec elles, les accompagnons en excursions à terre, mais nous ne — jamais — couchons avec elles ni ne faisons en sorte qu'une se sente plus spéciale que les autres.

— Ce doit être un équilibre délicat, réfléchit Tristan. Surtout si vous avez autour de vous des femmes très demandeuses.

— C'est vrai, acquiesça Nicholas. Mais comme l'a dit Jimmy, nous n'allons pas risquer notre boulot — ni notre réputation — pour quelqu'une que nous ne reverrons peut-être jamais après une croisière de dix jours. Nos actes rejaillissent sur tous les hôtes. Ça n'en vaut tout simplement pas la peine. Il serra les lèvres en une ligne sombre.

— Question au hasard, dit Tristan. Si vous tenez table au dîner, pourquoi mangez-vous maintenant ?

Les hôtes échangèrent un sourire entendu.

— Parce que nous ne pourrons pas vraiment manger, expliqua James. Nous serons à table, mais notre rôle est de faire participer tout le monde. Les premières soirées surtout, cela veut dire parler la plupart du temps.

Tristan gémit. — Maintenant je culpabilise de vous avoir fait parler pendant tout votre repas.

Nicholas afficha un sourire faussement malveillant. — Nous vous avons inscrite à des cours de danse le matin. Considérez que c'est notre vengeance.

— Il faudra attendre vendredi, j'en ai bien peur. J'ai des réunions d'équipage dès six heures demain. Puis Nico et moi partons pour Taormina avec l'un des groupes à terre.

— Vendredi, alors. Nous utilisons l'espace bar pour nous entraîner — personne n'y est le matin. On vous y verra.

D'un signe de tête à Tristan et à Nico, les hôtes s'éloignèrent.

Tristan se tourna vers Nico. — Qu'entendaient-ils par le fait qu'ils paient le privilège d'être ici ?

Il avait plus d'expérience d'autres navires et pouvait mieux saisir ce qu'ils voulaient dire.

— En clair ? dit Nico. Ils sont indépendants. Ils paient à la compagnie de croisière un tarif journalier — grosso modo le prix d'un petit-déjeuner — qui couvre un hébergement passager partagé avec un autre host et l'accès aux mêmes installations que les clients. En échange, la compagnie obtient une main-d'œuvre bon marché et des clients heureux. Gagnant-gagnant. Ils bossent de longues heures — excursions à terre dans la journée, puis divertissement des passagers jusqu'au bout de la nuit.

— Un truc qui te plairait ? taquina Tristan.

Nico rentra les épaules. — Je reste avec les chiffres, merci. Tu vas vraiment apprendre à danser avec eux ?

— Toute cette expérience est quelque chose que je n'avais jamais envisagé. Alors pourquoi pas ? Elle posa soigneusement ses couverts sur son assiette. Tu danses ?

— Un peu.

— Tu devrais venir t'entraîner.

— J'y penserai, dit Nico, bien que son expression trahisse qu'il ferait n'importe quoi pour éviter de mettre un pied sur une piste de danse.

Tristan eut un sourire narquois. — C'est de la danse, pas une exécution.

Il désigna son verre. — Encore du vin ?

Le pli de ses lèvres ressemblait à un sourire. Ses yeux sombres brillaient sous la lumière, allumant une chaleur dans sa poitrine. Elle n'avait pas besoin de vin pour que ses sens s'aiguisent en sa présence. Lorsqu'il souriait comme ça, il lui rappelait trop Luc.

— Non merci. Un suffit. J'ai une longue soirée devant moi. Je prendrai un café.

— Un dessert ?

— Pas ce soir.

Nico fit signe au serveur et commanda leurs boissons.

Ils burent leur café dans un silence complice, puis traversèrent le mess et passèrent dans l'espace bar pour se mêler aux invités, sans savoir quelles questions tordues pourraient leur tomber dessus.

CHAPITRE 8

Tristan et Nico regagnèrent leurs bureaux à temps pour rencontrer l'équipe du service du soir. Aucun d'eux n'atteignit sa cabine avant bien après minuit. À six heures moins le quart le lendemain matin, ils étaient déjà de retour à leur poste, prêts pour une nouvelle série d'entretiens.

La matinée suivit un schéma familier : les membres d'équipage arrivaient fatigués mais répondaient franchement. À nouveau, des noms sur la liste ne se présentèrent pas. À neuf heures, le nombre d'absents avait nettement augmenté.

Tristan entra d'un pas tranquille dans le bureau de Nico, où il suivait les versements de salaires. Ensemble, ils passèrent les dossiers au crible à la recherche de liens.

— Bon, voilà ce qu'on a, dit Nico en tapotant du pouce sur le bureau. — Ceux qu'on a vus se font verser leurs salaires sur des comptes dans leurs pays d'origine. C'est plus compliqué pour ceux qui ne se sont pas montrés. Il tourna l'écran vers elle. — Leurs salaires sont tous déposés sur l'un de deux comptes dans une banque à Naples. À première vue, ça ne paraît pas suspect, mais, quand on aligne les données comme ça, le motif saute aux yeux.

Tristan étudia l'écran. — Tu as raison. Les coïncidences sont trop grosses pour qu'on les ignore. Ces gens n'existent pas, et pourtant la compagnie les paie. Elle tapota les jointures sur le bureau. — Quelqu'un a monté une arnaque, et l'équipage à bord en fait les frais.

Son téléphone sonna dans la pièce d'à côté. Elle l'ignora, soutenant le regard de Nico. Une seconde plus tard, le téléphone de Nico s'illumina. Il le mit sur haut-parleur.

— Bonjour, lança une voix enjouée. — Ici Shelley, pour vous rappeler d'être prêts à embarquer dans les navettes dans cinq minutes. Savez-vous où je peux trouver Tristan ? Elle ne répond pas à son téléphone.

— Ah, oui. On est en train de boucler une réunion, répondit Nico avec aisance. — Je vais la prévenir. On vous rejoint tout de suite. Il raccrocha.

— Merde. J'ai complètement oublié Shelley. Tristan se passa la main sur le visage.

L'expression de Nico s'assombrit. — Je pense qu'on devrait garder ça pour nous jusqu'à ce qu'on sache exactement ce qui se passe et qui est derrière tout ça.

Il y avait quelque chose de différent dans son ton — une pointe d'autorité tranquille remplaçait sa retenue habituelle. Tristan plissa les yeux.

Un léger rose lui monta au cou.

— On ferait mieux de descendre retrouver Shelley, dit-elle, laissant passer pour l'instant. — Je file à mon bureau enfiler un jean et un T-shirt pour me fondre dans la masse des touristes.

— On se retrouve dehors dans deux minutes ? demanda-t-il, son hésitation habituelle revenant.

— D'accord, dit-elle avant de s'élancer vers la porte.

Ils atteignirent la zone d'embarquement quelques instants avant l'arrivée des premiers passagers. Shelley les guida vers le deuxième canot de sauvetage reconverti en navette, prêt à transporter les passagers jusqu'au quai de Giardini Naxos.

Nico prit la main de Tristan pour l'aider à passer par-dessus le bord, baissant la tête pour entrer sous le toit rigide de l'embarcation. Une décharge familière lui remonta le bras au contact de sa peau.

Le seul autre homme qui l'avait jamais fait réagir ainsi, c'était Luc. Était-elle soudain devenue sensible au simple toucher de n'importe quel homme ? Il faudrait qu'elle fasse des recherches là-dessus. Elle sourit intérieurement de ses pensées qui dérapaient. Ça se refléta peut-être sur son visage, vu le sourcil que Luc arqua dans sa direction.

Deux groupes de quinze passagers chacun remplirent la navette, avec Nico, Tristan, et deux membres de l'équipe d'animation, des danseurs de salon professionnels. Même immobiles, les danseurs semblaient guidés par une chorégraphie interne : leurs gestes étaient fluides, leur port naturellement impeccable. Des années d'entraînement avaient imprimé l'élégance jusque dans leurs moindres mouvements.

Tristan les enviait.

Avec plus de trente personnes à bord, la navette n'était pas bondée, mais Tristan choisit tout de même la place sous l'écoutille pour pouvoir voir dehors et éviter de se sentir enfermée. La traversée fut douce et prit moins de quinze minutes.

À terre, Nico et Tristan se présentèrent à Carlotta, la guide, une femme d'âge mûr, comme membres d'équipage assignés au groupe. Carlotta leur adressa un rapide double pouce levé avant de prendre place sur les marches intérieures du bus.

Souriante, elle souleva une carte blanche plastifiée posée sur le tableau de bord, identifiant le bus comme desservant des passagers de la compagnie ECM. Le nom de leur navire, Dorata Laura, y était imprimé en gras.

Leur circuit pour Taormine était le numéro trois : Tao 3.

— Vous devez trouver un bus violet, puis vérifier : ECM, Laura, Tao3. D'accord ? C'est important, insista Carlotta en scrutant le groupe. — Aujourd'hui, il y a plusieurs navires en escale, y compris notre propre Dorata Isabella en route pour Naples. Beaucoup de bus, beaucoup de visites. Vous pouvez facilement vous tromper, alors vérifiez bien. ECM. Laura. Tao3.

Elle leva une palette circulaire verte avec un grand numéro trois blanc. — C'est ma palette de guide. Retenez-la. Maintenant, en route.

S'installant sur un strapontin près du chauffeur, elle entama sa présentation, signalant les particularités de Giardini Naxos, un village chargé d'histoire remontant à sept cent cinquante ans avant Jésus-Christ.

— Notre premier arrêt est le village de Castelmola, juché tout en haut de la colline surplombant Taormine et la baie de Giardini Naxos, où notre navire est mouillé, expliqua-t-elle. — Cette cité médiévale a été fondée pour protéger les habitants de Giardini Naxos des invasions répétées. D'ailleurs, quand Denys le Tyran arriva en 403 av. J.-C., il trouva les villageois en fuite pour échapper à l'asservissement. Furieux, il ordonna de raser la ville. Je crois qu'ils ont eu raison de se mettre hors de sa route, non ?

Quelques passagers gloussèrent.

— Nous aurons quarante minutes pour explorer Castelmola. La ville est compacte, construite en terrasses autour d'un château conçu pour protéger sa population. Vous pouvez monter voir les ruines, visiter le Duomo avec moi, ou flâner dans les ruelles à la recherche d'un café. Je vous recommande vivement de goûter le vin d'amande local — il est très apprécié.

Son regard balaya le groupe. — Maintenant, écoutez bien. Le bus ne peut pas attendre là où il nous dépose. La Piazza Sant'Antonio est petite, et nous n'avons pas le droit de nous y garer. Vous devez revenir cinq minutes avant l'heure de départ afin qu'on puisse embarquer efficacement.

Tandis que les passagers descendaient, Tristan se tourna vers Carlotta. — Que voulez-vous que nous fassions ?

Carlotta fit un geste de la main. — Allez vous promener, prenez un café. Il y a plein de petits cafés ici. Gardez juste un œil sur l'heure et restez près de votre téléphone. Assurez-vous que vous m'entendez si quelque chose se passe. Ça n'arrive jamais, mais au cas où...

D'un signe de tête, elle leva sa palette et guida le groupe vers le Duomo, sa voix portant au-dessus des pavés.

Tristan resta à côté de Nico, à l'affût des traînards jusqu'à ce que le groupe disparaisse au détour d'un virage.

— Waouh, regarde-moi cette vue, murmura-t-elle en se penchant sur la rambarde de la piazza pour embrasser le panorama splendide. Loin en contrebas, la mer s'étirait en bleus étincelants. Leur navire, contraste élégant avec les immenses villes flottantes ancrées à proximité, tanguait doucement sur l'eau.

Nico pointa Taormine, blottie en contrebas sur la gauche. — C'est notre prochaine étape.

Un silence s'était installé sur la ville, seulement troublé par quelques bourrasques et le murmure lointain des groupes de touristes.

Tristan expira, saisie. — Comment diable ont-ils monté quoi que ce soit ici pour bâtir cet endroit ? On doit être à au moins 500 m au-dessus de la mer, et ces collines sont raides.

— Ça a dû être un défi, musa Nico en changeant d'appui, les avant-bras posés sur la rambarde. — Quand ton foyer et ta famille sont menacés, que faire d'autre ?

Le soleil accrochait les poils sombres qui ombraient ses avant-bras solides. En se penchant, son polo se tendit sur ses larges épaules, s'affinant sur sa taille fine. Ses jambes musclées étaient mises en valeur par un jean de créateur qui avait l'air coûteux. Intéressant. Il avait donné l'impression d'être fauché, d'avoir besoin de ce travail. Qui était-il vraiment ? Le jean pouvait être une contrefaçon... mais il semblait bel et bien authentique. Tristan garda cette réflexion pour elle.

Elle sortit son téléphone, balayant la scène de gauche à droite, capturant les lacets de route qui descendaient vers Taormine et la côte qui s'étirait au-delà. Les dernières photos incluaient Nico — sans se douter de rien, détendu.

Ils se tournèrent d'un même mouvement et s'enfoncèrent plus loin dans les ruelles.

Tristan s'arrêta devant un étal de rue, intriguée par une présentation de porte-clés — chacun décoré d'un minuscule pénis en bois, peint de couleurs vives. Des paniers en regorgeaient, de toutes tailles et de toutes teintes, même si le rouge semblait être le favori du cru. Certains étaient ornés de fleurs et de strass, d'autres portaient des gravures d'animaux, quelques-uns étaient laissés bruts. Ça doit bien avoir une signification culturelle, pensa-t-elle. Il y en avait partout.

La ville s'éveillait doucement, avec seulement quelques cafés ouverts. En descendant une ruelle étroite, le chuintement familier de la vapeur d'une machine à café emplit l'air.

— J'entends du café, dit Tristan.

Nico arqua un sourcil. — Tu entends du café ?

— Absolument. Elle suivit le son, entra dans un petit bar et alla droit au comptoir. — Caffè ? demanda-t-elle avec son italien approximatif.

— Sì, répondit le barista avec un sourire.

— Due cappuccini, per favore.

— En tasses ou en mugs ? demanda-t-il en anglais, l'amusement pétillant dans ses yeux.

Tristan sourit. — En mugs, s'il vous plaît.

— Asseyez-vous. Je vous les apporte.

Elle se retourna et trouva Nico déjà installé dans un petit box près de la fenêtre, un sourire entendu au coin des lèvres.

— Tu aurais pu me laisser commander, dit-il. — Je parle très bien italien, depuis tout petit.

Se frappant le front de la paume, elle gémit. — Argh. Je n'y ai même pas pensé. J'ai l'habitude de tout faire moi-même.

— Parfois, dit-il, le regard steady, indéchiffrable, — les autres peuvent aider.

Quelque chose dans son ton la fit marquer une pause, mais avant qu'elle ne puisse l'analyser, son attention se perdit dans l'ambiance feutrée et chaleureuse autour d'eux. De lourds meubles en bois remplissaient le café, l'éclairage tamisé venant de lampes disséminées.

Puis elle se figea.

Le pied de lampe posé sur leur table avait sans équivoque la forme d'un pénis.

Son regard fila vers le cendrier. Encore un. Le tableau au mur ? Pareil. Partout où elle posait les yeux, des images phalliques lui renvoyaient son regard.

La chaleur lui monta aux joues.

C'est quoi, cette manie des pénis, dans cette ville ?

Elle n'était pas prude, mais elle n'avait jamais rien vu de tel. Il n'y avait nulle part où regarder.

Tristan lança un coup d'œil à Nico, dont les épaules tressautaient d'un rire silencieux.

— Tu savais ? l'accusa-t-elle.

— J'en avais entendu parler, admit-il, les yeux pétillants. — Je ne l'avais jamais vu de mes yeux.

— Le café a intérêt à être bon.

— Mais il l'est, signorina, coupa une voix grave et taquine.

Le serveur, tout sourire en coin et charme, posa deux mugs fumants devant eux. Le visage de Tristan s'échauffa de plus belle.

Nico laissa échapper un rire, un son riche et inattendu qui envoya une vague de chaleur la traverser. Son ventre fit une cabriole. Ce rire. Il l'avait déjà retournée comme une crêpe. Mais où ?

Des images traversèrent son esprit — regarder Un jour sans fin dans un avion, le ronronnement d'un moteur, des rires feutrés dans le noir. Non. Cet homme n'était pas Luc. Son cœur lui jouait des tours. Peut-être que Nico n'était qu'un autre Italien dans toute sa splendeur, malgré ses efforts pour masquer ça sous une posture voûtée et des cheveux gras.

Tristan hésita avant de saisir son mug, vérifiant l'anse — s'attendant presque à ce qu'elle soit à l'image du reste du café. Rassurée, elle but une gorgée. Ah, de l'ambroisie. Riche, brûlant, sombre et parfumé. Un léger gémissement de plaisir lui échappa.

Le changement chez Nico fut immédiat. Son rire s'éteignit, sa posture se raidit. Il enserra son mug de ses mains, les yeux qui s'assombrissaient en la regardant.

L'air entre eux se tendit.

Tristan baissa le regard, se concentrant avec application sur son café. Ils burent en silence, un silence chargé, sans reconnaître la tension soudaine.

Quand sa tasse fut vide, elle consulta sa montre. — On devrait y retourner.

Au comptoir, le barista les attendait, toujours avec son sourire en coin.

— Le café, signorina, traîna-t-il. — Il était à votre goût ?

— Oui, merci. Il était merveilleux. Le reste était... inattendu.

L'éclat entendu dans ses yeux se fit plus profond. — Vous avez été très courageuse, signorina.

Avant qu'elle ne réponde, il sortit deux petits verres et y versa un liquide doré pâle. Se penchant en avant, il les fit glisser vers elle, son regard rivé uniquement sur elle.

— Ça vous aidera à vous remettre du choc.

Nico se tenait à son épaule, ignoré.

Tristan hésita, puis goûta prudemment. Le vin d'amande était doux, onctueux, avec la chaleur d'une bonne liqueur. — C'est délicieux. Pas étonnant qu'il soit célèbre.

— Comme notre caffetteria, dit le barista avec souplesse. — Vous devez revenir. Amenez des amis. Ne les prévenez pas, eh ?

Elle eut un petit rire.

La voix de Nico se glissa entre eux. — J'aimerais acheter une bouteille.

Le barista tourna enfin son attention vers Nico, rompant le drôle de petit jeu qu'il jouait.

Alors qu'ils sortaient, l'homme lança derrière eux : — Revenez, signorina. Je vous attendrai pour vous servir.

— Il ne faut pas rêver, marmonna Nico.

Tristan cligna des yeux. — Pardon ? Tu as dit quelque chose ?

— Je passais juste en revue ce qu'il y a à faire, répondit-il d'un ton léger, trop désinvolte. — Si on se dépêche, on peut passer par une boutique de souvenirs. Ma mamma collectionne les magnets, pour le frigo. Elle aime suivre mes déplacements.

Il haussa légèrement les épaules, puis les laissa retomber dans leur position voûtée habituelle.

Intéressant. Peut-être que cet homme avait plus d'une corde à son arc, au-delà de l'excentrique comptable.

La boutique de souvenirs offrait plus que les fameux porte-clés.

Tristan prit un jeu de cartes illustré de vues de la ville et feuilleta les images glacées. Elle aurait adoré acheter l'un des porte-clés grivois — pour l'absurdité pure — mais, Nico à côté, elle s'en abstint.

De retour au palazzo, ils trouvèrent leur chauffeur de bus en pleine prise de bec avec une contractuelle, une femme bien en chair qui dégageait de l'autorité. Elle brandissait son carnet à souche en guise d'avertissement tandis que le chauffeur répliquait avec frustration.

Tristan et Nico échangèrent un regard avant de se glisser dans le bus sans être remarqués.

— Qu'est-ce qu'il dit ? murmura-t-elle.

Nico eut un petit rire. — Il lui rappelle à quel point la ville dépend des touristes et qu'elle devrait être reconnaissante qu'il monte même son bus par « ces routes brinquebalantes ».

Satisfait d'avoir eu le dernier mot, le chauffeur claqua la porte et démarra.

Dans le rétroviseur, il accrocha le regard de Tristan et lui fit signe d'approcher. — Carlotta est en retard. Appelez-la et dites-lui de nous retrouver au point de rendez-vous alternatif.

Tristan regagna sa place et appela Carlotta, réprimant un sourire.

Elle soupçonnait Samson de n'avoir aucune envie d'affronter de nouveau la contractuelle — pas même pour leur guide.

Le bus ronronna le long des routes sinueuses, s'arrêtant aux aires de croisement pour laisser passer les voitures arrivant en face. Finalement, ils débouchèrent sur un virage où Carlotta attendait avec un petit groupe de passagers. Une fois tout le monde monté, le trajet vers Taormine reprit.

Tristan se glissa sur le siège libre derrière la guide. — Tout va bien ? Samson n'a pas pu attendre, souci avec la contractuelle.

Carlotta jeta un coup d'œil par-dessus l'épaule de Tristan, comme pour s'assurer que personne n'écoutait. — Dans ce métier, on apprend qu'il y a toujours des gens qui ignorent l'heure fixée. C'est pour ça qu'on a un plan B. Si vous êtes en retard, vous descendez la colline jusqu'à l'arrêt suivant. Elle eut un petit rire. — J'aurais peut-être dû les prévenir. Ça les aurait peut-être rendus ponctuels, eh ?

Tristan acquiesça.

— La ville vous a plu ? demanda Carlotta.

— Oui, répondit Tristan. — Elle est pittoresque, et c'est impressionnant de voir comment ils se faufilent dans des passages si étroits. Un bref temps d'hésitation. — Carlotta, pouvez-vous m'expliquer l'obsession de la ville pour les pénis ?

Carlotta cligna des yeux. — Pour quoi ?

Tristan chercha une manière plus claire de le dire. — Vous savez, l'organe masculin ? Le truc qui pendouille chez les hommes, pas chez nous ? Elle fit un geste vague. — On a pris un café...

La compréhension illumina le visage de Carlotta. — Ah. Ce café ? Elle renversa la tête et éclata de rire, puis plongea la main dans son sac à main pour en sortir un grand phallus rouge.

— On m'a posé des questions à leur sujet, dit-elle en le brandissant. — Vous voyez ce que j'ai ?

Un gloussement malicieux jaillit d'une femme aux cheveux gris assise juste derrière. — Oh oui. J'en ai acheté trois.

— Pour ceux qui se demandent ce que ça signifie..., fit Carlotta en marquant un temps théâtral. — Ça ne signifie rien. C'est un gimmick. Un patron de café a décidé de s'amuser, et le bouche-à-oreille a fait le reste. Maintenant, les gens viennent à Castelmola pour voir par eux-mêmes. Les boutiques de souvenirs s'y sont mises, avec leur touche personnelle : plus de couleurs, plus de paillettes. Elle agita un index joueur. — On vous a dit que les rouges étaient les plus virils ?

Des rires parcoururent le bus.

— Ils ne le sont pas, hélas, sourit Carlotta. — Mais c'est bon enfant. Maintenant, en route pour Taormine. Plus de pénis, mais beaucoup d'histoire. Elle désigna la fenêtre. — À notre gauche, vous voyez le sentier rocailleux qu'empruntaient autrefois les Sarrasins pour aller de Castelmola à Taormine.

Et, juste comme ça, elle revint à son discours.

Tristan regagna son siège à côté de Nico.

— Pour toi, dit-il en lui tendant un petit sac en papier kraft. — Un souvenir de notre visite. À moins que… tu ne trouves ça inapproprié ? Il rentra légèrement la tête dans les épaules, comme pour se préparer à un refus.

Elle jeta un œil à l'intérieur. Un phallus rouge de taille moyenne, joliment décoré et incrusté de strass blancs et verts, lui renvoyait des éclats.

Un rire mutin lui échappa. — Sans contexte, peut-être pas. Mais j'étais trop timide pour m'en acheter un. Elle inclina la tête. — Désormais, chaque fois que j'ouvrirai la poche secrète de mon sac, je me souviendrai de ce café.

Leurs regards se verrouillèrent.

La chaleur qui la traversa ne laissa aucun doute — la même décharge inexplicable qu'elle avait ressentie plus tôt. Cette familiarité qui rappelait Luc. Mais ce n'étaient pas les mêmes hommes.

Elle baissa le menton, rompant le contact visuel avant que l'instant ne s'étire trop.

— Merci, murmura-t-elle en glissant le sac en sécurité dans son sac à main. Une petite, inattendue lueur de reconnaissance se logea dans sa poitrine tandis que le bus poursuivait sa route.

CHAPITRE 9

Tristan fermait la marche avec Nico tandis que leur groupe de visiteurs suivait Carlotta dans les rues de Taormine. La guide respirait la fierté en racontant l'histoire riche de la ville et sa place dans le roman national italien.

Tenant bien haut sa palette verte, elle conduisit le groupe le long du Corso Umberto, où les vitrines et les chaises de café débordaient sur l'artère, passa devant la fontaine baroque de la place de la Cathédrale, puis grimpa par les ruelles étroites jusqu'à l'antique théâtre grec. Son monologue ne s'interrompait guère, sauf pour vérifier que tout le monde suivait. Certains des plus âgés, toutefois, peinaient sur la pente régulière.

— Si vous continuez, nous pourrons nous reposer un peu plus loin, lança Carlotta.

Quelques-uns grognèrent un assentiment réticent et poursuivirent, tandis que d'autres en avaient assez et bifurquaient vers le café le plus proche. Carlotta soupira. — Quel dommage — dit-elle. — Maintenant, ils ne le verront pas. Encore trois cents mètres, et il y a un endroit pour se reposer.

Enfin, le groupe atteignit l'entrée du Teatro Greco. Carlotta distribua les billets avant de les mener sur une pente plus raide jusque dans l'amphithéâtre à ciel ouvert, en gradins. — Vous voyez ? — dit-elle en désignant les assises de pierre. — Maintenant, vous pouvez vous reposer pendant que je vous explique l'histoire de ce lieu magnifique.

Le groupe installé et Carlotta lancée dans sa conférence, Tristan rebroussa chemin pour prendre des nouvelles de ceux qui avaient choisi de ne pas continuer. Nico se mit à sa hauteur lorsqu'ils arrivèrent à la billetterie. D'après leur décompte, cinq passagers manquaient à l'appel. Leur recherche était compliquée par la présence de plusieurs autres groupes ECM, chacun suivant des palettes de couleur différente.

Ils s'arrêtèrent au premier café rencontré, sans trouver trace des leurs. Alors qu'ils regagnaient la rue animée, une voix les héla d'un peu plus bas.

— Hé, vous deux. Vous retournez au bus ?

Tristan se retourna et aperçut la vieille dame qui avait fièrement annoncé ses achats de souvenirs à Castelmola.

— Plus ou moins, répondit-elle.

— Parfait. Vous pouvez m'aider avec ces braves-là ? Ils sont sur les rotules. Je ne pouvais pas les laisser, dit la femme. — Au fait, moi, c'est Betty.

— Salut, Betty. Moi, c'est Tris, et voici Nico — dit Tristan. — Je peux attendre avec ces invités si tu veux que Nico t'emmène au théâtre.

— Non merci. Je l'ai déjà vu et je le reverrai sans doute. Betty se tourna vers la femme à ses côtés. — Allez, Marianne. Debout. Elle la fit se lever d'une main ferme mais bienveillante. — Ça va, Olaf ?

Le vieil homme hocha la tête.

— Bien. On se retrouve bien à la poste, hein ? C'est ce que la guide a prévu ? On y va, dit Betty.

Nico offrit son bras à Olaf pendant que Betty guidait Marianne le long de la rue. Tris fermait la marche, inspectant cafés et boutiques de souvenirs au passage. Elle finit par retrouver l'autre couple manquant dans un petit café près de la poste, partageant tranquillement une pizza et un verre de vin. Derrière eux, un minuscule chaton noir miaulait plaintivement depuis une banquette, indifférent au regard du patron comme des clients.

Tris sortit son téléphone et envoya un message rapide à Carlotta pour l'informer que le reste du groupe avait été retrouvé. Elle le glissait à nouveau dans son sac lorsqu'il sonna.

— Bonjour, Matthew, dit-elle en répondant, reconnaissant le numéro de leur chef direct à bord. Sa voix avait une note d'excuse.

— Désolé de vous déranger, Tris. J'essaie de joindre Nico.

— Un instant, je vous le passe.

La conversation de Nico fut brève. — Oui ? Compris. Certainement. Non, aucun problème. Au revoir.

Il rendit le téléphone, le front plissé. — On m'a demandé d'autoriser un lot de vin et spiritueux d'un commerçant local. Matthew n'a pas le temps de s'en charger et, apparemment, d'habitude, c'est Davis qui s'en occupe.

— Je viens avec toi, dit Tris. — Nos invités sont bien ici. Pourquoi on traite avec un marchand à Taormine ? Tout n'est pas organisé à l'avance à Naples ?

— La compagnie s'approvisionne toujours localement quand c'est possible, expliqua Nico. Tant que la qualité est au niveau, elle préfère soutenir les économies locales, pour la même raison qu'on amène des touristes dans des ports plus petits. Certains endroits ne survivraient pas sans ces revenus supplémentaires.

Tris hocha la tête, retournant l'information dans sa tête. Il connaissait visiblement son affaire. Avait-il lu ça dans la politique de la compagnie, ou était-il simplement si bien informé ?

Ils trouvèrent le commerçant blotti au fond d'une ruelle qu'ils n'avaient pas encore explorée. Une porte basse et étroite débouchait sur un vaste espace, sombre, plus entrepôt que boutique. Derrière le comptoir, un homme sec s'appuyait sur les coudes, les observant d'un air neutre.

Nico s'approcha. — Je suis là pour autoriser l'expédition ECM.

Le commerçant désigna d'un signe de tête une petite pile de cartons. — Voilà votre lot. La facture est prête. Signez ici.

Nico hésita. — Je vais vérifier le contenu.

Les yeux du commerçant se plissèrent. — Pourquoi ? M. Davis me fait toujours confiance.

— Oui, monsieur, mais je suis nouveau au poste, et je dois faire les choses dans les règles pour l'instant. Nico rentra la tête dans les épaules, projetant une déférence nerveuse.

L'homme renifla, comme s'il sentait une odeur désagréable par-dessus les relents de vieux vin. — D'accord, d'accord. Faites comme vous voulez. Je ne vais pas poireauter pendant que vous le faites. Appelez-moi quand vous avez fini. Il s'éloigna en flânant et disparut par une porte.

Nico attrapa la facture et souleva méthodiquement chaque carton lourd pour en vérifier le contenu. Tris admira en silence la façon dont ses muscles se tendaient et jouaient à l'effort. Elle l'avait déjà remarqué à Castelmola. Son physique — fort, maîtrisé — semblait à rebours du personnage effacé et maladroit qu'il projetait.

— Oui, tout y est, dit-il en jetant un dernier coup d'œil à la boîte finale. — Même si c'est un peu cher, grommela-t-il pour lui-même en passant derrière le comptoir, dans la direction où le commerçant était parti.

L'homme passa la tête par la porte. — Tout est comme il faut ? demanda-t-il, une pointe de sarcasme dans la voix.

Nico hocha brièvement la tête. — La facture correspond aux marchandises.

— Alors signez ici, et vos gens peuvent venir récupérer ça quand ils veulent.

Nico griffonna sa signature sur les papiers, puis tapota la facture. — Par curiosité, ces prix me paraissent élevés.

Le commerçant haussa les épaules. — Pas quand on fait le total.

Vous n'avez pas de diable avec vous, alors je mets le stock de Mme McFarlane où ?

Nico se figea. — Celui de Mme McFarlane ?

Tris fronça les sourcils. — Où est-ce ?

L'homme montra du pouce une petite pile dans un coin — trois cartons de vin et deux bouteilles à part.

Tris détailla les boîtes. — Pouvez-vous confirmer qu'ils sont séparés de la commande principale ? Nous les ferons récupérer avec le reste. Je veillerai à ce que ça lui arrive.

— D'habitude, M. Davis les emmène avec lui, dit le commerçant. — Pour éviter que ça se mélange.

— Et la facture pour ceux-là ? intervint Nico.

L'homme ricana. — Ah, mon ami. Vous êtes encore vert, hein ? Il n'y a pas de facture pour ce lot. Tout est compris. Il se tapota l'aile du nez.

Le froncement de sourcils de Nico s'accentua. — D'accord — dit-il lentement. — Je préviens le navire de venir récupérer la marchandise.

Ils sortirent de la boutique sombre ; l'odeur lourde de vin vieillissant fit place à la brise tiède de l'extérieur. Tandis qu'ils regagnaient le point de rendez-vous à la poste, Nico jeta un regard en coin à Tristan.

— Tu la connais, cette McFarlane ?

— C'est l'intendante que je remplace. Blessée sur la dernière croisière — elle ne reviendra pas avant la cale sèche. Tris garda un ton égal. Les avertissements de Siena résonnaient dans sa tête.

Ne fais confiance à personne.

C'était à moitié une blague, Siena répétant leur série culte préférée des années 1990. Mais Tris avait senti son malaise — quelque chose clochait, et Siena était méfiante, voire effrayée.

— Elle aime le vin, murmura Nico. — Du bon. Des références de restaurants gastronomiques.

— J'en sais rien, dit Tristan. C'était un mensonge. Siena touchait à peine au vin. C'était une fille à bière, depuis toujours. Entasser des millésimes coûteux ? Ça ne collait pas.

Ils retrouvèrent le groupe au café, toujours attablé, grossi d'autres passagers qui avaient renoncé à la montée vers le théâtre grec. Betty, éternelle cheffe autoproclamée, tenait salon au centre de l'assemblée.

— Venez boire un verre, les jeunes, lança-t-elle en traînant sur les mots, levant son verre dans un salut peu assuré.

— On apprécie l'invitation, madame, dit Nico avec un sourire candide. — On va se contenter d'eau. Le patron n'aime pas qu'on boive en service.

Betty partit d'un grand éclat de rire.

Tristan fut soulagée que personne ne les ait surpris en train de goûter le vin d'amande à Castelmola.

— Allez, asseyez-vous quand même, fit Betty d'un geste ample pour les inviter à venir.

Tris s'adossa à une banquette libre, observant la vieille dame, les yeux plissés. — Ça va, Betty ?

— Ouais, slurpa-t-elle. — J'ai peut-être bu un verre de trop, mais avec cette chaleur, faut bien, tu vois ?

La conversation s'enraya tandis que Betty plissait les yeux vers Nico, en n'en fermant qu'un comme pour mieux viser.

— Tu sais ? On peut faire enlever ces trucs, maintenant. Un peu de chirurgie, peut-être. Le laser, j'crois pas que ça marcherait — c'est trop gros. Tu vois ? Tu pourrais être sacrément beau si tu t'en débarrassais.

Un lourd silence s'abattit sur le groupe. Tous les regards glissèrent vers la tâche de naissance rose vif sur le visage de Nico.

Nico soutint le regard de Betty, impassible. — C'est moi, madame. Si je l'enlevais, ma mère ne me reconnaîtrait plus. Il sourit, poli mais ferme.

Tristan se détacha de la banquette. — T'as raison, Betty — il fait chaud. Elle jeta un coup d'œil à Nico. — J'ai besoin d'un truc plus frais que de l'eau. Il y a une gelateria en face. On a le temps pour une glace ?

Sans attendre de réponse, elle passa son bras sous le sien et l'entraîna vers la boutique.

Nico se laissa guider, une lueur amusée dans le regard. — Je croyais que tu étais d'accord avec Betty, dit-il.

Tris lui jeta un regard de côté. — Ça ne regarde que toi.

Ils atteignirent la gelateria, et elle reporta son attention sur la vitrine. — Rhum-raisin. Miam. Ça compte comme boire en service, Nico ?

Un rire riche lui échappa, chaud et sans retenue. Comme toujours, cela déclencha en elle un étrange frisson électrique — un mélange déstabilisant de trac et d'exaltation. Une sensation façon Luc.

Elle se força à se reconcentrer sur le choix des parfums.

Un serveur demanda la commande à Nico. — Un double rhum-raisin, et un double limoncello, dit-il d'une voix ferme, autoritaire.

Tristan lui lança un coup d'œil rapide.

Il haussa les épaules.

Leurs cornets en main, ils s'arrêtèrent sous l'auvent, savourant la fraîcheur sucrée du gelato. Tristan s'essuya les doigts avec la serviette en papier qui avait emballé sa glace, chassant les dernières traces de collant. Elle n'avait aucune envie de retourner auprès de Betty et de sa joyeuse bande, alors elle balaya la ruelle du regard, en quête d'un prétexte pour traîner.

La palette verte apparut, se dandinant vers eux. Parfait.

Elle rejoignit le groupe. — Carlotta arrive. Allons vers la poste, comme ça elle nous trouvera facilement.

S'ensuivit une agitation — le restaurateur qui faisait les additions, les passagers ramassant en hâte leurs affaires avant de se diriger vers le point de rendez-vous.

Betty eut besoin d'un coup de main supplémentaire pour monter dans le bus. — Laisse-moi t'aider à monter dans la navette, Betty, proposa Nico. Sans hésiter, il souleva la petite femme et la porta jusqu'à l'embarcation.

Le retour vers le navire se déroula, heureusement, sans incident. À peine avaient-ils re-badgé à la sécurité que les passagers se dispersaient, engloutis par l'immensité du bâtiment.

Tristan expira. La journée avait été longue — entre les entretiens du personnel et le rôle de touriste. Et l'après-midi n'était pas finie.

De retour à son bureau, elle retira sa veste, la posa sur le dossier de sa chaise, puis alluma son ordinateur. Son esprit était ailleurs — auprès de l'homme qu'elle venait de quitter.

Qu'est-ce qu'il avait, Nico ? Son apparence n'était pas attirante au sens classique, pas plus que sa façon de parler lente, presque geignarde, plaintive. Et pourtant... par moments, autre chose affleurait. Une assurance tranquille. Un tranchant plus vif. Le moindre effleurement entre eux lui envoyait des décharges, comme si son corps le reconnaissait avant que son esprit ne suive.

Et puis, il y avait le cadeau.

Elle le sortit de son sac, le faisant rouler dans sa paume. Objectivement, c'était déplacé — on pourrait même dire provocant. Dans un autre contexte, on aurait pu frôler le harcèlement. Mais là ? C'était tout autre chose.

Il avait remarqué son hésitation à la boutique. Il avait su qu'elle voulait un souvenir mais n'en avait pas acheté. Alors il l'avait fait pour elle.

Attendrissant.

Elle fouilla au fond de son sac et glissa le porte-clés dans le compartiment secret, à côté du téléphone noir.

Chassant Nico de ses pensées, elle se concentra sur la pile croissante de tâches devant elle. Des heures passèrent sans qu'elle les voie, jusqu'à ce que les moteurs du navire grondent sous ses pieds.

L'horloge digitale dans l'angle de l'écran la fit sursauter.

Bon sang, elle était attendue au dîner dans moins d'une demi-heure.

Il fallait qu'elle file.

CHAPITRE 10

En tant qu'officier du bord — même temporaire — Tristan devait aider à accueillir le Dîner de bienvenue du capitaine, une réception officielle exigeant la grande tenue.

La table qui lui était attribuée comprenait deux couples des suites de prestige. À ses côtés pour coanimer se trouvait son patron, Ricardo Catalan, le Directeur Hôtelier. Il avait gravi tous les échelons au sein d'ECM, commençant comme agent d'entretien avant de passer par presque tous les métiers de l'hôtellerie à bord — commis de cuisine, serveur, steward débutant, manager de restaurant, ressources humaines, commissaire de bord — jusqu'à occuper aujourd'hui la plus haute fonction hôtelière du navire. Il ne répondait qu'au capitaine, même si, pour tout ce qui relevait de l'hôtel, le capitaine lui-même s'en remettait souvent à lui.

Catalan avait déjà clairement exprimé ce qu'il pensait de l'événement.

— La dernière chose dont j'ai besoin après une journée complète, c'est de passer trois heures à jouer les aimables avec des clients trop privilégiés, a-t-il grogné. — Mais si on parvient à les pousser à publier des avis positifs, ça pourrait compenser les mauvaises notes récentes. Il faut enrayer la chute.

Il lui lança un regard appuyé. — Je compte sur vous pour tenir votre rang dans le bavardage mondain, jeune femme. Nous accueillons les VIP des Suites Royales. Le capitaine a les aristocrates vénitiens — et j'en suis bien content.

— Que savons-nous de nos invités ? demanda Tris.

Catalan jeta un coup d'œil à ses notes. — Deux professeurs d'université australiens — vous pourrez vous en charger. Ensuite, un couple anglais âgé, des habitués de nos croisières. Je ne les ai jamais reçus, mais je saurai les divertir.

Tristan lissa sa jupe, ajusta ses épaulettes pour qu'elles soient bien symétriques et redressa le nœud papillon à ailes d'hirondelle qui lui enserrait la gorge. Grandir dans le système d'aide sociale était à mille lieues des attributs d'un milieu fortuné, mais ses années dans la Marine lui avaient appris à naviguer dans tous les milieux. Elle avait maîtrisé l'art de la conversation légère, se forgeant un petit canevas qui ne demandait que de légères retouches pour un public de croisiéristes.

— Vous venez d'où ? La croisière est-elle à la hauteur de vos attentes ? Vous faites quoi dans la vie ? Qu'est-ce qui vous y a attiré ? Vous avez des enfants ? Ils sont grands ? Que font-ils ?

Quand l'inspiration lui manquait, elle pouvait toujours retomber sur des anecdotes de voyage. Et si Catalan — stoïque et professionnel en réunion — semblait mal à l'aise, elle avait aussi un plan pour lui. Elle le guiderait vers une discussion sur les perspectives de carrière dans l'industrie de la croisière, les bénéfices de la diversité des équipages et la camaraderie à bord.

Satisfaite de ses préparatifs mentaux, elle sortit de sa cabine — manquant de trébucher sur une caisse de vin.

De l'autre côté du couloir étroit, deux membres d'équipage déchargeaient des cartons dans la cabine inoccupée en face de la sienne.

— On fait la fête ? lança-t-elle, taquine.

Les hommes se redressèrent en voyant son uniforme, même si l'un d'eux lui rendit un sourire.

— Non, madame, dit-il avec un fort accent de Geordie. Pas vraiment la possibilité. M. Davis nous passerait un sacré savon si on s'aidait au-delà de notre part.

— Je croyais que c'était le vin de Mme McFarlane, remarqua-t-elle.

— Peu importe le nom sur l'étiquette, répondit-il. Tout finit ici, et M. Davis s'en charge.

Son regard glissa vers la porte. — Qui est affecté à cette cabine ? Je n'y ai vu personne.

— Elle est vide, madame. Il y a eu quelques défections cette fois. Il y a toujours une cabine ou deux inoccupées à cette extrémité.

— Il y avait aussi quelques bouteilles à part. Elles sont arrivées ? demanda Tristan.

— Non, madame. Celles-là, elles sont pour nous — notre paie pour faire le boulot, quoi, répondit l'un des matelots d'un haussement d'épaules désinvolte.

Avant qu'elle ne réponde, Nico sortit de sa cabine. Son regard se plissa en prenant la scène en compte.

Tristan le plissa des yeux. — Bonsoir. Tu es drôlement bien mis.

Ses cheveux avaient toujours l'air un peu trop lissés, mais le rasage frais et l'uniforme impeccable lui conféraient une certaine autorité. Sa veste bleu marine lui allait comme un gant, soulignant la vigueur sèche qui se devinait dessous. Elle détacha son attention de sa silhouette pour se concentrer sur ce qu'il disait.

— Hmm. Qu'est-ce qui se passe ici ? demanda-t-il aux hommes d'équipage.

— Ne les passe pas encore au grill. Je m'en suis déjà chargée, dit-elle en contournant un carton de vin pour le devancer dans le couloir étroit. Laisse-les bosser.

— C'était le vin adressé à McFarlane ?

— Ouais, mais l'équipage a laissé entendre que Peter Davis est celui qui le contrôle vraiment. Ils ont dit que ça ne changeait rien à qui il était adressé — c'est Davis qui gère. Quoi que ça veuille dire. Elle secoua la tête. C'est un comptable. Qu'est-ce qu'il fait à gérer du vin ?

Nico fronça les sourcils. — Intéressant.

— Tu as vu les noms sur les cabines ? demanda-t-elle. Je n'y ai pas pensé plus tôt, mais je peux vérifier plus tard.

— Non, admit-il. Je me suis dit que l'équipage était de service quand j'étais là. On peut faire toute une croisière sans croiser certaines personnes.

— À l'entendre, on dirait qu'il y a toujours des défections dans ce secteur. Presque comme si quelqu'un savait déjà exactement qui ne viendrait pas. Elle s'interrompit. — Pardon. Je pense à voix haute. Mauvaise habitude.

Il lui jeta un regard mesuré mais ne dit rien.

— Qui coanime avec toi, ce soir ? demanda-t-elle à la place.

— Je suis avec Shelley. Je n'aurai pas grand-chose à dire, dit-il avec un sourire en coin.

— N'en sois pas si sûr, le taquina-t-elle. Elle te demandera probablement de parler des excursions du jour pour que les invités comparent leurs notes ou s'inspirent pour la prochaine fois. Elle battit des cils d'un air joueur.

Il poussa un gémissement et ses épaules s'affaissèrent. — Super.

— Ou pas, dit-elle en haussant les épaules. Un homme averti en vaut deux. Ah, et demande à Shelley si Nicholas et James l'ont déjà soumise à leurs cours de danse. Comme ça, je saurai à quoi m'attendre demain.

— Je verrai ce que je peux apprendre. Son sourire lent eut un effet désarmant — l'un de ces moments rares où son charme perçait sa réserve habituelle.

Si Luc lui avait souri comme ça, ses genoux se seraient peut-être dérobés.

Elle étudia Nico une seconde de plus. Elle l'aimait bien, décida-t-elle. Elle l'aimerait encore mieux s'il redressait les épaules et se tenait avec plus d'assurance. Mais, puisqu'elle ne comptait pas l'épouser, elle ferait avec.

— Tu sais qui tu vas divertir ce soir ? demanda-t-elle.

— Aucune idée. Sans méchanceté, j'ai le droit d'espérer que ce ne soit pas Betty ?

— Tu t'en sortiras. J'ai aimé ce que tu disais tout à l'heure à propos de ne pas trop changer — ta mère ne te reconnaîtrait plus. Elle inclina la tête. — Ta mère est toujours de ce monde ?

— Oui, et elle s'inquiète si je fais quelque chose de trop étrange. Et toi ? demanda-t-il.

Elle détourna les yeux, puis aperçut leur destination. — Ah, nous y voilà. Bonsoir, Milosz. Je suis à la table de M. Catalan.

Milosz, d'une efficacité constante, acquiesça. — En effet, Mme Sinclair. Vous êtes la première arrivée. Il se tourna vers une hôtesse en attente. — Milena, veuillez accompagner Mme Sinclair à la table trente-cinq. Feuilletant une page, il jeta un coup d'œil à Nico. — Et vous, M. Griff... oui, table douze. Radoslaw vous accompagnera. Mme Smithson coanime avec vous. Profitez bien de votre soirée.

Tristan se faufila parmi les tables élégamment dressées, leurs nappes immaculées, l'argenterie luisant sous les lustres. Des rideaux à la française devant les fausses fenêtres adoucissaient l'illusion d'enfermement, rétroéclairés pour créer une lueur de lumière artificielle.

Un couple australien d'une cinquantaine d'années arriva à sa table, la femme en robe fourreau couleur crème, le mari en smoking.

— Nous sommes professeurs d'université, lui dirent-ils en réponse à sa question. — Nous faisons cette croisière pour fêter nos trente ans de mariage.

Tristan sourit chaleureusement. — Voilà une excellente raison de célébrer. Félicitations.

— Vous êtes Australienne ? demanda la femme, les yeux brillants de curiosité. Il doit y avoir deux ou trois cents personnes à bord de ce navire, et vous êtes la seule autre Australienne que nous ayons rencontrée. N'est-ce pas, Jack ?

Jack acquiesça. — On n'est pas nombreux, hein.

Tristan sourit. — Il y a quelques Australiens parmi l'équipage, mais oui, nous sommes clairement en minorité.

Leur conversation fut interrompue par l'arrivée du second couple. Plus âgés que les Australiens, ils avaient une aisance tranquille. Une fois les présentations faites, Shirley, l'Australienne, se pencha vers l'avant avec un air de conspiratrice.

— Nous commentions la diversité des nationalités sur cette croisière — tant chez l'équipage que chez les passagers. Dites-moi, les Britanniques se considèrent-ils encore comme Européens, de nos jours ?

Tristan capta l'étincelle dans les yeux de Shirley. Elle tendait un piège à la table, et, comme de juste, la discussion s'enflamma rapidement. Le couple anglais avait des opinions bien arrêtées — et pas en faveur des liens européens de l'Angleterre.

Shirley leva un doigt, manifestement prête à lancer une nouvelle grenade verbale, mais Tristan intervint avec souplesse. — Que faites-vous dans la vie, M. Smith ?

— Appelez-moi Arthur, mademoiselle, dit-il d'un hochement de tête vigoureux. — Joanie et moi tenions une quincaillerie dans le Hertfordshire. Nous l'avons vendue il y a sept ans quand ça devenait trop pour nous. Depuis, on fait une croisière chaque année — surtout avec ECM. Toujours bien, hein, Joanie ?

— Oui, approuva Joanie. Jamais eu de raison de nous plaindre. Enfin... jusqu'à maintenant.

— C'est un plaisir de vous avoir avec nous, dit chaleureusement Tristan. Il semble que quelque chose ait retenu M. Catalan, mais ne l'attendons pas. Commandons. Il nous rejoindra à son arrivée. En tant que Directeur Hôtelier, la seule partie du navire qui ne relève pas de lui est la passerelle ; vous imaginez donc combien de choses peuvent réclamer son attention. Je vous prie de l'excuser en son nom.

Elle fit signe à Milena, la serveuse toujours efficace, qui s'approcha aussitôt. Sa présence ramena les invités à leurs menus.

Quelques instants de silence régnèrent pendant qu'ils faisaient leur choix. Milena remplit les verres de vin et d'eau tout en prenant les commandes.

— Vous n'allez pas le noter ? fronça les sourcils Shirley.

Milena esquissa un sourire poli. — Non, madame. Ce n'est pas ainsi que nous fonctionnons. Si je me trompe, vous me le direz.

Shirley eut l'air sceptique mais énuméra ses choix.

S'il te plaît, Milena, ne te trompe pas, pria Tristan en silence.

Une fois les commandes envoyées, la conversation reprit. Tristan amena le couple anglais à se remémorer leurs précédentes croisières — les meilleures, les pires, et en quoi celle-ci se comparait.

Arthur soupira. — Pour être honnête, le service n'est pas aussi bon que lors des croisières précédentes. Le nettoyage semble bâclé, et le personnel n'a plus le temps de discuter comme avant. C'est moins personnel.

— Oui, approuva Joanie. Nous avons eu pire avec d'autres compagnies, mais ECM se démarquait toujours. Quelque chose a changé, et ce n'est pas bon, hein, Arthur ?

Tristan acquiesça. — Merci de votre franchise. Je transmettrai vos remarques. Qu'est-ce qui vous fait revenir chez ECM ?

Le passage à un sujet plus positif aida à ramener la discussion sur un terrain plus sûr, juste au moment où le premier service arrivait — accompagné du Directeur Hôtelier.

— Veuillez excuser mon retard, dit Ricardo Catalan en tirant sa chaise. Poursuivez votre repas pendant que je m'organise.

Tristan fit signe à Milena d'approcher.

— Ce que vous jugerez bon, Milena, dit Ricardo en se frottant les tempes, comme encore absorbé par d'autres préoccupations.

— Bien sûr, monsieur. Je serai rapide.

Fidèle à sa parole, elle revint en quelques instants avec un bol de chaudrée et du pain croustillant — avant que le reste de la table ait à peine entamé son plat.

Ricardo paraissait encore distrait, aussi Tristan prit-elle le relais avec fluidité, présentant de nouveau chaque invité, résumant leurs parcours et leurs centres d'intérêt.

À la mention de la quincaillerie, l'attention de Ricardo s'affina. — Mon grand-père tenait une quincaillerie, dit-il. Quand j'étais gosse, il passait des heures à m'apprendre les outils — comment les utiliser, comment les ranger. Il avait des maximes pour tout. Il n'y a pas de mauvais outils, seulement de mauvais opérateurs. Ou encore : on juge un homme à la façon dont il traite ses outils — un homme de valeur les manie avec respect.

Arthur laissa échapper un grognement satisfait. — Oui. Votre grand-père avait tout juste, si vous voulez mon avis.

Un sentiment d'aisance s'installa autour de la table tandis que Ricardo échangeait avec Arthur, leur goût partagé pour l'artisanat forgeant un lien inattendu.

À la fin du plat principal, le bipeur de Ricardo retentit. Il jeta un coup d'œil à l'écran, puis s'excusa aussitôt. — Profitez bien de la fin de votre soirée, dit-il en se levant. — Et n'hésitez pas à m'écrire si vous avez la moindre préoccupation ou suggestion.

Peu après le dessert et le café, le couple anglais se leva pour partir. Tristan se leva aussi. Suivant l'exemple de Ricardo, elle dit : — Si je peux faire quoi que ce soit pour améliorer votre expérience, dites-le-moi, s'il vous plaît.

Arthur hocha la tête. — Vous avez été charmante, mademoiselle Sinclair.

Les Australiens, en revanche, restèrent assis. Tristan se réinstalla, pas tout à fait prête à partir non plus. Shirley l'observa, le regard vif et scrutateur.

— Vous me plaisez, déclara-t-elle. Il faut une femme intelligente pour faire ce que vous avez fait ce soir.

Tristan arqua un sourcil. — Jouer les hôtesses ? Les femmes font ça depuis des millénaires.

Shirley gloussa. — Pas toujours avec votre grâce et votre esprit, ma chère. Où avez-vous fait vos études ? En Australie ?

— Oui. Mon premier diplôme, c'était à l'ADFA.

— L'Académie de la Défense ? Les forces armées ? Les yeux de Shirley pétillèrent d'intérêt. — La Marine, je suppose ?

— Exact.

Shirley soutint son regard un instant de plus, comme si elle reconstituait un puzzle. Puis elle acquiesça. — Très bien. Bon, il y a un spectacle au théâtre que nous voulons voir. Merci de nous avoir reçus. J'espère que nous vous reverrons dans les prochains jours. Bonne nuit.

Tristan les regarda s'éloigner, puis fit courir distraitement ses doigts le long du pied de son verre, attendant qu'ils aient quitté les lieux. Enfin, elle se leva, remercia Milena et Milosz et prit la direction de son bureau.

Une lumière filtrait sous la porte du bureau de Nico. Elle frappa deux fois.

— Entrez, appela sa voix.

Elle entra, sourcils levés, s'adossant à l'encadrement. — Qu'est-ce que tu fais ici à cette heure ?

Il eut un sourire en coin. — Probablement la même chose que toi — essayer de comprendre ce qui se passe sur ce navire. Il se frotta la tempe. — Et rattraper tout ce que je n'ai pas pu faire aujourd'hui à cause de nos doubles.

— Alors, ça a donné quoi ?

Il inspira profondément. — Je n'arrive pas à comprendre le mobile. Le vin stocké dans notre couloir est peut-être un indice, mais je n'ai pas encore percé le mystère. Et mon vrai travail ? Je suis loin d'avoir fini. Il secoua la tête. — Je vais rester encore un moment.

— Moi aussi, dit-elle simplement, puis elle le laissa à ses affaires.

Le regard de Nico la suivit jusqu'à ce qu'elle disparaisse. Il expira brusquement, se forçant à se reconcentrer sur l'écran, priant pour que son cœur retrouve un rythme normal. De sa vie, il n'avait jamais rencontré une femme comme Tristan Sinclair — capable de faire s'emballer son pouls sans même le toucher. Sa seule présence suffisait.

Plus vite il se débarrasserait de cette identité ridicule, mieux ce serait.

Il travailla encore pendant quatre-vingts minutes, mais la chaleur du bureau, le ronronnement régulier des moteurs et le roulis doux du navire engourdirent son corps de fatigue. Sa tête s'affaissa sur le clavier. Un coup sec frappé à la porte le tira en sursaut.

— Oui ?

— Il est presque minuit. Le reste peut attendre. Je vais me coucher, dit Tristan depuis l'embrasure.

— Je viens avec toi, répondit Nico en éteignant son ordinateur.

Elle eut un petit rire. — Je ne crois pas.

— Comment ? Il la regarda, encore à moitié en mode travail.

— Je ne pense pas que tu viennes te coucher avec moi, précisa-t-elle, l'amusement dans la voix. Bonne nuit.

Plusieurs répliques lui vinrent à l'esprit, mais c'étaient des commentaires de Luc — à ne pas prononcer. À la place, il attrapa sa veste. — Je te raccompagne jusqu'à ta cabine.

Ils marchèrent en silence, à l'aise, passant devant le mess des officiers, traversant le hall ouvert des ascenseurs, puis s'engageant dans le couloir menant à leurs chambres. Soudain, le navire donna une embardée, projetant la fatiguée Tristan hors d'équilibre. Elle trébucha droit sur lui.

Les bras de Nico s'enroulèrent autour d'elle par réflexe, la retenant. Ses courbes douces se pressèrent contre son torse, son souffle tiède effleurant son cou.

Elle laissa échapper un léger gémissement, posa la tête sur son épaule l'espace d'un battement. Puis, dans un murmure à peine audible : — Luc.

Ce seul mot lui envoya une décharge.

Comme soudainement consciente, elle se redressa. — Désolée. Je ne peux même pas rejeter ça sur mes « wobbly boots ».

— « Wobbly boots » ? répéta-t-il, la voix rauque.

— Expression australienne. Elle fit un geste de la main. — Je t'expliquerai quand j'aurai les idées claires. Merci de m'avoir rattrapée. Bonne nuit.

Elle déverrouilla sa porte et se glissa à l'intérieur, le laissant là, le cœur battant à tout rompre.

Il n'avait pas eu envie de la laisser partir.

Elle ne connaissait peut-être pas encore la vérité, mais son cœur, lui, savait. Dans cet instant fugace, elle l'avait reconnu. S'il n'en tenait qu'à lui, bientôt, elle n'aurait plus à se poser la moindre question.

Pour l'instant, toutefois, il devait maintenir la mascarade.

Le moment viendrait.

Et lorsqu'il viendrait, il s'assurerait sacrément d'être là pour la rattraper — pas seulement dans le couloir, en « wobbly boots », mais toujours.

CHAPITRE 11

Tristan était dans son bureau à six heures le lendemain matin, alors que le navire accostait en douceur au port de Corfou. La veille au soir, elle avait ôté son uniforme, s'était laissée tomber dans son lit et avait dormi d'une traite.

Une longue douche revigorante l'avait remise d'aplomb. Par convention, le troisième jour autorisait une tenue décontractée au bureau, mais, les entretiens avec l'équipage se poursuivant, elle opta pour son uniforme — un supplément d'autorité, même si cela signifiait endurer le cours de danse tant redouté en uniforme.

Elle auditionna cinq autres membres d'équipage. Quand plus personne ne se présenta, elle jeta un œil dans le couloir. Vide.

Soupirant, elle attrapa son café intact, désormais froid, et passa devant le bureau de Nico. Sa voix filtrait à travers la porte — il était en réunion.

Au mess, elle se servit du bacon, des œufs et du pain grillé. Le petit-déjeuner était le seul repas que le navire ne servait pas à la carte, et aujourd'hui, elle lui en savait gré. Il lui fallait dix minutes sans réfléchir, sans parler.

Elle serrait son café entre ses mains quand Nico fit glisser son plateau sur la table en face d'elle. Elle ne parla pas, reconnaissant chez lui le même besoin de silence que chez elle.

Se levant sans bruit, elle alla se resservir. Son plateau à lui manquait de son habituel breuvage noir ; elle lui en versa un aussi.

— Merci, marmonna-t-il sans lever les yeux. Il expira. — Je ne sais pas comment les profs s'y prennent.

— Hmm ?

— Ça — parler sans arrêt, des entretiens en tête-à-tête, essayer de retenir qui est qui. Les profs font ça toute la journée avec une bonne vingtaine de personnes qui exigent toute leur attention. Et il faut en plus qu'ils leur apprennent quelque chose. Il secoua la tête. — Je m'en tiendrai aux chiffres. Un demi-sourire fatigué lui étira les lèvres. — Au moins, eux, ne répliquent pas.

— Les chiffres peuvent être cruels, cela dit, dit-elle.

— Pas autant que les gens.

Tristan laissa passer, vérifiant l'heure. — J'ai bientôt un cours de danse. Nicholas et James ont dit que ça durerait quarante-cinq minutes.

— Je viens aussi. Peut-être que si je fais bouger mon corps, mon cerveau suivra.

Ils restèrent assis dans un silence complice encore quelques minutes, finissant leur café. Quand ils reculèrent finalement leurs chaises en même temps, elle le regarda.

— D'accord, Nico. Souris.

Il fronça les sourcils. — Souris ?

— Oui. Tu as l'air inquiet. Il n'y a que toi et moi qui ayons besoin de savoir que quelque chose cloche. Alors, souris. On va à un cours de danse, et on va s'amuser.

— J'imagine. Il étira les lèvres en quelque chose qui ressemblait vaguement à un sourire.

Tristan éclata de rire. — Peut-être pas.

Son expression se détendit en quelque chose de bien plus naturel et, pour la première fois de la matinée, il parut moins accablé.

Ils arrivèrent au bar, où James les accueillit.

— Ah, te voilà, charmante Tristan. Et tu as amené ton propre cavalier — quelle merveille. Il se frotta les mains. — Nicholas et moi étions inquiets, vois-tu. Shelley et Emily viennent toutes les deux, et nous ne voulions laisser personne de côté. Tu danses, jeune homme ?

Les épaules de Nico se haussèrent légèrement, comme en retrait. — Un peu.

— Eh bien, c'est déjà une base. Viens donc. Voyons ce que tu vaux avant que les dames n'arrivent. Une valse pour commencer — un, deux, trois, un, deux, trois — tu connais ?

Nico hocha brièvement la tête, presque à contrecœur.

Tristan se glissa dans ses bras, posant sa main gauche sur son épaule, la droite s'emboîtant dans la sienne. Au moment où leurs corps se touchèrent, une décharge électrique la traversa.

James lança la musique. — C'est parti, et...

Nico la guida sans effort sur le parquet.

Tristan se reconnaissait à peine. Elle s'était toujours crue nulle en danse, et la voilà pourtant — glissant, tournant, se mouvant comme si sa place était dans ses bras. Son assurance la guidait, leurs pas parfaitement synchronisés. Et leur proximité...

À chaque tour, son corps se plaquait au sien, sa cuisse s'insinuant fugacement entre ses jambes. C'était... ?

Une bouffée de chaleur lui monta à la nuque. Elle jeta un coup d'œil à son visage. Il fixait un point au-delà d'elle, la mâchoire serrée, la gorge travaillant tandis qu'il avalait sa salive. Mais il ne s'écarta pas. Au contraire, sa prise se raffermit, ses doigts s'enfonçant dans le creux de ses reins tandis qu'ils avançaient ensemble, pris dans un rythme comme volé à un rêve.

La musique enflait. Si c'était un film, ce serait le moment où le monde entier s'effacerait pour ne laisser que eux.

Elle soupira, se laissant entraîner où qu'il la mène.

Quand le morceau prit fin, James laissa échapper un souffle exagéré. — Tu es un imposteur, jeune homme. Et toi, Tristan. Là, il n'y a rien à améliorer.

Tristan s'attarda dans la chaleur des bras de Nico. — Je suis une danseuse irrécupérable, murmura-t-elle. Tout, c'était lui. Il a mené.

James rayonna. — Comme un homme devrait. Peu de femmes se laissent mener aussi facilement dès leur première fois sur la piste. Vous deux — il accompagna ses mots d'un geste théâtral — êtes faits l'un pour l'autre.

Tristan ouvrit la bouche pour protester, mais avant qu'elle n'y parvienne, James s'illumina.

— Ah, voici Emily et Shelley. Bon, passons au fox-trot.

Alors que Nicholas annonçait les pas, Nico la conduisait avec une fluidité parfaite à travers chaque mouvement. Chaque tour, chaque déplacement, chaque frôlement de leurs corps déclenchait en elle une nouvelle vague de trouble.

Il n'était pas seulement doué. Il l'était trop. Elle ne savait pas si c'était grisant — ou dangereux.

CHAPITRE 12

Alors que les deux derniers passagers quittaient la rangée du fond du bus, Nico se glissa le long de la banquette pour laisser Tristan passer devant lui dans l'allée. Le bus cahota, les projetant l'un contre l'autre. Une chaleur le traversa, bandant ses muscles tandis que les souvenirs de leur nuit ensemble tourbillonnaient dans sa tête.

Maîtrise-toi.

Il avait besoin d'un instant — quelques secondes à peine — pour se reprendre. Il ne pouvait pas laisser Luc reprendre la main, pas encore. Quelle que soit la tentation, il devait rester dans son rôle jusqu'à ce que tout soit réglé.

S'arc-boutant aux dossiers des sièges devant lui, il se hissa et emboîta le pas derrière elle.

Près de la porte, Cristana se tenait à côté de Betty, la soutenant. — Elle dit qu'elle se sent « vaseuse », expliqua Cristana.

Tristan se pencha légèrement pour regarder Betty dans les yeux. — T'as les jambes en coton, Betty ? Je sais ce que c'est. On peut t'aider ?

La femme cligna des yeux, l'expression vide.

Nico jeta un coup d'œil à Tris en haussant un sourcil. — Les jambes en coton ?

Elle lui adressa un clin d'œil.

Avec un petit sourire en coin, il prit le bras de Betty et récupéra son sac auprès du guide. — Je m'occupe d'elle, dit-il. Quelques minutes prises sur sa journée n'étaient pas un gros contretemps. Et puis, il ne pouvait pas ignorer la possibilité qu'elle tombe ou se blesse.

Il l'aida à monter la passerelle et à bord. Tristan pivota vers l'escalier du bureau, et il lui fit un petit signe avant de conduire Betty jusqu'à sa cabine.

Une cheffe des stewards, un presse-papiers à la main, ferma la porte d'une pièce adjacente au moment où ils arrivaient.

— Attendez ici un instant, dit Nico à la steward avant d'entrer avec Betty. Il l'installa devant la télévision et lui tendit le verre d'eau qu'elle avait demandé.

Faisant signe à la steward de le rejoindre dans le couloir, Nico baissa la voix et jeta un coup d'œil à son badge. — Sonia, pouvez-vous passer la voir toutes les demi-heures ?

Sonia poussa un soupir exaspéré, le visage crispé de frustration.

— Qu'y a-t-il ? demanda-t-il en prenant la voix de Luc.

Elle haussa les épaules dans un souffle lourd. — On est en sous-effectif. Ce n'est pas votre faute, ni la sienne, mais on n'a pas le temps de faire du baby-sitting.

— Je ne vous demande pas de négliger vos autres tâches. Je vous demande de surveiller une cliente importante toutes les trente minutes. C'est le genre de service qui fait la réputation d'Eleganti Crociere.

Ses sourcils se froncèrent. — Ça, c'était avant, marmonna-t-elle.

Son regard se fit plus perçant. — Qu'est-ce qui a changé ?

— Je suis censée avoir huit membres d'équipe, moi comprise. J'en ai six. Ça n'a peut-être pas l'air énorme, mais quand on gère des passagers pointilleux ou exigeants, ça grimpe vite. On se noie. Personne n'écoute. Ils prétendent que les effectifs sont là, mais le personnel, lui, ne l'est pas. — Elle serra le presse-papiers contre sa poitrine. — Ce sont probablement ces foutus propriétaires qui coupent les coûts pour se mettre le reste en poche, pendant qu'on se casse le dos pour faire le boulot.

Sa voix vacilla, chargée d'une frustration contenue. — Mon équipe récoltait des cinq étoiles régulières pour notre service. On est tombés à trois. Trois. Pas parce qu'on fait mal notre travail, mais parce qu'on n'arrive plus à suivre. Ce n'est pas juste. Je ne resterai pas s'ils continuent à nous traiter comme ça. L'arrêt technique arrive. Je verrai mes options à ce moment-là.

Elle semblait au bord des larmes de colère.

Nico écouta, l'esprit parcourant des solutions possibles. — Je vais m'en occuper, dit-il.

Elle eut un petit rire cynique. — C'est ça.

— Sonia. Sa voix avait l'autorité calme qui s'impose. Elle s'immobilisa, les épaules tombantes. — J'ai dit que j'allais m'en occuper, et je le ferai. Vous connaissez les noms des personnes manquantes ? Si ce n'est pas trahir une quelconque confidentialité ?

Sa bouche se tordit. — On ne peut pas trahir la confidentialité de gens qui n'existent pas. — Son regard glissa sur sa tenue, un pli apparaissant sur son front. — Vous êtes qui ? Vous n'êtes pas en uniforme.

Il tendit la carte suspendue à son tour de cou. — Nico, de l'administration. Second officier, Finances.

Elle examina le badge, puis plissa les yeux. — Les Finances ne gèrent pas ça.

— Pas directement, mais on travaille étroitement avec les RH. Je parlerai au commissaire d'équipage pour que ça arrive aux bonnes personnes.

Elle hésita avant d'expirer, son ardeur de tout à l'heure s'éteignant. — La voix de n'importe quel officier vaut mieux que pas de voix du tout. — Elle se passa la main dans les cheveux. — Très bien. Je vous trouverai les noms.

Ils gagnèrent une petite cabine portant la mention Stewards.

Sonia attrapa un dossier sur l'étagère au-dessus du bureau, le feuilleta puis sortit une liste du personnel. — Voilà. Ceux surlignés en jaune — je ne les ai pas vus. Et ce n'est pas seulement mon équipe. Tous les seniors ont un ou deux membres d'équipage en moins. Si vous voulez, je peux leur demander de vous envoyer leurs listes par e-mail.

Nico acquiesça en lui tendant une de ses cartes de visite fraîchement imprimées « Nico ». — Parfait. Merci — oh, et n'oubliez pas de garder un œil sur Betty, ajouta-t-il avec un petit sourire avant de partir.

Son esprit moulinait. Ce n'était pas un simple couac des RH. Le navire avait de sérieux problèmes d'effectifs et, si ECM ne les réglait pas rapidement, ils perdraient des employés expérimentés comme Sonia. Une spirale infernale de mauvais service ferait fuir la clientèle. Sur un marché de croisières serré, c'était une condamnation à mort.

Il retrouva Tristan dans son bureau.

— Tu as été long. Betty va bien ? demanda-t-elle.

— Oui, elle ira bien. Une des cheffes des stewards garde un œil sur elle. Mais on a un problème plus sérieux. — Il posa la liste du personnel sur son bureau. — Allons prendre un déjeuner de travail et voyons comment retrouver ces personnes manquantes. J'ai deux noms de plus ici.

Tristan fronça les sourcils en prenant la liste. — Je ne reconnais pas ces noms. Leurs passeports seraient déjà dans le système ?

— D'abord, le déjeuner, dit-il en se reculant pour la laisser passer la porte.

Elle attrapa un bloc-notes jaune et quelques stylos avant de s'élancer dans le couloir.

Ils choisirent une table à l'écart de la circulation et passèrent commande. La plupart des employés avaient déjà déjeuné, ce qui jouait en leur faveur — moins de distractions.

En attendant leurs plats, Nico lui rapporta sa conversation avec Sonia, y compris son affirmation selon laquelle les propriétaires coupaient les coûts sur le dos de l'équipage.

Tristan secoua la tête. — Ça ne tient pas debout. Ils y perdent gros.

Ne te méprends pas — je ne suis pas du genre à défendre les classes dirigeantes, mais il faut être juste. Si les notes chutent autant que Sonia le dit, la compagnie prend un double coup dur.

Nico l'étudia, amusé. Pas du genre à défendre les classes dirigeantes, hein ? Comment se sentirait-elle quand elle découvrirait qui il était vraiment ? Sa famille faisait partie de l'élite depuis des siècles.

S'il s'écoutait, elle en ferait partie aussi — quand elle l'épouserait.

Il s'était déjà avoué qu'il la voulait pour toujours. La question était : quand aurait-il l'occasion de lui faire comprendre ?

Pas maintenant.

Pour l'instant, ils avaient un mystère à résoudre.

Nico garda une expression grave, même si, à l'intérieur, il souriait.

— Des idées ? demanda-t-il.

Tristan expira en tambourinant des doigts sur la table. — On a déjà mis au jour une première fournée de sosies. Ce nouveau lot passe à la vitesse supérieure — à moins que ce ne soient les mêmes que ceux qu'on a déjà signalés. S'ils sont différents et toujours dans le système, l'arnaque est plus profonde que je ne pensais. Elle doit tourner depuis un moment. — Elle se pencha. — Il devrait y avoir 220 membres d'équipage à bord et 270 passagers. C'est un excellent ratio personnel/clients. Pas étonnant que la compagnie ait eu des cinq étoiles — jusqu'à maintenant. Alors, qu'est-ce qui a changé ?

— Si c'est orchestré, il faut quelqu'un de senior, avec accès aux dossiers du personnel et à la paie, pour tirer les ficelles, dit Nico. Une combine pareille prend du temps — des mois, au minimum. Il y a eu des changements chez les cadres récemment ?

— Je vérifierai. Les personnes qui ont accès sont en finances, aux RH ou à l'hôtellerie. C'est un cercle assez restreint, fit-elle remarquer.

— Quelqu'un comme McFarlane ? Elle est assez récente, non ? demanda-t-il d'un ton détaché.

Tristan sursauta. — Pourquoi elle, de tous les gens ?

Nico haussa une épaule. — C'est juste un nom qui m'est venu. Mais tu as raison : la personne fautive n'a pas besoin d'être à bord. Ça élargit la liste des suspects.

Elle se frotta le bout du nez. — Le moyen le plus rapide de confirmer si tes membres d'équipage manquants sont des sosies, c'est d'imprimer des photos format identité de chaque employé enregistré sur ce voyage. C'est comme ça qu'on a coincé les triplés. Si on trouve d'autres doublons, on remonte jusqu'aux vrais employés, on sort les excédentaires de la paie et on bouche les trous.

— Et pour repérer les absents qui touchent encore leur salaire ? insista Nico.

Tristan passa le pouce sur sa lèvre inférieure — pas d'agacement, supposa-t-il, mais de réflexion. — Je pourrais envoyer un mail général à tous les chefs de section pour qu'ils signalent les absents, mais ça mettrait la puce à l'oreille à la personne derrière tout ça.

Elle tapota son stylo contre son bloc, puis planta son regard dans le sien. — Il nous faut un autre moyen.

— Tu as plus réfléchi à tout ça que je ne le pensais, dit Nico. — Tu es d'accord que c'est plus qu'un simple petit détournement ?

— On dirait bien. Quant au fait d'avoir réfléchi... honnêtement ? C'est plus facile de faire jaillir les idées quand j'ai quelqu'un avec qui les confronter. Résoudre les choses seule peut filer la migraine.

Il ne se rendit même pas compte qu'il avait fini de déjeuner avant qu'elle ne pousse son assiette vide sur le côté.

— Le temps presse, M. Griff. Autant s'y mettre.

La phrase déclencha quelque chose en lui — un frisson, un souvenir de leur première rencontre, quand elle était la commissaire de bord imperturbable qui avait pourtant secoué son âme.

— Tu m'as dit ça l'autre jour — « le temps presse ». Ça vient d'où ?

Elle haussa les épaules. — Aucune idée. J'ai toujours dit ça.

Elle repoussa sa chaise, une impatience rayonnant d'elle. Voilà la Tristan dont il était tombé amoureux — la femme qui faisait avancer les choses, qui savait exactement ce qu'elle voulait.

">En marchant vers la zone des bureaux, elle lui jeta un coup d'œil. — Tu as le temps de jouer les Watson pendant que je fais Sherlock Holmes ?

— Non. Et je parie que toi non plus, dit-il. — Mais par égard pour l'équipage qui se tape des doubles charges, c'est ma priorité. Tu es une employée temporaire. Tu n'as pas à te laisser dévorer par ça, ajouta-t-il.

Elle lui lança un regard, puis hocha la tête. — Tu sais quoi ? Tu as raison. J'ai d'autres priorités — pour le boulot et pour moi. Je me donne une heure là-dessus, puis je passe à autre chose. Peut-être que prendre du recul me donnera un regard neuf.

Un regard neuf pourrait bien faire toute la différence pour boucler l'affaire, estima Nico.

Plus vite toute cette mascarade serait terminée, plus vite il pourrait arrêter de faire semblant d'être Nico et commencer à l'aimer comme il en crevait d'envie.

CHAPITRE 13

Tris l'abandonna devant la porte de son bureau et poursuivit jusqu'au sien, l'esprit en ébullition. Mentionner Siena, frontalement, l'avait prise de court. Pourquoi s'était-il focalisé sur son amie ? Avait-elle trop laissé filtrer ? Une angoisse diffuse s'installa dans son ventre. Elle et Siena avaient déjà exploré d'innombrables scénarios et suspects — différents de ce qu'elle et Nico avaient évoqué. Il n'avait pas besoin de le savoir. Pas encore. Pas tant qu'elle n'aurait pas de terrain solide sous les hypothèses qu'elle pourrait formuler.

Elle se tourna vers sa tâche suivante : compiler les photos de chaque membre d'équipage inscrit pour la croisière. Même en assemblant le fichier, des motifs apparaissaient. Photos en double. Certains visages apparaissant deux, voire trois fois, affectés à des rôles différents. Croyaient-ils vraiment pouvoir s'en tirer en utilisant des images du personnel déjà à bord ?

Son ventre se noua lorsqu'elle en repéra une en particulier — Siena. Un copié-collé d'elle, placée en restauration.

Saisissant une poignée de stylos, elle marqua les doublons de couleurs différentes. Quand elle manqua de couleurs, elle passa aux symboles — cercles, croisillons, triangles, esperluettes — n'importe quoi pour les différencier. À la fin, la feuille n'était plus qu'un chaos d'encre, mais le motif sautait aux yeux.

15 % de l'équipage n'existait pas.

Elle rassemblait encore les faux quand Nico déboula dans son bureau.

— J'ai d'autres listes des stewards, dit-il en les posant.

— Parfait. On peut recouper ça avec les absents et éliminer certains doublons, dit-elle en lui poussant la feuille de synthèse. — Au moins 15 % de l'équipe hôtelière sont des fantômes. Pas étonnant que tout le monde soit sur les rotules. Elle se massa les tempes. — Je vais voir ces visages dans mon sommeil, à essayer de démêler qui est réel et qui ne l'est pas. Vois si tu repères ceux que j'ai ratés.

— Non, tu as été très minutieuse, admit Nico en faisant rouler ses épaules. — Même si je n'ai pas pu vérifier tes sélections parce que la moitié des visages sont cachés sous des gribouillis.

— Ils sont bons. Fais-moi confiance, dit Tris. — Lis les noms sur ta liste. Je les marquerai en rouge sur le tableau. Ensuite, je pourrai déterminer laquelle n'est pas Siena McFarlane.

— Elle avait, elle aussi, un sosie ?

— Ouais. Regarde.

Elle fit pivoter son écran vers lui.

Il grogna. — Quel bazar.

— Mon tableau de données ? Elle arqua un sourcil. — Je le trouvais plutôt pas mal, moi.

— Ton tableau est clair et concis. J'aurais du mal à faire mieux moi-même, admit-il. — Je parlais des effectifs. Pas étonnant que les gens soient à bout.

— Les personnes manquantes sont toutes des extras dans la section hôtelière — ménage, restauration, blanchisserie, accueil, expliqua-t-elle. — Aucun de ces postes n'exige de compétences pointues, juste des bases. C'est une faille grossière, et celui qui tire les ficelles en profite à plein.

Nico s'assit en face d'elle, le front plissé. — Pour éviter de faire une erreur — et nous épargner une belle humiliation — y a-t-il un moyen de vérifier les cabines attribuées à ces gens ?

— L'attribution des cabines relève techniquement du Crew Purser, dit-elle en tapotant son stylo contre ses lèvres. — Mais avec Siena McFarlane en arrêt maladie, quelqu'un d'autre a dû s'en charger. Ça vaut le coup de creuser.

Elle soutint son regard. — Le Crew Purser doit vérifier les normes d'hygiène des cabines de l'équipage. D'ordinaire, c'est fait plus tard pendant la croisière, mais je suis nouvelle, alors personne ne s'étonnera si je fais un contrôle inopiné. J'enverrai un e-mail à tout le navire pour prévenir que je pourrais inspecter des cabines dans les 24 heures. Comme ça, quand je commencerai à fouiner, personne n'y verra malice.

Nico poussa un gémissement théâtral et passa une main dans ses cheveux épais et gras — puis l'essuya sur son pantalon avec une grimace.

L'emportement était si peu dans ses habitudes que Tris éclata de rire. — Un brin dramatique, tu ne trouves pas ?

Sa poitrine vibra comme s'il retenait son propre rire. Leur amusement partagé relâcha la tension dans ses épaules.

— Bon, ça suffira pour ce soir, déclara-t-elle. — Je laisse ça pour demain matin. Toi aussi, tu as besoin d'une pause. Va boire un verre. On se voit plus tard.

Elle attrapa deux lourds manuels de management qui prenaient la poussière sur le coin de son bureau depuis son embarquement.

— Tu comptes faire quoi ? demanda Nico.

— Moi ? Je vais emmener ces gros pavés dans un coin ombragé du pont extérieur, laisser le vent me décoiffer et potasser « Le management au XXIe siècle ».

— Ça te dit que je t'accompagne ?

Elle hésita, puis haussa une épaule. — Si tu es discret.

Un éclair d'amusement passa sur son visage. — Je vais essayer.

Ils passèrent par le bar de l'équipage pour prendre de grands verres bien frais, puis flânèrent vers le pont extérieur.

Nico tira un transat à l'ombre pour elle, puis un autre pour lui. Avec un peu de chance, ils avaient choisi un endroit où l'ombre du pont supérieur s'allongerait, leur évitant d'avoir à bouger plus tard.

Ils s'installèrent, posant leurs verres sur les accoudoirs. Tris laissa tomber ses manuels à côté d'elle dans un bruit sourd.

— Parle-moi de ta famille, dit Nico.

Elle baissa le menton, aspira à travers sa paille en le toisant par-dessus le bord de son verre. — Je suis venue ici pour étudier.

— Je pense que ton cerveau a besoin de souffler avant de plonger dans ces livres. Détends-le quelques minutes, sinon tu n'absorberas rien. Il lui adressa un sourire taquin. — Comme un sorbet entre le plat et le dessert.

— Intéressante, l'analogie, murmura-t-elle. Puis, après une pause : — Je n'ai pas de famille, pas à ma connaissance.

— J'ai du mal à imaginer ça, dit-il en fronçant les sourcils. — Comment c'est arrivé ?

Elle se raidit. C'était un sujet qu'elle fuyait. — C'est comme ça, répondit-elle sèchement. — Et toi ?

— Je suis Italien. La famille, c'est tout pour moi, dit-il sans hésiter. Mama et Papa me suivent à la trace où que j'aille, et j'adore savoir qu'ils sont toujours là pour moi. J'ai un frère passionné d'art — il préfèrerait passer ses journées à fréquenter des artistes plutôt qu'à faire son vrai boulot de réceptionniste d'hôtel. Il rit. — Mes sœurs ne pourraient pas être plus différentes. L'une est une femme d'affaires au caractère bien trempé — enfin, elle le sera quand elle aura son diplôme. Elle est déterminée à laisser sa marque. L'autre étudie pour devenir médecin. C'est la douce, celle qui nous rappelle sans cesse nos devoirs envers les autres. Sa voix se fit plus tendre. — Je les aime tous.

La chaleur de ses mots fit naître en elle une douleur sourde. Ce genre de lien — inébranlable, inconditionnel — lui semblait un rêve lointain. Si seulement elle pouvait trouver quelqu'un à aimer ainsi, avec qui bâtir une vie et une famille. Luc avait été ce qui s'en approchait le plus, mais qui savait si elle le reverrait un jour ? Peut-être à Melbourne, quand elle commencerait son nouveau travail...

— On dirait que tu as une famille formidable. Elle inclina légèrement la tête, signe que la conversation était close. — Merci pour le sorbet.

Il acquiesça, acceptant le changement de sujet. — Pourquoi le management ? demanda-t-il en désignant les manuels.

— J'ai dit que je postulais pour un poste chez moi, en Australie, non ? Je veux avoir tous les scénarios possibles et toutes les réponses au bout des doigts avant d'entrer dans cet entretien. Ce job est important — c'est l'aboutissement de longues années à ravaler mes paroles alors qu'au fond de moi, je hurlais pour que ça change. Ses doigts tapotèrent machinalement la couverture du livre. — Je veux être le changement. Une nouvelle façon de penser. Mettre les gens et leur bien-être au premier plan. Améliorer la satisfaction au travail.

— Tu vas trouver tout ça dans tes livres ?

— Comment expliquer ? Elle expira, cherchant ses mots. — J'ai mes propres idées, ma propre vision. Les livres me donnent l'ossature — les munitions — pour la concrétiser.

C'était tentant, tellement tentant, de continuer à parler à Nico comme ça — quand il était ouvert, facile, comme Luc l'avait été. Mais aucun des deux hommes n'était dans son avenir. Le poste, oui.

Reposant son verre, elle ouvrit le premier manuel.

— Maintenant, chut, dit-elle en se concentrant sur les mots devant elle plutôt que sur le sourire étincelant qu'il venait de lui adresser — celui qui envoyait des vagues d'excitation parcourir tout son corps.

CHAPITRE 14

Nico se pencha en avant, posant les coudes sur le bureau de Tris.

Il avait apprécié l'heure passée sur le pont à la regarder étudier. Sa façon de froncer les sourcils, le petit pff dégoûté à l'occasion — tout cela lui révélait son ambition et sa détermination. Elle n'était pas seulement résolue ; elle était implacable.

Lorsqu'elle posa enfin le deuxième manuel, il demanda : — Quelque chose qui vaille la peine d'être partagé ?

— Le monde des affaires a besoin de moi, déclara-t-elle. Ces bouquins sont remplis des nouvelles d'hier.

Il rit tandis qu'elle se relevait d'un bond, rassemblant ses livres et son verre vide.

— Alors, c'est quoi ton plan ? Comment tu vas les convaincre que tu sais mieux faire ? demanda-t-il en l'imitant.

— Je vais faire une liste — consigner les réponses standard puis mes alternatives. Je gagnerai. Elle lui lança un sourire confiant. — Dîner vite fait pour moi, puis je m'y remets. Et toi ?

— Je me joins à toi.

De retour au bureau, la réalité les rattrapa — la tâche à accomplir.

— Il faut embarquer du personnel de remplacement rapidement, dit Nico. Tu as dit combien de choses à Catalan ?

— Rien pour l'instant. Il s'inquiète de la baisse du niveau, mais je n'allais pas aller le voir avec une théorie à moitié cuite et finir avec de l'œuf sur la figure.

Il plissa les sourcils. — Vous, les Australiens — pourquoi diable vous mettriez de l'œuf sur le visage ?

Elle éclata de rire. — J'ai vraiment dit ça ? Elle secoua la tête et se gratta derrière l'oreille. — Note mes expressions, mon pote. Je te ferai un cours quand tout ça sera fini.

En contournant le bureau, son sourire s'évanouit et elle joignit les mains, songeuse. — Réfléchissons posément.

Avec l'articulation de son index, elle se massa le front, traçant une ligne lente de l'arête de son nez à sa racine des cheveux, puis en sens inverse.

— Il y a deux douzaines de membres du personnel manquants, dit Tris en parcourant les données. Ils ont des cabines attribuées, ils sont payés plein salaire — mais ils ne travaillent pas. Tous du pôle hôtellerie, donc on perd environ vingt pour cent de cette équipe. Quelle est notre priorité absolue ?

— Remettre le navire au complet, répondit Nico sans hésiter. Rien d'autre ne compte si le bateau ne tourne pas correctement.

— Il faut aussi comprendre qui est derrière tout ça et où va l'argent, lui rappela-t-elle.

— C'est secondaire. L'enquête peut continuer en arrière-plan, mais si on ne reprend pas la main sur la situation de l'équipage, on va perdre d'autres gens. Vingt-quatre en moins peuvent virer à la crise majeure si les gens s'épuisent et démissionnent. Tu te souviens de ce que Sonia m'a dit ?

Tris expira brusquement. — Ouais. Les passagers le remarquent aussi — y compris le couple de la suite principale. Elle posa un doigt contre sa joue. — Le vrai problème, c'est : où trouver du personnel prêt à embarquer pendant qu'on est en transit ? Et comment ? Mon instinct dit qu'on garde ça loin de l'équipe à terre tant qu'on ne sait pas qui orchestre le tout, dit-elle.

Nico haussa les épaules. — On pioche du personnel sur d'autres navires.

— Ça se tient, mais on ne peut pas les dépouiller non plus. Ils sont où ?

— T'aurais une feuille en rab ? demanda-t-il. Comme elle lui en tendait une, il commença à écrire. — Laura — notre navire. Isabella — départ de Naples pour l'Espagne aujourd'hui. Donatella — Maroc. Paola — Rhin. Margherete — Atlantique. Giulietta — cale sèche à Trieste. Il tapota la page avec le stylo. — Voilà les paquebots. Je n'ai pas inclus les cargos — leurs équipages n'auraient pas les compétences de service qu'il nous faut.

Tris fronça les sourcils devant la liste. — Comment tu sais tout ça de tête ?

Nico hésita une demi-seconde avant d'offrir un haussement d'épaules désinvolte. — C'est un hobby. J'aime bien suivre au cas où j'aurais envie de sauter à bord d'un navire là où je ne suis encore jamais allé. Il garda les yeux sur la liste. — La Giulietta est notre meilleure option. Elle est en cale sèche, et comme nous y passons à notre retour à Naples, elle ne navigue pas avant une semaine. Ça veut dire qu'ils ont du personnel à bord qui a déjà fini son boulot et n'a plus grand-chose à faire. Ils sont toujours payés, mais sans passagers, pas de pourboires — ils seront probablement ravis d'un transfert.

Tris croisa les bras. — D'accord, mais comment on concrétise ? Il faut amener le directeur hôtelier à comprendre qu'il s'est fait berner, le lui prouver, le convaincre de demander du renfort, obtenir l'autorisation de transfert, puis organiser leur transport. Ça fait un sacré paquet. On ne sait même pas si Ricardo Catalan fait partie de l'arnaque.

— Tes inquiétudes sont légitimes, admit Nico. Mais on n'a pas besoin de Catalan. Je suis dans la boîte depuis plus longtemps que tu ne le penses — malgré tes doutes. Un coin de ses lèvres se releva. — Je connais du monde. Je peux contacter quelqu'un qui parlera directement au directeur général. On fait simple — on est en sous-effectif et il nous faut des renforts. Pas la peine de compliquer.

— Ça veut dire passer dans le dos de Ricardo ? Et du capitaine ? demanda Tris.

— Si on n'y prend pas garde, ça peut y ressembler, admit Nico. L'astuce, c'est de faire en sorte que le DG lance lui-même l'enquête. S'il exige un rapport en trente minutes, ça forcera l'action.

Tris ricana. — Quel arrogant connard. Comment il s'attend à ce que quelqu'un sorte un rapport correct en une demi-heure ?

— Parce qu'il a déjà les chiffres, répondit calmement Nico.

Elle renifla d'agacement, mais n'insista pas. — Bon, il faut qu'on bouge — vite. Toi, parle à ton contact. Moi, je prépare la liste pour les contrôles de cabines et j'arrête les paiements.

— Ne touche pas aux paiements, la prévint-il. On a encore besoin de la trace.

En se relevant, il fit tomber par inadvertance l'un de ses manuels de management. Il le rattrapa en plein vol et jeta un œil à la couverture. « Mon lieu de travail contribue-t-il à mon bonheur ? » Il inclina la tête. — Un choix intéressant.

— C'est le socle de ce que je veux mettre en place dans mon nouveau poste, dit-elle. Un quadruple résultat net — profit, personnes, planète et raison d'être. L'entreprise devrait servir l'humanité, pas seulement les actionnaires.

— Ça a l'air solide, dit-il. Tu devrais peut-être rester et l'implanter ici. Si McFarlane est responsable de ce qui se passe, un poste va se libérer. Il arqua un sourcil. — En ce moment, le bonheur ne rayonne pas vraiment de l'équipe ECM. À nous d'y remédier.

Sans attendre de réponse, il traversa son propre bureau à grandes enjambées et ferma la porte. Sortant son mobile privé, il composa un numéro qui n'apparaîtrait pas dans les registres du navire.

On décrocha à la deuxième sonnerie.

— Quelles nouvelles as-tu, mon fils ?

Luc s'adossa au bureau. — On a déniché du personnel

manquant — vingt-quatre, payés plein pot mais sans travailler. On confirme les attributions de cabines, là. Tu devrais exiger un rapport express pour forcer la mise au jour.

— Ce n'est pas le responsable RH ? demanda Ettore.

— Tristan n'a rejoint l'équipe que parce que le dernier responsable RH est en congé avec un genou bousillé, dit Luc. McFarlane n'est pas tiré d'affaire — on n'a même pas commencé à suivre l'argent. Tu peux affréter un jet pour amener l'équipage de la Giulietta de Trieste à Kotor ? demanda Luc. Ça prendra trop de temps s'ils passent par Berlin ou Rome.

— Je m'en charge, dit Ettore. Je contacterai aussi le capitaine du Laura et le directeur hôtelier pour un rapport. Je présenterai ça comme une redistribution de personnel de routine — on ne veut pas qu'ils se rendent compte qu'on est sur leur piste pour l'instant. Tu pourras régler les hébergements à temps ? Tu es comptable, mais tu peux passer par le service des cabines sans alerter Catalan ?

— Oui. J'ai parlé hier à une gouvernante principale — je peux travailler avec elle. Si je me heurte à des soucis, je te le dis.

— Bien. Le capitaine devra peut-être retarder le départ pour attendre l'équipage, mais c'est juste un petit saut jusqu'à Dubrovnik. Il rattrapera le temps et aura quand même les passagers prêts pour leurs excursions du matin. Ettore fit une pause, puis ajouta : — Ton amie sait qui tu es ?

— Pas encore, Papa, dit Luc en riant. Qu'est-ce que Maman a dit ?

Son père soupira. — Elle est dans ce métier depuis longtemps. Et elle sait aussi que tu serais avec elle si tu le pouvais — donc c'est que c'est sérieux. Elle nous pardonnera à tous les deux.

Luc laissa échapper un petit rire et mit fin à l'appel.

De retour dans le bureau de Tristan, il s'adossa à l'encadrement de la porte. — C'est en marche. Mon contact va voir ce qu'il peut faire. Pour l'instant, on attend Catalan.

Tristan se leva brusquement. — Je veux contrôler les cabines.

— Fais-le demain matin, conseilla Luc. Laissons nos plans infuser pendant la nuit.

Tristan s'assit au bord de son lit, la tête dans les mains. Tant de choses s'étaient passées. Ils avaient mis au jour l'ampleur de l'arnaque au niveau de l'équipage, et pourtant ils n'avaient toujours aucune idée de qui était derrière, pourquoi ça arrivait, ni exactement combien d'argent était siphonné — et où il allait.

Elle expira longuement et s'affala sur le dos, fixant le plafond comme si les réponses se cachaient quelque part entre le plafonnier et la fenêtre. En vain.

Et puis il y avait l'arnaque au vin. Un autre sac de nœuds. Le négociant affirmait que le vin était pour Siena, mais les membres d'équipage disaient que c'était pour Peter Davis. La cachette se trouvait dans la cabine juste en face de celle de Nico — la cabine habituelle de Davis. Pratique, elle était aussi près de la sienne, celle qui serait normalement celle de Siena.

Cela plaçait à la fois Siena et Davis au premier rang des suspects pour détournement. Mais travaillaient-ils ensemble, ou avaient-ils des agendas séparés ? Et le vin était-il lié à l'arnaque sur le personnel, ou n'était-ce qu'une couche de corruption supplémentaire ? Nico semblait convaincu que Siena était la coupable. Tris refusait d'y croire.

Comment les choses avaient-elles pu dégénérer à ce point ? Où étaient les garde-fous et les contre-pouvoirs ? Qui avait assez de poids pour manipuler le système et garder tout cela sous le tapis ? Ricardo Catalan s'arrachait manifestement les cheveux à cause de la baisse du niveau à bord, alors pourquoi n'allait-il pas creuser plus loin ? Ou bien quelqu'un en qui il avait confiance l'égarait-il ?

Et puis il y avait Nico Griff.

Les comptables seconds officiers ne sont pas censés avoir une ligne directe avec quelqu'un qui a l'oreille du propriétaire de la compagnie de croisière. Et pourtant, d'une manière ou d'une autre, Nico l'avait. Il était charmant à sa façon, l'attirant dans son orbite malgré leurs avis opposés sur Siena. Mais il y avait d'autres détails — des petites choses — qui ne collaient pas tout à fait. L'inclinaison de son menton. La façon dont son index effleurait sa lèvre inférieure. C'était du Luc tout craché.

Et pourtant... la gaucherie pataude ? Ça, ce n'était pas Luc du tout.

Encore un mystère. Elle le démêlerait plus tard — lorsque ce serait le dernier secret qu'il lui resterait à percer.

CHAPITRE 15

Tristan et Nico arrivèrent au mess des officiers pour un petit-déjeuner matinal, mais n'avaient même pas eu le temps de s'asseoir quand le bipeur de Tristan vibra. Un message s'afficha à l'écran : Contacter immédiatement le directeur de l'hôtel.

Elle jeta un coup d'œil à Nico et hocha légèrement la tête — c'était commencé. Sans un mot de plus, elle se retourna et se dépêcha vers la sortie, gravissant les marches deux à deux jusqu'au Niveau Quatre, où se trouvaient le bureau et la suite du directeur de l'hôtel.

— Bonjour, Monsieur Catalan. Vous m'avez fait demander ?

— Oui, Madame Sinclair. Je vous en prie, entrez. Asseyez-vous. Catalan se pencha en avant, les doigts tambourinant sur le bois verni de son bureau. — Madame Sinclair — Tristan —, j'ai reçu un appel de Signor Ricci.

— Ricci ? Tristan effleura ses lèvres closes du bout des doigts.

Les yeux de Catalan se plissèrent. — Le connaissez-vous ?

— J'ai rencontré un certain Luciano Ricci en Australie, dit-elle en laissant retomber sa main sur ses genoux.

— Oh. Catalan se détendit visiblement. — Non, il s'agit de Signor Ettore Ricci — le directeur général et propriétaire. Il a peut-être un fils prénommé Luciano, mais je crois qu'ils sont brouillés. Un truc à propos du garçon qui dilapidait l'argent de son père dans une vie de playboy. Il ricana.

Tristan garda une expression neutre. Les magazines people adorent ce genre d'histoire — partir d'un fond de vérité, l'étirer, la tordre et la vendre. Mais il y a toujours un germe de fait quelque part.

— Signor Ricci s'inquiète de la baisse des taux de satisfaction, poursuivit Catalan. — Je ne vous en avais pas parlé puisque vous n'êtes là que pour cette seule croisière. Mais maintenant, il pense qu'il y a un complot visant à faire croire que nous avons plus de personnel qu'en réalité.

— J'ai moi aussi des inquiétudes, parce que les superviseurs se plaignent de ne pas avoir des équipes au complet, alors que nous avons l'effectif complet sur le papier. D'ailleurs, j'ai inscrit un rendez-vous à votre agenda pour solliciter votre avis en fin d'après-midi.

Catalan la dévisagea, le regard rétréci. — Ce sera trop tard. Signor Ricci veut un rapport complet tout de suite.

Tristan inclina la tête. — Pour quand l'attend-il ?

La bouche de Catalan se pinça en un trait mince. — Une demi-heure.

— Une demi-heure ? répéta-t-elle, feignant l'incrédulité.

— À partir d'il y a dix minutes, en fait.

— Comment suis-je censée rédiger un rapport aussi vite ?

— Je suis sûr que vous trouverez quelque chose. Son ton était désinvolte. — Vous connaissez les dossiers du personnel mieux que quiconque. J'ai besoin de votre rapport ici dans quinze minutes afin de pouvoir l'analyser avant de parler avec Signor Ricci. Il fit un geste de la main. — Ce sera tout.

— Bien compris, monsieur. Tristan se leva et quitta le bureau, l'esprit en ébullition.

Quinze minutes. Comment le rendre à la fois bâclé et convaincant ?

Et puis, tilt — les photos.

Elle se dépêcha de regagner son bureau, où Nico l'attendait déjà.

— J'ai quinze minutes pour préparer un rapport qui convainque Catalan — et Ricci — qu'il y a un vrai problème à bord, lui dit-elle. — Je vais utiliser les photos. Les preuves sont suffisamment claires, et ça ne donnera pas l'impression qu'on a passé deux jours à collecter des données et à interroger le personnel.

Nico acquiesça. — C'est la solution la plus propre.

Elle attrapa le document sur le bureau, puis fit la grimace. — Merde. On a gribouillé celui-ci de partout. Il faut que j'en imprime une copie toute fraîche et que je la marque à nouveau.

— Ça ne prendra pas longtemps, la rassura Nico. — Si tu réimprimes la même feuille, je te dicte : Cercle vert, triangle jaune, carré violet. On aura fini en un rien de temps. Ensuite, un rapport de cinq lignes disant qu'on a identifié de multiples photos en double, confirmant au moins vingt-quatre postes d'équipage sans personnel actif. Rapport bouclé. Catalan est impressionné. On avance.

— Merci, Nico. Tu as vu juste. Tristan ouvrit la planche de photos à l'écran et l'envoya à l'imprimante. Puis, elle lui lança un regard curieux. — Pourquoi tu caches ton intelligence ? Tu n'es pas un imbécile.

Il haussa les épaules sans répondre.

Elle attendit, un sourcil levé. Toujours le silence. Finalement, elle laissa tomber et saisit la feuille fraîchement imprimée.

— Très bien. On y va. En partant du coin supérieur gauche, on a quoi ?

Tandis que Nico comparait la nouvelle feuille avec leur version annotée de la veille, Tristan se concentra sur la rédaction du rapport. Elle y décomposa les vacances de poste par service, précisant combien de personnes manquaient à chaque secteur.

Quand elle eut terminé, elle tendit la copie imprimée à Nico.

— Mmm. Bien. Il parcourut la feuille du regard. — Mais les photos à elles seules ne montrent pas dans quels services se trouvent les manques. On ne l'a compris qu'après nos réunions.

— Merde. Et si on donnait une fourchette au jugé — un de plus ou un de moins que le chiffre réel ?

— Mieux, approuva-t-il. — On ne veut pas être trop précis, mais on ne peut pas non plus se permettre de recevoir cinq aides de cuisine en plus alors qu'il nous faut en réalité du personnel de blanchisserie.

— Et si on se retrouve avec plus de personnel que nécessaire ? On peut les loger ?

— Oui. On n'aura pas le double non plus, donc au pire il faudra transformer quelques cabines doubles en triples. Ce ne serait que pour quelques jours. Il eut un demi-sourire. — Maintenant, dépêche-toi de corriger ton rapport. Quelqu'un m'a récemment appris l'expression « le temps file », Madame Sinclair.

Tristan leva les yeux au ciel, fit les ajustements nécessaires et glissa le rapport et la planche de photos dans une chemise plastique. Puis, elle remonta vers le Pont Quatre.

Ricardo Catalan l'attendait dans le bureau extérieur. Ou du moins, c'est l'impression que ça donna quand il se jeta sur elle dès qu'elle apparut.

— Alors ? Qu'avez-vous trouvé ?

Tristan lui attribua le mérite. — Vous aviez raison, Monsieur Catalan. On va dans votre bureau pour que je vous explique en détail ?

Elle n'allait pas étaler l'ampleur du désastre devant sa secrétaire — pas alors qu'elle ignorait si la femme était fiable.

Catalan ouvrit la marche vers son bureau.

Tristan garda le dossier en main tandis qu'elle parlait. — Monsieur Catalan, ce que j'ai découvert aura de graves conséquences sur le moral à bord. Il est impératif de n'en parler à personne en dehors des officiers supérieurs ou de l'administration.

— Êtes-vous en train de me dire comment me conduire, Madame Sinclair ? fit Catalan en fronçant les sourcils avec hauteur.

— Non, monsieur. Je me le rappelle à moi-même, répondit Tristan avec douceur. — Les conséquences pourraient être explosives, et nous n'avons pas besoin que ça se répande sur les ponts inférieurs.

Il l'étudia d'un air narquois. — M'est-il au moins permis de parler à Signor Ricci et à M. Argstrom, Madame Sinclair ?

Tristan masqua son amusement, visant l'humilité. — Oui, monsieur. Je suis désolée, monsieur. Elle inspira. — Ce que j'ai trouvé, c'est qu'il manque quelque part entre vingt-deux et trente employés dans les départements de l'hôtel.

— Rien qu'à l'hôtel ? Il pâlit. — Cela fait 20 % du personnel.

— Oui, monsieur. Elle lui remit la planche de photos. — Comme vous pouvez le voir, j'ai repéré des photos en double — chacune avec un nom différent. Cela signifie qu'il existe des postes d'équipage où personne ne fait réellement le travail. Mon rapport inclut des estimations du nombre de personnes à recruter pour revenir à l'effectif complet.

Le téléphone sonna.

— Ce doit être Signor Ricci, maintenant, dit Catalan en saisissant le combiné.

— J'attendrai dehors, proposa Tristan.

— Non ! Sa voix monta d'une octave. — J'ai besoin que vous expliquiez les chiffres.

— Bien sûr, monsieur.

Catalan décrocha. — Catalan à l'appareil. Bonjour, Signor Ricci. Oui, monsieur. D'après nos estimations, il nous manque entre vingt-deux et trente employés à l'hôtel. Oui, monsieur. Je vais laisser Madame Sinclair expliquer. C'est notre responsable des ressources humaines actuelle.

Il lui tendit le combiné.

— Bonjour, Signor Ricci. Ici Tristan Sinclair.

— Ah, Tristana. La voix de Ricci était pleine de familiarité. — J'ai déjà été entièrement briefé, mais, pour l'édification de M. Catalan, peut-être pouvez-vous expliquer comment vous avez identifié les effectifs manquants ?

— Bien sûr, monsieur. Tristan garda un ton professionnel. — J'ai passé en revue les photos de tout le personnel à bord. Il n'y avait aucun doublon parmi l'équipage du pont, mais un bon nombre dans la section hôtelière. À partir de ces groupes, M. Griff et moi avons estimé où il manquait du monde.

Un silence. Puis Ricci laissa échapper un léger rire.

— J'ai autrefois connu un certain M. Griff, songea-t-il tout haut. Un homme adorable, mais maladroit. Il est mort.

La prise de Tristan se raffermit sur le combiné.

— Je connais les chiffres exacts, Tristana, et j'ai déjà agi en conséquence. Merci pour votre aide. Vous pouvez dire à M. Catalan que je vous ai demandé de m'envoyer le rapport par e-mail. Une seconde. — J'ai hâte de vous rencontrer bientôt. À présent, veuillez rendre le combiné à M. Catalan.

— Oui, monsieur. Merci, monsieur. Tristan obéit et rendit le téléphone à son patron. L'appel prit fin.

— Vous n'avez pas expliqué les chiffres, nota Catalan.

— Non, monsieur. Signor Ricci m'en a empêchée. Il m'a demandé de lui envoyer le rapport à la place. Il a dit que vous aviez ses coordonnées.

— Euh, d'accord. Catalan, apaisé, fouilla dans un tiroir de son bureau, en sortit une carte de visite et la lui tendit.

— Merci, monsieur. Souhaitez-vous que je maintienne tout de même notre rendez-vous cet après-midi ?

— Non, ce ne sera pas nécessaire. C'est tout.

Tristan n'attendit pas une seconde mise à pied. Elle se hâta vers son bureau, l'esprit en vrac.

Si elle avait cru qu'une semaine à sillonner l'Adriatique serait une parenthèse loin des jeux de pouvoir, elle s'était lourdement trompée. Décor différent, enjeux différents — mais toujours de la politique et des intrigues.

Nico l'attendait quand elle revint. — Alors, comment ça s'est passé ?

— C'était bizarre. Tristan se percha sur le bord de son bureau. — J'ai apporté le rapport à Catalan, et il m'a fait expliquer les chiffres à Ricci, mais avant que je puisse le faire, Ricci m'a... coupée. Il a dit qu'il avait déjà été entièrement briefé. Et il n'arrêtait pas de m'appeler Tristana.

Nico esquissa un sourire en coin. — Tristana, hein ?

— Je ne l'ai pas corrigé. C'est le grand patron, après tout.

— L'appel était étrange, dit-elle en contournant le bureau pour se placer devant son ordinateur. — Il a dit que je devais envoyer le rapport par e-mail, mais s'il sait déjà tout, le veut-il vraiment ? Je me suis dit que le mieux était de l'envoyer mais d'en rester au minimum de contenu.

— Hum-hum, marmonna Nico.

— Tu penses que je dois l'envoyer ?

— L'option la plus sûre, dit-il.

— D'accord. Alors je vais préparer une liste propre de l'équipage fantôme. Tu en auras besoin pour recouper les numéros de compte. Si on veut démasquer qui est derrière cette arnaque, le plus logique, c'est de suivre l'argent. Et puis il y a le vin. Où est-ce que ça s'insère, ça ?

Elle parla sans s'arrêter tout en préparant l'envoi de l'e-mail. Copiant l'adresse depuis la carte que Catalan lui avait donnée, elle envoya le rapport.

— C'est envoyé.

Elle se laissa tomber sur sa chaise et croisa les bras. — Ensuite, quand je t'ai mentionné, Ricci a dit qu'il avait connu un M. Griff — mais que l'homme était mort. Toute la conversation était étrange. S'il est aussi excentrique, pas étonnant que son fils ne rentre pas à la maison.

L'expression de Nico ne changea pas, mais quelque chose passa dans ses yeux. — Qu'est-ce que tu veux dire ?

— Catalan m'a demandé si je connaissais Signor Ricci. Je lui ai dit que j'avais rencontré un certain Luciano Ricci, mais il a répondu qu'il s'agissait d'Ettore. Puis il a lâché un commentaire sur le fils, un playboy parasite. Je veux dire, si tu es héritier d'un empire à plusieurs centaines de millions, tu n'apprendrais pas le métier au lieu de gâcher ta vie ? Sacré égoïste.

— Tu connaissais bien ce Luciano ? demanda Nico.

— Non, dit-elle. — On venait à peine de se rencontrer. Je pensais avoir envie de mieux le connaître, mais on ne peut jamais savoir, hein ? Elle haussa les épaules.

— Ce n'est peut-être pas le même homme, fit remarquer Nico. — Au passage, c'est une entreprise qui pèse plusieurs milliards d'euros. Peut-être que Catalan parlait d'un fils cadet.

— Hmpf. Peu importe. C'est du passé.

— Tu rayerais quelqu'un sur la base de ragots ?

— Écoute, souffla Tristan. — Le type que j'ai rencontré m'a dit qu'il faisait semblant d'être un playboy pour ses propres raisons. Peut-être que ce n'était pas du tout du cinéma. Je n'aime pas la tromperie. Elle hésita. — De toute façon, ce n'est pas comme si je le reverrais un jour.

Le regard de Nico se planta dans le sien plusieurs secondes, son expression indéchiffrable. Une lueur de quelque chose — de la déception ? — passa dans ses yeux avant qu'il ne secoue la tête. — Bon, dit-il en changeant de sujet, — l'équipage du Giulietta fait ses valises. Ils nous rejoindront d'ici ce soir, avant notre départ de Kotor.

Tristan fronça les sourcils. — Aussi vite ?

— Signor Ricci sait faire tourner une entreprise, dit Nico en détournant délibérément la conversation de son scepticisme quant au caractère de son père — et du sien. — Il a affrété un jet pour les faire venir.

La nouvelle remit Tristan d'aplomb. — Bien. Combien en a-t-on récupéré ?

— Trente.

— Trente ? Ses yeux s'écarquillèrent. — Où diable va-t-on mettre tout ce monde ? Puis elle balaya la question d'un geste. — Peu importe. Je vais vérifier les cabines.

Elle fouilla dans son bureau, déverrouilla le tiroir du bas et en sortit le passe-partout. — Tu viens ?

CHAPITRE 16

Nico se dirigea vers le Pont Sept, en direction du bureau des stewards où il avait vu Sonia pour la dernière fois, la cheffe des stewards. Il l'aperçut dans le couloir, qui venait vers lui avec une expression lasse.

Elle laissa échapper un grognement. — Oui ?

— Sonia, j'ai une bonne et une mauvaise nouvelle...

Elle croisa les bras. — D'abord les mauvaises.

Nico se frotta le menton du pouce. — J'ai une liste de cabines à vérifier et à valider comme prêtes à accueillir de nouveaux occupants. Il ne devrait pas y avoir grand-chose à faire, mais une cheffe des stewards doit les valider.

Elle inspira profondément, retenant son souffle comme si elle résistait à l'envie de se lancer dans une tirade. Finalement, elle expira lentement, avec contrôle. — Et la bonne nouvelle ?

— Les cabines seront attribuées — à du personnel en renfort.

Elle cligna des yeux. — Comment ?

— Si tout se passe comme prévu, vous aurez une équipe au complet d'ici la fin de la journée.

Son air sceptique revint. — Impossible. On ne fait pas apparaître un équipage formé par magie.

— On peut, si on demande des volontaires d'un navire en cale sèche. Quand on a proposé à l'équipage du Giulietta de rejoindre le Laura pour le reste de la semaine, on a été bombardés de réponses. On en demandait vingt-quatre — on en a eu trente.

Les lèvres de Sonia s'entrouvrirent de surprise. — Vraiment ?

— Vraiment, confirma-t-il en lui tendant la liste. — Mais il nous faut ces cabines libérées et validées au plus vite. Vous pensez que vos équipes peuvent s'en charger ?

En guise de réponse, elle lui passa les bras autour du cou et posa un baiser reconnaissant sur sa joue. — Oui. Merci. Merci.

Nico se dégagea en riant. — Le siège n'avait aucune idée de la gravité de la situation. Avec un peu de chance, cela vous facilitera la vie.

Sonia hocha la tête d'un air décidé, parcourant déjà la liste des yeux en s'éloignant.

Nico descendit l'escalier jusqu'au bureau de Tristan.

— Sonia s'en occupe, annonça-t-il en entrant.

Tristan s'adossa à sa chaise avec un sourire en coin. — Eh bien, adieu notre couloir tranquille. Alors... où est-ce qu'ils mettent le vin de la « cave » d'en face ?

— Je n'ai pas inclus cette cabine dans la liste de validation, répondit Nico. Il faut qu'on comprenne ce qui s'y passe avant que d'autres ne commencent à se demander pourquoi il y a un stock de vin. J'ai ajouté celle d'à côté, en revanche. Sinon, on allait manquer de lits.

Tristan fronça les sourcils. — Ça n'a pas été nettoyé depuis des lustres, donc manifestement, elle n'a pas servi. Tu crois que c'était juste du stockage de débordement quand ils ont manqué de place dans la cave ?

— C'est mon hypothèse, acquiesça-t-il. Ils feront avec ce qu'ils ont.

Il s'adossa à son bureau. — Je suis tombé sur Shelley — elle cherche des volontaires pour les excursions à terre. Je lui ai dit que je vérifierais avec toi.

Tristan gémit. — Pas aujourd'hui. Il faut que j'avance sur ces comptes et que je rédige le rapport de livraison de vin tant que c'est encore frais dans ma tête.

— Elle a trois options : une visite à pied de deux heures de la vieille ville, une excursion de quatre heures dans les collines et l'ancienne capitale, ou la visite complète de huit heures avec un déjeuner dégustation. On pourrait l'aider pour la visite à pied.

Tristan se frotta la nuque et soupira. — Je suppose qu'on devrait jouer collectif. D'accord. Je ferai la visite à pied. En plus, j'ai trop passé de temps assise ces derniers temps.

Nico eut un grand sourire. — Je l'en informerai. Ensuite, on ira attraper le petit-déj qu'on a raté. La visite à pied ne part qu'une fois les autocars longue distance partis, donc on peut caser un peu de compta avant.

Ils se rendirent au mess, remplirent leurs plateaux et s'assirent à une table vide.

— Tout ce feuilleton nous bouffe trop de temps, marmonna Tristan. Il faut boucler ça.

— Je suis d'accord, mais pour l'instant, tout ce qu'on peut faire, c'est suivre les numéros de compte. Une fois qu'on les aura, je peux demander à un contact fiable à terre de faire une vérification.

Tristan arqua un sourcil. — Encore un petit espion qui a l'oreille du directeur général ?

Nico pencha la tête. — Je t'ai dit — je connais du monde. Ça ne te dérangeait pas avant. Ça a marché, non ? On a eu le personnel dont on avait besoin.

Elle ne répondit pas.

— Ça va ? demanda-t-il.

— Ça va. Je peux juste finir mon petit-déj en paix ?

— Ah, fit-il d'un ton entendu. Tu n'as pas encore eu ton café. Il se rejeta en arrière, loin des plats. — Vas-y. Je vais rester là, muet comme une carpe. Tu ne remarqueras même pas ma présence. Je me contenterai d'observer — la façon dont la lumière glisse au plafond quand le navire roule sur la houle légère, la beauté de la mer au-delà du hublot, et le jeu du soleil sur les crêtes des rides qui donne l'impression que l'eau est constellée de diamants. Non, ça ira pour moi. Il la regarda.

Tristan étouffa un rire. — T'es un idiot, tu le sais ?

Il afficha un large sourire.

Son rire mourut. — Ne fais pas ça.

— Quoi ?

— Ce sourire. Elle soupira. — Il me rappelle quelqu'un que j'essaie très fort d'oublier.

— Le playboy ? devina-t-il.

— Oui, répondit Tristan d'un ton ferme. On s'est bien amusés dans l'avion. Je t'ai dit qu'on s'est retrouvés par hasard sur le même vol, de Melbourne à Dubaï ? On a ri tous les deux devant un vieux film. C'était sympa, tu vois ? Maintenant c'est pourri. Il est pourri. Je ne supporte pas la tromperie.

— Comment t'a-t-il trompée ? demanda Nico.

— Les hommes. Vous ne comprenez pas. Elle soupira. — Il a fait semblant d'être quelqu'un qu'il n'est pas. Il a donné l'impression d'être un bosseur, un type d'affaires, parce qu'il était à une réunion avec d'autres cadres — alors qu'en réalité, c'est un glandeur, content de vivre aux crochets de son père.

— Mais t'a-t-il vraiment induite en erreur, pour autant ? insista Nico.

Les yeux de Tristan se plissèrent. — Tu es de quel côté ?

— Je suis un homme, comme tu l'as noté à l'instant, dit-il sèchement. Il faut bien que quelqu'un plaide pour la défense. Il leva les mains en signe de fausse reddition.

— Ah, donc maintenant on joue aux avocats ? lança-t-elle.

Il poussa sa tasse de café vers elle. Puis, sagement, il se replongea dans son propre repas. Parfois, la discrétion est la meilleure part du courage. C'est Shakespeare qui a dit ça, non ?

Quand ils eurent fini, ils quittèrent le mess ensemble.

— Je te ferai signe quand j'aurai quelque chose, dit Tristan en bifurquant vers son bureau pendant que Nico se dirigeait vers le sien.

Peu après, elle le fit venir.

— D'accord... Elle lui tendit une feuille. — Voici la liste des noms liés à ces comptes. Il faut qu'on suive où va l'argent. Tu connais le dicton, « suis l'argent » ?

— Oui, répondit Nico. Mais je préfère « cherchez la femme ». Il y a généralement une femme quelque part dans l'équation.

— Peu importe, il nous faut ces numéros de compte pour voir s'ils laissent une trace, dit-elle. Quand aurons-nous la liste du nouveau personnel ? Je dois les enregistrer. Ils apportent leurs propres passe-ports et visas, ou un officier les accompagne ?

— Il y a parmi eux une cadre de la restauration. Elle a sauté sur l'occasion parce qu'elle veut voir comment ça fonctionne sur le Laura, expliqua Nico. Tu n'as pas besoin de les traiter ce soir. Leur paie est toujours rattachée au Giulietta. Et aucun d'eux ne descendra à terre demain — ils seront trop occupés à s'installer.

— Je travaillerai avec Emily sur la formation sécurité demain matin, dit-elle.

— Tu t'en mets toujours plus sur le dos que nécessaire. Il secoua la tête. — Ce ne sont pas des petits nouveaux comme l'auraient été les doublures. Ils sont tous expérimentés — à la fois dans leurs fonctions et sur un navire ECM. Tout ce qu'Emily a à faire, c'est une séance d'orientation pour qu'ils sachent où sont les postes de rassemblement. Vois ça avec elle, mais je parie qu'elle te dira de ne pas t'en mêler.

Tristan expira. — Très bien. Je vais à ma cabine me changer. Qu'il n'y ait pas de couacs pendant la visite.

Nico rit. — Tu as l'air d'un enfant boudeur. Son ton s'adou-cit. — Ce furent deux longues journées. Je te retrouve à la coupée dans quinze minutes.

— D'accord.

Après avoir rangé son bureau et mis sous clé les documents confi-dentiels, Tristan laissa aussi ses problèmes dans le bureau et referma la porte d'un claquement sec. Elle était libre — pour quelques heures, au moins.

CHAPITRE 17

La visite à pied fut un tonique bienvenu pour l'âme de Tristan. Alors qu'elle déambulait avec les passagers dans la vieille ville médiévale de Kotor, le poids des soucis du navire se dissipa un instant. La pierre chauffée par le soleil, l'odeur du pain frais s'échappant d'une boulangerie, l'écho des pas sur les rues pavées — c'était l'échappée dont elle avait besoin.

Nico, toutefois, ne se laissait pas reléguer aussi facilement. Il marchait à ses côtés, sa présence familière, son rire riche et sans retenue. C'était un écho de celui de Luc — la même joie simple des moments partagés. Un fil de tristesse se lova en elle, un pincement pour ce qui aurait pu être. Elle le balaya, refusant de s'attarder sur un fantasme déjà parti en fumée.

Les deux heures filèrent bien trop vite.

De retour à bord, la réalité reprit ses droits. Bien qu'elle ait travaillé sans relâche tout l'après-midi, elle avait peu à montrer. La frustration lui pesa entre les épaules comme un gilet lesté. La fatigue la rongeant, elle se retira dans sa cabine, avide de quelques minutes de solitude.

Assise au bord de sa couchette, elle ferma les yeux pour réfléchir — et se réveilla une heure plus tard, au son de grands coups dans le couloir.

Désorientée, elle se redressa d'un coup, à l'écoute. Le bourdonnement étouffé des voix — certaines enjouées, l'une montée d'un cran d'agacement — filtrait par la porte.

Fronçant les sourcils, elle l'entrouvrit et jeta un coup d'œil.

Au fond du couloir, des sacs marins estampillés Giulietta s'empilaient pêle-mêle, leurs propriétaires fouillant dedans. Non loin, les mêmes hommes qui avaient livré le vin la veille recommençaient — quatre cartons de plus, plus deux bouteilles séparées qui ressemblaient à du cognac ou à une autre liqueur. Son pouls s'accéléra.

Il lui fallait une photo. S'avançant dans le couloir, elle leva son téléphone, faisant un geste vers l'équipe du Giulietta comme si elle prenait des clichés anodins de leur arrivée. Le couloir était trop étroit pour que quiconque soit complètement hors cadre, et elle espéra que les manutentionnaires de vin n'y verraient que du feu.

Ils n'y virent que du feu.

Elle ajusta juste assez l'angle — gardant l'avant-plan net, les cartons empilés et les hommes qui les déplaçaient en focus. L'équipe du Giulietta ne la nominerait certes pas Photographe de l'année, leurs visages étant commodément floutés.

Deux des nouveaux membres d'équipage arrivèrent avec leur barda, s'arrêtant devant la porte juste en face de celle de Tristan. L'un d'eux passa sa carte, fronçant les sourcils quand elle ne passa pas tout de suite. Il recommença.

Plus loin dans le couloir, le manutentionnaire à l'accent geordie lança d'un ton sec — Hé, tu peux pas entrer là-dedans. C'est privé.

Le membre d'équipage leva les yeux, peu impressionné — Pour nous si, mon vieux. C'est celle qui nous a été attribuée.

L'expression de Geordie s'assombrit quand la porte émit un bip et s'ouvrit. Il fit un pas de plus, écarquillant les yeux en découvrant l'état de la pièce. Se tournant vers son collègue, il marmonna d'un ton sinistre — Ils l'ont attribuée.

Le visage de son compagnon se tordit d'horreur. Le membre d'équipage du Giulietta souffla un rire — Je te l'avais dit. On dirait que t'as hérité d'un sale boulot, vieux. Descends à la fête tout à l'heure — je t'offrirai une bière. D'Anglais à Anglais, hein ?

Geordie ne releva pas. Sa prise se raffermit sur la poignée du diable tandis qu'il se tournait vers l'autre porte — celle que Nico avait baptisée la cave. Il hésita, attendant juste assez longtemps que les nouveaux disparaissent dans leur chambre avant de la déverrouiller.

La porte s'ouvrit, et son collègue poussa le diable chargé de cartons de vin. Tristan battit en retraite, se glissant dans sa cabine le plus discrètement possible. L'avaient-ils remarquée en train d'observer ? Elle expira lentement, appuya une seconde le dos contre la porte, puis s'en défit.

Une douche s'imposait.

L'eau chaude ruissela sur elle, chassant la tension et la laissant fraîche. Elle enfila un jean décontracté et un caraco ajusté avec un chemisier doux par-dessus. Elle noua les pans du chemisier en un nœud lâche sur le devant, remonta les manches, puis passa des sandales à petits talons à brides avant de se donner un dernier coup d'œil.

Décontracté mais soigné. Pile ce qu'il lui fallait.

Sa première étape fut le mess des officiers. Alors que l'intendant s'approchait pour l'installer à une table, elle jeta un regard autour d'elle.

— Monsieur Griff est-il encore ici ? demanda-t-elle.

— Oui, madame. Souhaitez-vous être installée là-bas ?

— Oui, s'il vous plaît.

Nico suivit Tristan du regard à travers la salle, luttant contre la réaction instinctive de Luc face à elle. Elle dégageait une assurance sans effort — détendue, sûre d'elle et indéniablement séduisante. Il se força à adopter sa manière de Nico — moins lisse, plus maladroite — tandis qu'un serveur la guidait jusqu'au siège à côté de lui.

— Désolée d'être en retard, dit-elle en s'installant. Je me suis endormie, puis je me suis retrouvée au milieu d'une petite scène intéressante dans le couloir.

Il haussa un sourcil mais n'insista pas. Deux autres officiers traînaient à la table, sirotant un café, leurs assiettes déjà débarrassées.

— Vous allez à la fête de bienvenue de l'équipage du Giulietta ? demanda Tristan.

— Il y a une fête ? demanda l'un d'eux, intrigué.

— On dirait bien. Pont deux. Un des gars du Giulietta a parlé d'offrir un verre à quelqu'un là-bas. Je me suis dit que j'irais jeter un œil après avoir mangé.

Les officiers échangèrent un regard — Bonne idée. D'un signe de tête en guise d'au revoir, ils se levèrent et se dirigèrent vers les ascenseurs.

— Bien joué, dit Nico, approbateur.

— Merci, répondit Tristan avec un sourire.

Il se pencha légèrement — Alors, qu'est-ce qui s'est passé dans le couloir ?

Elle prit un ton décontracté — Une petite scène intéressante entre les manutentionnaires de la cave et l'équipe du Giulietta affectée au cachot.

— Le cachot ?

— La pièce à côté de la cave — sombre, poussiéreuse, mystérieuse. Elle but une gorgée d'eau. — Enfin, ça l'était. Plus maintenant. Elle a été remise au propre comme n'importe quelle cabine d'équipage. Geordie n'était pas ravi en la voyant.

Nico y réfléchit — Intéressant.

Un serveur arriva, et Tristan commanda, choisissant quelque chose dans les six services.

Nico haussa un sourcil — Voilà qui est ambitieux.

— Hmm. Peut-être. Elle pinça les lèvres d'un côté, puis se tourna vers le serveur. — Laissez tomber les pâtes. Je prendrai tout le reste.

— Et pour vous, monsieur ? demanda le serveur.

— Une demi-portion de soupe, le fromage et la panna cotta, répondit Nico.

— Excellent, monsieur. Ça ne sera pas long.

Un second serveur arriva, présentant des bouteilles de vin rouge et blanc.

— Souhaitez-vous du vin, madame ?

— Oui, merci. Je vais commencer par du blanc.

Il lui servit un verre, puis se déplaça pour compléter le rouge de Nico.

Tristan leva son verre — Salude.

— Salude. Le tintement de leurs verres fut léger.

Elle prit une gorgée, puis laissa échapper un petit bruit d'appréciation — Mmm, il est bon. C'est le vin que tu as validé à Taormine ?

Nico acquiesça.

— Pas étonnant qu'ils en aient voulu dans la cave. Elle fit tourner le liquide dans son verre. — Qui a géré la validation hier, puisque nous étions là-haut avec les chats au monastère ?

— Matthew l'a fait lui-même. Apparemment, il aime aller à terre à Corfou, dit Nico.

— Il a signalé quelque chose d'anormal avec la commande ?

— Non. Peut-être que, cette fois, tout était réglo.

Son regard se fit plus vif — Il y a eu une autre livraison pour la cave ce soir — comme la dernière fois. Quatre cartons. Et quelques spiritueux en plus.

Nico reposa son verre — C'est... bon à savoir.

Leur soupe arriva. L'estomac de Tristan accueillit avec gratitude le léger bouillon de légumes, et elle finit rapidement, reposant sa cuillère avant que le serveur n'emporte son bol.

Les plats suivants s'enchaînèrent à un rythme régulier — salade de magret de canard, carré d'agneau aux légumes, assiette de fromages et, enfin, un assortiment de gelati. La conversation se fit rare tandis qu'elle se concentrait sur son repas et que Nico — feignant de ne pas le faire — se concentrait sur elle.

Quand le serveur posa son café devant elle, Nico se renversa contre le dossier — Tu as assez mangé ?

Tristan eut un sourire en coin — J'aurais probablement pu prendre les pâtes aussi, mais je n'ai plus faim.

— Tu vas à la fête de bienvenue ? demanda-t-il.

— Un moment. Et toi ?

— Je passerai, admit-il. Je ne suis pas très doué pour les soirées, surtout s'il y a de la danse. Il rentra les épaules avec une grimace exagérée.

— Tu as été brillant sur la piste avec Nicholas et James.

— Le ballroom, c'est différent. Tu suis les pas — pas d'impro. Il soupira. — Un de mes rencards a dit un jour : « Je danse comme un flamant drogué. »

Tristan éclata de rire — Ça, j'adorerais voir.

Il gémit — Prête ?

Ils descendirent l'escalier jusqu'au pont deux, où la fête battait son plein. La musique pulsait, les voix se chevauchaient et la salle vibrait d'énergie.

Quelque part dans la foule, une voix lança — Ma belle !

Tristan tourna la tête vers la source. Nico fit de même, le ventre qui se serra sans prévenir. Il n'aimait pas la familiarité facile dans le ton de l'homme.

Le type leva la main, pointant vers le bas d'un geste d'invitation.

Nico ressentit une envie irrationnelle de détourner Tristan dans la direction opposée, mais avant qu'il ne réagisse, elle lui attrapa le bras et le tira en avant.

— Laisse-moi t'offrir un verre, ma belle, dit l'homme avec un large sourire. Comme un salut « n'est-ce pas génial d'te connaître », hein ?

Hors de question.

Nico intervint avec fluidité — Laisse-nous plutôt t'en offrir un. Un

« merci d'avoir répondu à l'appel » et un « bienvenue à bord ». Qu'est-ce que tu prends ?

Le sourire de l'homme s'élargit — C'est sympa. Je prendrai une bière brune, si ça ne te dérange pas.

— Très bien. Et toi ? demanda Nico à Tristan.

Elle se pencha tout près, lui encerclant l'oreille de sa main. C'était le seul moyen de se faire entendre dans le vacarme — Un cola. Verre court. Glaçons.

En se reculant, un de ses ongles s'accrocha à ses cheveux. Il rattrapa sa main avant qu'elle ne tire sur sa pièce, la gardant juste une seconde de trop avant de la relâcher.

Le temps qu'il revienne avec les verres, le type s'était rapproché de Tristan, la main planant près de son épaule.

Nico n'hésita pas. Il se plaça proprement entre eux, forçant l'autre à reculer d'un pas — Ton verre. Merci d'être venu, dit-il d'un ton aussi chaleureux que Nico pouvait le faire.

Tristan sirota son cola comme s'il était corsé. Quand elle eut terminé, elle sourit grand — Bon, ce sera tout pour moi. Bonne nuit, tout le monde.

Nico lui prit la main, la guidant à travers la foule. Il n'avait aucune envie de la lâcher, mais dès qu'ils furent sortis de la mêlée, il la laissa retomber. Ils gravirent les escaliers côte à côte, marchant en silence le long du couloir vers leurs cabines. Devant sa porte, elle se tourna vers lui avec un sourire doux.

— Merci, Nico. Pour le verre, pour avoir été au bon endroit au bon moment, et pour m'avoir sortie de là. Elle lui tapota l'épaule, sa main s'attardant une seconde de plus que nécessaire.

— Bonne nuit. Son toucher brûlait à travers sa chemise.

Il avait envie de l'embrasser comme à Melbourne. Il avait envie de la serrer contre lui, de sentir sa chaleur, de la tenir comme il en avait besoin. À la place, il avala l'élan et dit — Buona notte. Ce n'est que lorsque sa porte claqua qu'il regagna enfin sa cabine — seul.

CHAPITRE 18

Tristan s'affaissa contre la porte dès qu'elle se referma derrière elle avec un déclic. Qu'est-ce qui lui prenait avec cette réaction à Nico ? Il était gauche, tout en ayant des opinions au-delà de son grade. Il se tenait comme le vautour des dessins animés de Bip Bip. Il portait clairement un postiche—une coquetterie qu'elle détestait chez un homme. Sa voix était basse et fluette la plupart du temps, sauf quand quelque chose le chauffait. Et cette horrible barbe...

La tache de naissance ne la dérangeait pas. Mais le reste ? Si elle écrivait un jour une liste des traits qu'elle détestait chez un homme, ceux-là seraient tout en haut.

C'étaient des choix qu'il avait faits—de mauvais choix, à son avis. Il était intelligent. Pourquoi chercher à la dissimuler ?

Malgré tout ça, chaque fois qu'ils se touchaient, son corps refusait de le lâcher.

Ce soir, quand il lui avait pris la main, ses sens étaient trop absorbés par lui pour se concentrer sur l'endroit où elle marchait ou sur son envie d'échapper à la fête claustrophobe.

Et puis, il y avait son odeur.

Elle ferma les yeux, posa la tête contre la porte et tenta de la retrouver. Il avait la même odeur que Luc.

À travers le mur, elle l'entendit bouger dans sa cabine.

Le couloir était bien insonorisé—seuls les bruits forts, comme une alarme ou l'agitation de tout à l'heure, s'entendaient de l'extérieur. Mais les murs entre les cabines ? C'était une autre histoire. Si elle le voulait, elle pourrait suivre chacun de ses mouvements.

Mais elle ne le voulait pas.

La règle tacite qu'elle avait apprise dans la Marine était simple : ignore ton voisin. L'intimité était un luxe dans des espaces exigus, un luxe qu'il fallait accorder aux autres.

Elle s'y plia maintenant, éteignant sa conscience de lui et s'éloignant de la porte.

La sieste involontaire qu'elle avait faite plus tôt l'avait revigorée et la laissait parfaitement éveillée.

Elle alla jusqu'à son minuscule bureau et récupéra son ordinateur portable là où elle le rangeait—posé debout contre le mur, sous le bureau. Elle sortit son téléphone de sa poche et brancha le câble pour transférer ses photos.

Comme d'habitude, un avertissement apparut : Effacer après l'importation ?

Elle hésita.

Si son téléphone disparaissait—par accident ou intentionnellement—elle ne voulait pas que quiconque accède aux photos. D'un autre côté, Geordie savait qu'elle les avait prises. Si ça l'inquiétait suffisamment, il pourrait venir chercher. S'il ne trouvait rien du tout, il continuerait à fouiller.

Elle fit défiler ses clichés de l'après-midi. Les images de la cave et du cachot, elle se les envoya par e-mail et les effaça de son téléphone. Elles ne resteraient pas dans sa galerie, mais elle pourrait toujours y accéder si besoin.

Puis elle ouvrit celles du couloir.

Deux étaient nettes : Geordie et son pote, leurs visages flous mais reconnaissables. La troisième avait été prise par accident pendant qu'elle bougeait le téléphone. Elle montrait le couloir, quelques silhouettes indistinctes et les formes brunâtres de cartons de vin. Personne n'était identifiable.

Même sur l'écran plus grand de l'ordinateur, l'image restait vague.

Elle s'envoya les trois par e-mail et effaça les bonnes copies de son téléphone, ne laissant que la floue.

Elle continua à faire défiler. Des photos de Taormine. Le Théâtre grec. Elle les téléchargea et les effaça de son téléphone. Ensuite, Castelmola.

Elle ricana en voyant les images de paniers pleins de pénis d'un rouge vif. Effacer.

La vue à couper le souffle depuis la Piazza Sant'Antonio—télécharger et effacer.

Puis, un autre lot d'images.

La tête d'un homme qui obstruait la prise de vue pendant qu'elle balayait le paysage.

Elle faillit l'écarter—jusqu'à ce qu'elle remarque le léger pivot de son profil.

Son souffle se coupa.

— Luc !

Non.

Elle l'aurait su si Luc avait été là. Il ne l'avait pas été.

Les doigts de Tristan tremblaient quand elle passa à la photo suivante.

Et là, son identité devint incontestable.

Nico.

Le vent avait saisi le col de son polo et l'avait rabattu en arrière.

Révélant une marque sur sa clavicule gauche.

Son cœur cogna contre ses côtes.

Elle agrandit l'image.

En vrai, elle faisait environ 1 cm de haut—un petit grain de beauté en forme de cœur.

Sur son écran, il faisait 5 cm de large.

Sans appel.

Soit Nico était le sosie parfait de Luciano… soit Nico était Luc.

La stupeur la submergea.

Ses sens ne lui avaient pas joué de tour, finalement—les ressemblances entre les deux hommes n'étaient pas des coïncidences. C'étaient la même foutue personne.

Ses soupçons étaient fondés.

Les questions la percutèrent comme des vagues en pleine tempête.

Pourquoi était-il sur le navire ?

Pourquoi était-il déguisé ?

Espionnait-il quelqu'un ? Quelque chose ? Sur—elle ?

— La vache, murmura-t-elle en agrippant le bord du bureau. — Je lui ai tout donné.

Siena l'avait prévenue. Ne fais confiance à personne, et elle avait fait exactement l'inverse.

Luc—Nico—devait avoir des informations qu'il n'avait pas partagées. Il n'y avait pas d'autre raison pour qu'il soit ici. Comment diable avait-il même réussi à se faire embaucher comme comptable du navire ?

Sa tête tournait.

C'est un miracle qu'il ne soit pas tombé raide quand j'ai exigé un passeport.

Ensuite, il en avait carrément obtenu un—fissa.

Faux. Forcément.

C'était lui qui avait fait remarquer que les autres passeports n'appartenaient pas à de vraies personnes.

Son souffle devint court et saccadé.

C'était qui, bon sang ?

Était-il vraiment Luciano Ricci, le fils brouillé du magnat du shipping ? Si oui, était-il ici pour plumer la société de son père ? Était-ce lui, le responsable de l'argent disparu ?

Trop de questions.

Aucune foutue réponse.

Une notification apparut sur l'écran de son ordinateur portable :

Télécharger et effacer ?

Oui.

Ses doigts survolèrent les touches.

Télécharger et effacer.

Elle inspira profondément pour tenter d'apaiser la rage qui bouillonnait sous sa peau.

Puis, d'une voix volontairement douce et mielleuse, elle répéta mentalement :

— Oh, Nico, mon téléphone a complètement planté. Surtension. J'ai dû faire une réinitialisation forcée. J'ai perdu presque tout—mes photos, mes livres, ma musique. Au moins, je peux retélécharger les livres et la musique depuis mes comptes cloud, mais les photos ? Perdues. C'est mort. Désolée, connard.

Ses mâchoires se crispèrent.

Elle appuya sur supprimer.

Puis encore. Et encore.

D'un claquement sec, elle rabattit l'écran et repoussa l'ordinateur.

Des marmonnements étouffés filtrèrent à travers le mur depuis la cabine de Tristan. Bien que les mots soient indistincts, les tripes de Nico se tordirent de jalousie.

Si cet Anglais est là-dedans...

Il tendit l'oreille. Pas de voix masculine. Juste la sienne. Elle pouvait être au téléphone, ou peut-être était-elle simplement plus près du mur, rendant plus difficile l'audition de l'autre personne.

Il coupa la musique qu'il faisait jouer.

C'est une entorse au protocole.

Peu importe.

Qu'elle soit justifiée ou pas, il avait besoin de savoir qu'elle allait bien.

Avant qu'il ne puisse trop y réfléchir, il était déjà dehors, claquant la porte derrière lui. Un battement de cœur plus tard, son poing était levé pour frapper—sans plan, sans excuse, juste l'instinct pur—

La porte s'ouvrit avant qu'il ne puisse la toucher.

Tristan se tenait sur le seuil, le visage tendu par la colère.

— Oui ?

Elle était toujours habillée comme avant, mais toute sa manière d'être avait changé.

— Euh, hum...

Sa posture changea. Quelque chose se durcit dans son regard.

— J'ai une mauvaise nouvelle pour toi, Nico. Elle insista étrangement sur son nom, sa voix douce, mais ourlée d'un quelque chose qu'il n'arrivait pas à cerner.

Un poids froid s'installa dans son ventre.

— La surtension d'il y a environ une demi-heure a grillé mon téléphone, continua-t-elle. Je l'avais branché quand c'est arrivé. J'ai dû faire une réinitialisation forcée. Je ne sais pas encore l'étendue des dégâts. Je vais te montrer.

Elle débrancha l'appareil de son chargeur et l'alluma. Se tenant tout près—trop près—de lui, elle appuya sur son appli de musique.

— Merde. Plus de musique. Puis, son appli de lecture.

— Mes livres ont disparu aussi. Oh, zut.

Elle racla ses incisives supérieures sur sa lèvre inférieure en ouvrant sa galerie photo.

— Oh, bien, il y a des photos.

Elle les fit défiler. Il restait quelques clichés au hasard—certains avec lui, une image floue du couloir—mais rien d'autre.

Un hoquet parfaitement dosé. — Quoi ? Oh non. Je n'ai aucune des photos du cachot et de la cave.

Elle leva les yeux vers lui, la détresse écrite sur les traits.

Ses entrailles se contractèrent.

— Rien ? demanda-t-il.

Elle grimaça en secouant la tête. Ses épaules s'affaissèrent, vaincues.

L'instinct immédiat de Nico fut de la réconforter. Il la ramena contre lui et la serra fort.

Ça. C'était pour ça qu'il était venu. Juste pour la toucher. Juste pour respirer son odeur.

Si les photos avaient disparu, ils s'en accommoderaient. Mais quelque chose clochait là-dedans.

Et puis—

Un rire aviné trancha le moment.

— Hé, vous deux ! La fête a déménagé ici ? On peut se joindre à vous ?

Nico se figea. Le corps de Tristan se raidit contre le sien.

Il se tourna pour la soustraire au regard de l'intrus.

L'Anglais tanguait sur le pas de la porte, souriant comme un imbécile.

Nico fit un pas en avant et referma la porte de Tristan derrière lui avec un déclic volontaire.

— Allez au lit, l'ami. Vous avez une grosse journée demain. Son ton était doux, mais l'avertissement, lui, ne l'était pas.

L'homme ricana. — Et vous, l'ami ? Vous ne devriez pas être au lit, vous aussi ?

Nico se redressa jusqu'à la pleine hauteur de Luc, laissant toute son autorité retomber sur lui. Sa voix devint d'acier.

— C'est monsieur, pas l'ami. Vous garderez pour vous vos pensées et vos commentaires sur la dame.

Un silence.

L'Anglais cligna des yeux, vacillant légèrement. Puis quelque chose s'enclencha dans son cerveau imbibé d'alcool.

— Oups. À vos ordres, monsieur. Désolé, monsieur. Bonne nuit, monsieur.

En trébuchant, il parvint jusqu'à sa propre porte.

Nico expira lentement avant de rentrer dans sa cabine.

Le bref contact avec Tristan brûlait encore dans ses veines.

Il y avait eu un changement dans son attitude envers lui. Elle s'était laissée prendre dans ses bras—ne serait-ce qu'un instant.

Il valait mieux qu'elle ne tombe pas amoureuse de Nico. Il ne serait là que quelques jours de plus. S'ils bouclaient ça vite, il disparaîtrait.

Mais la tenir contre lui ? La tenir contre lui, c'était comme respirer des fleurs un jour d'été.

Son cœur battait à tout rompre. Il devait trouver un moyen de bâtir un avenir avec elle.

CHAPITRE 19

Une journée au bureau offrait un répit bienvenu après des heures à guider les passagers dans des visites touristiques sans fin. Cela permettait à Tristan de se concentrer sur ses véritables fonctions — gérer l'intégration du personnel, vérifier passeports et visas, s'assurer que tout était en règle. Une impression de contrôle, fût-elle fugace.

Elle ne demanda pas si Nico avait participé aux excursions ni s'il avait avancé. Elle ne voulait pas savoir.

Sa porte resta obstinément close.

La nuit précédente, quand il l'avait prise dans ses bras, elle n'avait pas été préparée à la chaleur réconfortante de son étreinte. Sa colère s'était adoucie tandis qu'elle menait à bien son plan avec le portable HS. Sa réaction à lui avait été d'une douceur rassurante. De quoi lui donner un léger pincement de culpabilité.

Mais aujourd'hui, elle n'était pas prête à lui faire face. Pas avec l'idée que Nico — qui lui avait paru si inoffensif, si digne de confiance — n'était sans doute qu'une couche de tromperie de plus, enroulée autour de Luc, le playboy. Peut-être même l'une des personnes dont Siena l'avait mise en garde.

Son jugement s'effilochait.

Restait-il quelqu'un en qui elle pouvait avoir confiance ?

Quelqu'un avait-il intercepté son appel avec Siena, comme son amie le craignait ? Luc — Nico — avait-il pour mission de la surveiller ? Était-elle tombée droit dans un piège de séduction en couchant avec lui ?

Eh bien, si c'était le cas, il n'avait rien obtenu d'elle. Elle n'avait pas parlé à Siena depuis l'embarquement. S'il cherchait une collusion, il aurait été cruellement déçu.

Un violent roulis du navire ramena son esprit au présent.

Elle comprima l'inquiétude qui lui tordait les entrailles. Le mouvement du bâtiment s'accentuait tandis qu'ils pénétraient dans l'Adriatique, laissant Kotor derrière eux.

Tristan se força à se concentrer sur son travail. Assise à son bureau, absorbée par des tâches concrètes, c'était le seul moyen d'empêcher son esprit conscient de se fixer sur cette sensation rampante de danger imminent que son subconscient avait déjà perçue.

Pendant la majeure partie de ses sept années dans la marine, elle s'était épanouie dans les tempêtes en mer.

Vives. Primordiales. Électrisantes.

Jusqu'à une nuit fatidique.

On frappa à sa porte.

— Bonsoir, Mme Sinclair. Tout va bien ici ?

Tristan sursauta légèrement, arrachée à ses pensées. Elle leva les yeux et aperçut un agent de sécurité dans l'embrasure.

— Oui, ça va, dit-elle en reprenant une expression neutre.

— Il se fait tard, madame, et la tempête se renforce. Pouvons-nous vous raccompagner à votre cabine ? demanda le Second.

Elle hésita.

La tempête s'intensifiait, sa présence appuyée contre les cloisons du navire. Elle n'était pas prête à l'affronter. Pas sans distractions. Mais elle était un membre supérieur de l'équipage. Elle devait garder contenance.

— Bien sûr, dit-elle en se levant avec aisance. Je vous en serais reconnaissante. Je n'avais pas vu l'heure.

Elle esquissa un sourire autodérisoire, attrapa sa veste sans prendre la peine de l'enfiler.

En enjambant le seuil pour gagner le couloir, elle vérifia une seconde fois que son bureau était verrouillé avant de se tourner vers ses accompagnateurs.

Elle reconnut le Second de la salle des officiers, mais l'agente subalterne lui était inconnue.

— Bonjour, je suis Tristan. Elle lui tendit la main. Comme l'indique le panneau sur la porte, je travaille aux ressources humaines.

L'agente hésita une fraction de seconde avant de lui serrer la main. — Madame, je suis Zahra Ephrad.

Tristan sourit. — Où est chez vous, Zahra ?

La jeune femme lança un coup d'œil à son supérieur, comme pour évaluer s'il était approprié d'échanger à bâtons rompus avec une officier.

À son signe de tête, elle revint à Tristan.

Tristan se concentra sur Zahra, utilisant la conversation comme ancre face à la tempête qui grondait dehors — et à celle qui montait dans sa tête.

— Mes parents vivent à Rabat, au Maroc, dit Zahra. Mais mon chez-moi est le navire sur lequel je travaille.

— Pourquoi avoir choisi la sécurité ? demanda Tristan, s'accrochant à la distraction.

Zahra haussa les épaules. — Dans ma culture, il n'est pas approprié qu'une femme se tienne seule. Un petit sourire ironique effleura ses lèvres. Mais mon esprit refusait d'être contraint. Il a fallu partir. Cela signifiait apprendre à me protéger. Une fois que je l'ai fait, j'ai compris que je pouvais aussi protéger les autres — et qu'on me paierait pour voir le monde pendant que je le faisais.

Tristan sourit à l'excitation feutrée dans la voix de la jeune femme.

— Vous vous voyez faire carrière dans la sécurité ? demanda-t-elle.

— Oui, madame. M. Taylor me sert de mentor. Elle hocha la tête en direction de son supérieur, une légère rougeur montant à ses joues. Il m'a aidée à comprendre la formation managériale dont j'aurai besoin et les compétences physiques supplémentaires à développer. Je lui suis très reconnaissante.

Ils atteignirent le couloir menant à la cabine de Tristan.

— Merci, John, dit-elle en se tournant vers le Second. J'apprécie votre délicatesse. Je vais me débrouiller à partir d'ici. Puis, à Zahra, elle ajouta : — Bonne chance pour vos rêves. J'espère que vous trouverez ce que vous cherchez.

D'un dernier signe de tête, elle s'agrippa à la main courante qui longeait le couloir et se hissa en avant, pas à pas.

Une fois dans sa cabine, elle poussa un soupir de soulagement d'être arrivée jusque-là, même si elle ne dormirait pas cette nuit. Pas avant que la tempête soit passée.

Elle se déshabilla et entra dans la salle de bains attenante. Eau chaude. Vêtements frais. Remise à zéro.

Après avoir enfilé un survêtement ample, elle arpenta les étroites limites de sa chambre — d'un bout à l'autre, encore et encore — jusqu'à ce que le vertige l'oblige à s'arrêter. Elle tomba sur la chaise de son bureau, joignant les mains, se forçant à se concentrer.

Puis le navire donna une embardée.

Une vague heurta la coque. Tristan haleta. Une autre frappa par le travers.

L'ancienne peur se fraya un chemin.

Un son brut, instinctif, lui échappa de la gorge tandis qu'elle se redressait d'un bond, les paumes plaquées contre la cloison. Elle cala les pieds contre le cadre du lit, comme si elle pouvait empêcher la cabine elle-même de s'effondrer.

Respire.

L'injonction resta vaine.

Le navire tangua de nouveau, et ses cris étranglés emplirent la pièce, se perdant dans la tempête.

Nico prit d'abord les bruits venant de la cabine de Tristan pour une conversation étouffée. La jalousie serpenta en lui. Recevait-elle quelqu'un ? Mais, comme l'autre nuit, il n'entendit pas d'autres voix — seulement la sienne.

Il hésita. Elle l'avait tenu à distance toute la journée. Si elle ne voulait rien avoir à faire avec lui, elle n'accueillerait pas son intrusion.

Puis, un autre cri — net, angoissé.

Son hésitation s'évapora. Réajustant à la hâte sa barbe et sa moustache, il traversa le couloir d'un pas vif et frappa fermement à sa porte.

Pas de réponse.

Un autre gémissement, bas, douloureux, suivit, tandis que le navire roulait.

La poignée céda sous sa main. Son soulagement lutta contre l'urgence tandis qu'il entrait.

Elle se tenait là, arc-boutée contre la cloison, le corps raide, le menton rentré. Les yeux hermétiquement clos, elle respirait par saccades, haletante.

Prisonnière de quelque chose de plus profond que la tempête.

— Tristan. Il garda la voix basse, posée. Pas de réponse.

Le navire roula à nouveau.

— Tristan. Il s'approcha. Toujours rien.

Avec douceur, il lui prit la main.

Sa réaction fut instantanée. Elle se tourna vers lui d'un coup, les yeux grands ouverts, sauvages de peur. Avant qu'il n'ait le temps de parler, elle se jeta dans ses bras, s'y cramponnant comme s'il était la seule chose qui la rattachait au monde.

Ses bras se refermèrent sur elle automatiquement.

— Ça va, murmura-t-il en la guidant vers la couchette. Tu es en sécurité. Il ne va rien se passer.

La houle suivante les heurta. Elle se raidit.

— Chut. Je suis là. La tempête passera.

Elle frissonna. — Luc.

Son souffle se suspendit. L'avait-elle reconnu ?

— C'est Nico, rectifia-t-il prudemment.

Son étreinte se fit plus forte. — Luc. Prends-moi dans tes bras.

Il était perdu.

Il la recueillit tout contre lui, la lovant contre sa poitrine, son paradis faisant barrage à son enfer. Elle avait besoin de Luc maintenant, pas d'une dispute. Ses péchés passés n'avaient aucune importance — seul ce moment comptait.

Sa respiration s'apaisa, mais elle ne le lâcha pas.

— Tristan. Il effleura de ses lèvres sa tempe. Tu es une femme de mer ; tu sais que les tempêtes arrivent. Qu'est-ce qui t'a autant effrayée ?

Pas de réponse.

Après un long silence, il se recula un peu et lui releva le menton.

— Tris ?

Ses yeux embrumés accrochèrent les siens. Puis elle enfouit son visage dans son cou, s'y accrochant férocement alors que le navire tanguait de nouveau.

— Luc, murmura-t-elle. Tu ne ressembles pas à Luc, mais c'est toi.

Il se figea. — Je peux être Luc, dit-il, évitant d'avouer sa véritable identité. Son visage se frotta contre la colonne de sa gorge. Il ferma les yeux, se forçant à ne pas réagir.

— Tristan ?

Elle leva la main, ses doigts traçant sa barbe. Doucement. En quête.

Puis, délibérément, elle en souleva un bord.

— C'est mieux, chuchota-t-elle, comme si elle l'avait su depuis toujours.

Son regard glissa vers sa bouche.

— Maintenant tu peux m'embrasser. Fais-moi oublier la tempête.

Elle l'attira à elle et scella sa bouche à la sienne.

Son corps explosa.

Une semaine. Une longue semaine de torture à lui résister, à se contenir. À regarder, désirer, se retenir.

— Cara. Ses lèvres errèrent, traçant des chemins révérencieux sur son visage — sa joue, la courbe de sa mâchoire, le creux doux au-dessus de ses lèvres. Il la buvait.

Elle s'agrippa à lui, son corps se pressant au sien, une main glissant sous son T-shirt, ses doigts s'éventant sur sa poitrine. — J'en avais besoin. Sa voix était haletante, urgente. Doux et fort. Velours et acier.

Son toucher embrasa chaque nerf de son corps.

— Enlève ça. Elle tira sur son T-shirt.

Il obéit aussitôt, l'arrachant par-dessus sa tête. À peine sa peau mise à nu, elle le repoussa sur le lit, sa bouche suivant la route de ses mains, ses lèvres brûlantes, avides.

Un grognement lui échappa lorsqu'elle enferma son téton entre ses lèvres, sa langue traçant de lentes cercles sur sa peau.

— Tristan. Son souffle se brisa. Si on va plus loin...

Elle releva la tête, le regard en fusion. — Ne t'arrête pas. Ses doigts glissèrent sous sa ceinture, titillant la longueur dure de son sexe. Je te veux tout entier.

Son contrôle vola en éclats.

Il fit glisser son bas de pyjama, l'envoyant valser. Son sexe se dressa, lourd et épais, entre eux.

Les yeux de Tristan s'agrandirent. Elle l'enveloppa de ses doigts, ferme, experte, le pouce caressant la crête sensible.

— Tu es toujours aussi exigeante ? râla-t-il, à peine capable d'articuler.

— Je ne crois pas. Un lent sourire taquin ourla ses lèvres. Mais j'aime t'avoir à ma merci.

— Ça, pour sûr. Il passa une main dans ses cheveux, avide de toucher, de marquer.

Ses doigts remontèrent jusqu'à sa joue. — Ça s'enlève ? murmura-t-elle en traçant le bord de sa fausse tache de naissance.

— Ouais, mais c'est une vraie galère à remettre.

— Et les cheveux… C'est affreux. Vraiment affreux, dit-elle en fronçant les sourcils. Mais ça, dit-elle en saisissant son sexe, c'est merveilleux ! Elle fit courir ses mains légèrement le long de sa hampe comme si elle pinçait les notes sur une portée de violoncelle dans une pièce classique robuste. Se glissant plus bas.

Il eut à peine le temps d'esquisser un rire avant qu'elle baisse la tête, sa langue effleurant le bout de son sexe, testant, aguichant.

— Tris ! Ses hanches tressaillirent. Ses mains s'enfoncèrent dans ses cheveux, sans qu'il sache s'il cherchait à l'éloigner ou à la garder là.

Elle leva les yeux. — Un problème ?

Sa voix était à vif. — Il nous faut une protection.

Un lent sourire canaille ourla ses lèvres. — J'en ai. Cadeau de l'ancienne occupante de la cabine. Elle arqua un sourcil. Ou bien tu disais « stop » ? Tu tiens beaucoup à cette idée de consentement clair, si je me souviens bien.

Son pouls tonna. Nom de Dieu. — Non. Ne t'arrête pas. Sa voix se fit plus grave. Trouve le préservatif.

Tristan glissa du lit, se retenant à la cloison tandis que le navire tanguait.

Luc se redressa d'un bond. — Je m'en occupe. Où ?

— Tiroir du haut. Côté gauche.

Il l'ouvrit d'un coup — et se figea.

Une pile bien nette de culottes de soie reposait à côté d'un tas de sachets en aluminium colorés. Enfer.

En en attrapant une poignée, il les glissa sous son oreiller et se retourna vers elle.

Son regard le dévora. Nu. À l'attendre. À le vouloir.

— Tu es magnifique, chuchota-t-elle.

Son sexe tressaillit sous son regard. Merde.

— Et toi, murmura-t-il en faisant glisser les yeux sur sa silhouette encore habillée, tu es beaucoup trop habillée.

Elle tendit la main vers lui, mais il lui attrapa les poignets, la plaquant contre les draps.

— Non, non. Sa voix s'assombrit. Tu t'es bien amusée. Maintenant, c'est mon tour.

Ses lèvres s'entrouvrirent en un O muet.

Puis elle sourit — lentement, sensuelle, invitante.

Accueillante.

Luc glissa hors de la couchette et s'agenouilla à côté.

Enfouissant ses doigts dans ses cheveux emmêlés, il dessina le contour de sa bouche du bout de la langue, la taquinant avant de s'y plonger.

Son autre main explora ses formes — glissant sur le tissu souple de son survêtement, sa paume pressée contre ses tétons durcis.

Elle gémit quand il relâcha la pression, pour venir lui caler le sein dans la main. Son baiser s'approfondit en une revendication farouche, possessive, tandis qu'elle agrippait les lattes de la tête de lit derrière elle — s'offrant.

Une invitation à laquelle il ne pouvait pas résister.

Sa main descendit, passa sur la douceur de son ventre, plus bas encore — sa paume cerna la chaleur entre ses cuisses.

— Oh. P-p-putain, balbutia-t-elle. Luc.

— Je suis là, cara.

Il abaissa la bouche sur son sein, ses dents frôlant le tissu qui couvrait sa chair douloureuse.

Elle cria, les hanches arquées.

Quand il écarta son haut et se referma sur la peau nue, elle se cambra sous lui, un souffle étranglé lui échappant.

— Ah, cara. Il enfouit le visage contre sa chair. Tu es un délice. Laisse-moi te voir.

Il fit glisser le bas de son survêtement le long de ses jambes, le pelant, la laissant nue à son regard.

Réconciliant sa bouche avec la sienne, il glissa une main entre ses cuisses, ses doigts effleurant la fente luisante de son désir.

Son souffle se suspendit quand il la déploya, ses doigts trouvant la perle précieuse tapie là. Il frotta. Fit des cercles. Appuya.

Son corps se tendit, la tête basculant en arrière, les muscles du cou tendus, tandis qu'un cri aigu, impuissant, s'échappait de ses lèvres.

Sans interrompre son assaut, il glissa un doigt en elle. Lent. Fouillant.

Puis un autre.

Il l'étira, plus profondément, plus fermement, son toucher implacable.

Son corps se contracta autour de lui, ses cuisses tremblant.

La bouche dévorant la sienne, il avala ses gémissements tandis qu'elle se défaisait dans ses bras.

Elle frissonnait encore quand elle haleta son nom.

— Oh mon Dieu. Luc. J'ai besoin de toi en moi. Maintenant.

Déchirant un sachet en aluminium, il déroula le préservatif sur son sexe, se tenant à grand-peine tandis qu'elle avançait, lui passant les bras autour du cou au moment précis où une autre vague explosait dehors.

Ses yeux s'écarquillèrent de peur.

— Tu es plus en sécurité dans la couchette, murmura-t-il.

En glissant sur le matelas, il l'entraîna avec lui, la stabilisant tandis qu'elle l'enjambait, ses seins terriblement proches et pourtant hors d'atteinte.

Elle se balança contre lui, les yeux rivés aux siens. Tentatrice. Provocante.

Luc craqua.

Saisissant ses hanches, il la souleva juste assez avant de s'enfoncer en elle, la transperçant profondément.

Elle cria, ses ongles s'enfonçant dans sa peau.

En roulant, il la retourna sous lui, ses coups de reins devenant urgents, implacables.

Son corps se referma sur lui, serré, brûlant, en redemandant.

Il la prit, plus profond, plus fort, jusqu'à ce que sa tête bascule en arrière dans un gémissement étranglé.

— Luc. Sa voix n'était que reddition.

Son rythme chancela, son contrôle se déchira.

Dans un dernier coup, il lâcha prise, son corps tendu, tremblant, tandis qu'il se libérait en elle, son monde se fracturant autour d'eux.

Le navire tanguait, la tempête faisant rage.

Il s'affaissa à ses côtés, le bras la ramenant contre lui, l'arrimant à sa poitrine tandis qu'elle posait la tête sur son cœur affolé.

Ses lèvres effleurèrent sa peau tandis qu'elle murmurait : — Les tempêtes ne seront plus jamais les mêmes.

Il souffla un rire et déposa un baiser dans ses cheveux. — Pour moi non plus.

Un temps.

Puis, plus doux, il demanda : — Pourquoi te font-elles si peur ? Tu travailles sur un navire. Les tempêtes font partie de la vie.

Elle enfouit un instant le visage contre son cou avant de chuchoter : — Il y a cinq ans et demi… J'étais encore dans la marine.

Ses doigts dessinèrent de lents cercles paresseux sur son bras. — Je sais.

— J'étais sur le pont avec mes deux meilleures amies. La Méditerranée était une bête, cette nuit-là, la tempête énorme.

Elle bougea contre lui, le souffle inégal.

— Une vague scélérate a déferlé sur le yacht. On a tous été emportés.

Son étreinte se resserra d'instinct.

— L'une d'elles — elle m'a attrapée. Elle s'est agrippée à une barre pour sauver sa peau, dit Tristan en expirant. Je tenais la main de Beth.

Elle leva l'avant-bras droit, dévoilant la cicatrice qui traversait un tatouage en forme de cœur avec trois petites initiales à chaque coin.

Elle en suivit la marque distraitement.

— Si ma chair avait été faite de Velcro, peut-être… Sa voix se brisa. Mais je l'ai perdue.

Un silence creux s'installa entre eux.

Luc avala sa salive.

— Je suis désolé, cara, dit-il doucement. Vraiment.

Elle expira, se serrant plus près de lui. — Je n'aurais jamais cru que je pourrais... Je veux dire, les tempêtes en mer ont toujours...

Ses mots se perdirent, mais il comprit.

Ses bras se resserrèrent autour d'elle.

— Je suis content, murmura-t-il. Qu'au moins, ce soir, on ait créé de meilleurs souvenirs.

Elle soupira contre lui, son corps se détendant, sa respiration ralentissant.

Puis, alors que le sommeil l'emportait, elle chuchota,

— Demain, tu m'expliqueras pourquoi vous deux, salauds, m'avez trompée.

CHAPITRE 20

Le haut-parleur de la cabine de Tris grésilla et s'alluma :

— Officiers. Officiers. Officiers. Bravo. Bravo. Bravo. Delta. Delta. Delta.

Tristan se redressa d'un bond, désorientée.

Son cerveau était embrumé de fatigue, et l'espace d'un battement de cils, elle oublia où elle se trouvait. Mais on n'ignorait pas ce genre de convocation — surtout pas à quatre heures du matin.

Au moins, la tempête était passée.

Elle bouscula Luc, toujours affalé contre elle, l'empêchant de toucher le sol.

— On doit bouger. Incident sérieux. Urgence biologique. Elle rejeta la couverture. — Comment tu peux dormir avec ce boucan ?

Luc esquissa un sourire — absolument imperturbable — puis l'attira vers lui pour un baiser bref et brûlant avant de jaillir du lit. Instantanément aux aguets.

Le temps qu'elle balance les jambes hors de la couchette, il était déjà à moitié habillé, filant vers la porte.

— Attends.

Il pivota.

Tris brandit la fausse pilosité faciale qu'elle lui avait décollée la veille au soir.

Il replaqua la prothèse, sourit et haussa les épaules. — Je t'expliquerai plus tard. Un sourcil taquin levé. — Et toi, tu m'expliqueras comment tu as su.

Après un rapide coup d'œil dans le couloir, il se glissa dehors, direction sa propre cabine.

Tristan inspira à fond avant de se ruer vers la salle de bain.

Elle ouvrit le robinet — rien.

Étrange.

Donc, l'eau elle-même devait être le danger biologique.

Attrapant une bouteille sur son étagère, elle s'en aspergea le visage pour un rinçage express, puis enfila des sous-vêtements propres, son survêtement et des baskets — sans chaussettes.

Aucun signal de gilet de sauvetage n'ayant retenti, elle laissa le sien sur l'étagère du placard.

Elle s'empara d'une brosse, la passa une fois dans ses nœuds et se précipita dehors.

Quand elle atteignit l'aire de rassemblement près du bar, un petit groupe s'était déjà formé.

Le capitaine, le capitaine de pont et le chef mécanicien se tenaient ensemble, parlant à voix basse, tendus.

Tristan s'affala sur un siège à côté de Shelley, la directrice de croisière, au deuxième rang — là où ils avaient d'ordinaire leurs cours de danse avec Nicholas et James.

— Qu'est-ce qui se passe ? murmura Tris.

Shelley secoua la tête. — Aucune idée. Mais je n'ai jamais vu Argstrom perdre son sang-froid, et il a l'air franchement secoué.

Elle inclina le menton vers le trio.

— Possible que ce soit un problème technique. Arno parle beaucoup.

Tristan jeta un coup d'œil vers le chef mécanicien, qui gesticulait de façon frénétique en parlant.

Avant qu'elle ne puisse en analyser davantage, elle sentit quelqu'un s'asseoir à côté d'elle.

Elle sut qui c'était avant même de se tourner.

Luc avait disparu.

Nico était de retour.

La barbe, la moustache, les cheveux en bataille — jusqu'à la subtile modification de sa posture, épaules rentrées juste ce qu'il faut.

Un petit pincement lui vrilla la poitrine, mais elle l'avala.

— Bonjour, Nico, dit-elle d'un ton égal.

Il hocha brièvement la tête, rentrant dans son personnage réservé habituel.

Elle se força à regarder devant alors que le capitaine de pont s'avançait, micro en main.

— Bonjour, mesdames et messieurs.

Sa voix était posée, mais une urgence affleurait dessous.

— Nous nous excusons de vous tirer du lit à cette heure, mais nous avons un incident qui nécessite toute votre attention. Le capitaine va vous briefer.

Il recula.

Le regard du capitaine balaya la salle, son expression d'ordinaire maîtrisée tendue sur les bords.

— Officiers, nous avons découvert que le grand réservoir d'eau potable a été souillé.

Un frisson d'inquiétude parcourut les officiers rassemblés.

— À ce stade, nous ne savons pas si c'est un accident dû à l'équipe machine ou un sabotage délibéré. L'enquête est en cours.

L'estomac de Tristan se contracta.

Sabotage ?

Le capitaine poursuivit : — Ce que nous savons, c'est que nous ne pouvons pas maintenir les passagers — ni même la plupart de l'équipage — à bord dans ces conditions.

Un murmure se répandit dans la salle.

— Nous faisons route à pleine vitesse vers Dubrovnik et avons déjà alerté les autorités portuaires. Elles faciliteront le débarquement.

— Certains officiers pont, l'équipe maintenance et une poignée de personnels de restauration resteront à bord. Il balaya les officiers des yeux.

— Tous les autres passagers et membres d'équipage seront relogés.

— Dans deux heures, je ferai une annonce sur le système général, reprit le capitaine, — informant tous les passagers et le personnel concerné qu'ils doivent avoir leurs affaires prêtes et emballées pour enlèvement à 8 h 00.

— Le petit-déjeuner sera autorisé, mais uniquement avec de l'eau en bouteille — pour boire, se brosser les dents et tout besoin d'hygiène.

Son regard balaya la salle, les épaules carrées d'autorité.

— Nous vous tiendrons informés à mesure que des informations nous parviennent. Soyez aussi ouverts et honnêtes que possible avec les passagers. La Dorata Giulietta se prépare déjà à Trieste. Elle mettra 10 à 12 heures pour nous rejoindre. Les passagers seront transférés à son bord pour terminer la croisière prévue.

Un murmure parcourut l'assemblée des officiers.

— Shelley, fit le capitaine en se tournant vers la directrice de croisière, — les excursions du jour peuvent avoir lieu mais doivent être retardées de deux heures pour garantir que tous les passagers soient débarqués d'abord.

— En fait, plus nous aurons de monde en excursion et occupé, mieux ce sera. S'ils sont distraits, ils n'auront pas le temps de s'inquiéter.

Ses lèvres se pincèrent dans un humour sec.

— Les routes de montagne en lacets de Dubrovnik, associées à la conduite millimétrée nécessaire pour éviter que les bus ne plongent dans le vide, devraient les maintenir concentrés sur leur survie.

Quelques rires épars fusèrent, mais la tension ne retomba pas.

— Vous connaissez tous vos tâches, conclut-il. — Faites-les bien, et faites-les vite. Il y a beaucoup à accomplir en peu de temps.

Le capitaine de pont s'avança.

— Chefs de service, compte rendu toutes les demi-heures jusqu'à ce que tous les passagers soient organisés pour le débarquement. Bonne chance. C'est tout.

Tris se leva aussitôt que Nico lui laissa le passage.

— Je te donne un coup de main pour les hébergements de l'équipage, murmura-t-il, la voix toujours en mode imitation de vautour au cou rentré. — Après avoir terminé de préparer les relevés de compte pour les passagers.

— Merci, soupira Tris. — Ça va être une longue journée. J'espère juste qu'il y a du café en pagaille. Je n'ai pas très bien dormi cette nuit. La tempête, tu sais...

Les lèvres de Nico tressaillirent. — Désolé d'entendre ça. Ça a secoué pendant un moment.

— Mmh, oui. Plutôt. Mais... fit-elle en lui lançant un regard de côté. — Ça a changé ma réaction aux tempêtes en mer. J'attends la prochaine avec impatience, maintenant.

Un rire grave lui échappa tandis qu'ils descendaient l'escalier vers le pont 3.

— Tu ferais mieux d'arrêter tout de suite, murmura-t-il, la voix tombant dans un délicieux grondement, — avant que je ne sorte de mon rôle et que je ne te ramène dans ma cabine.

Un frisson d'anticipation la parcourut.

— C'est censé me dissuader ?

— Tristan...

— Salut, Shelley, coupa-t-elle, donnant un coup de coude à Nico au moment où ils atteignaient la dernière marche.

Shelley ralentit à peine en passant. — Il va falloir que je me débrouille avec les excursions. Je vais réquisitionner les équipes du spa, peut-être même du personnel de restaurant si besoin. Vous deux, vous allez être sur les dents aujourd'hui.

Elle tourna brièvement la tête vers Nico. — Oh, et le capitaine a autorisé les excursions d'aujourd'hui gratuites pour tous les passagers. Si j'organise des bus supplémentaires et des visites à pied, ça encouragera peut-être plus de participation. Dubrovnik a de quoi voir et faire. Espérons que la pluie se calme.

— Bonne chance ! lança-t-elle, déjà en train de s'éloigner d'un bon pas.

Nico expira. — Ça vient d'ajouter un tas de boulot à ma matinée. Il va falloir que je boucle deux fois plus vite avant d'envoyer les relevés aux passagers.

Ses yeux lancèrent un éclair vers elle.

— Tu ferais mieux d'arrêter de me distraire, Mlle Sinclair.

Elle eut un sourire en coin. — Quid pro quo, M. Griff.

— Oh, et quand tu feras nos réservations d'hébergement, assure-toi qu'on ait des chambres communicantes, d'accord ? ajouta-t-il avec une lueur dans le regard.

— Je ne promets rien, répliqua Tris en arquant un sourcil. — On pourrait se retrouver dans des hôtels différents.

— Tristan... Son avertissement feutré envoya une onde d'anticipation en elle.

Elle sourit en coin. — Oh, pour info — je suis toujours en colère contre vous deux. Bonne journée, M. Griff.

Avant qu'il ne puisse répondre, elle se glissa dans son bureau et laissa la porte claquer derrière elle.

Pour le trouver déjà à l'intérieur.

— Tu ne t'en tireras pas si facilement, madame, murmura-t-il en l'attirant par les épaules. Sa prise était ferme, sans être dure. — Tu m'en as fait voir de toutes les couleurs cette semaine.

— De ta faute. Elle sourit, les paumes contre son torse. — Ce n'est pas moi qui joue à me déguiser.

— Je t'expliquerai ce soir, promit-il. — Si on a un moyen secret de se retrouver. Comme, disons... une porte communicante ?

— Tu conduis un marché serré.

— Je crois que tu as compris que je marchanderai sans relâche pour obtenir ce que je veux.

— Et je t'ai dit — je ne suis pas à vendre.

Elle se hissa sur la pointe des pieds et posa un baiser sur sa joue. — Je n'embrasserai pas cette affreuse moustache et cette barbe, dit-elle en se reculant.

— Grosse journée, M. Griff. Le temps file.

Il soupira. — C'est vrai, Mlle Sinclair, mais la journée finira bien, et alors — tu seras à moi. Je te le promets.

D'un geste lent et délibéré, il inclina la tête et effleura d'un baiser le sommet de son crâne.

Douze heures harassantes plus tard, Tris s'affaissa sur une chaise en métal couverte de coussins, sur la terrasse de l'hôtel, à peine droite tandis que le soleil couchant lui tapait dans les yeux.

Ses bras lui semblaient de plomb, tout son corps vidé. Même lever la flûte de champagne que Nico avait commandée pour elle lui paraissait une épreuve.

En contrebas, la Dorata Giulietta reposait dans le port, les passagers groupés près des stations de rassemblement, gilets de sauvetage en main. De minces volutes de fumée s'échappaient de ses cheminées. « Tous à bord » était plus tard que d'habitude pour permettre des excursions plus longues et la ré-embarquement.

La transition d'un navire à l'autre avait été plus fluide que prévu, mais exténuante malgré tout.

L'équipage emprunté de la Giulietta était remonté à bord sans problème, embarquant des membres requis de la Laura pour combler les trous laissés par ceux en congé. L'équipe de Shelley, les gentlemen hosts et les artistes avaient été transférés avec les passagers pour minimiser la perturbation.

Le personnel administratif propre à la Giulietta était resté, ce qui signifiait que Tris et Nico figuraient parmi les officiers surnuméraires logés dans des hôtels de Dubrovnik jusqu'à ce que la Laura soit de nouveau en état de naviguer.

Un coup de sirène bref et sec de la Giulietta tira Tris de sa demi-somnolence.

Elle agrippa la rambarde et se hissa sur ses pieds, saluant les passagers qui agitaient les bras avec entrain en signe d'adieu.

— Ils ne te voient probablement pas, murmura Nico à ses côtés.

— Si je vois leurs visages, ils peuvent me voir. Elle lui lança un regard appuyé. — L'avantage, c'est qu'ils ne voient pas ma fatigue. Allez, debout, gros paresseux. Tout le monde a besoin d'être salué. Tu peux sacrifier trois minutes de ton précieux temps et de ton énergie.

Dans un soupir accablé, Nico se redressa en traînant des pieds, levant une main en un salut mollasson jusqu'à ce que la masse du navire ait dépassé, ne laissant visibles que les passagers à la poupe.

— On retrouve les autres pour dîner dans vingt minutes, dit Tris en posant son champagne intact sur la table entre eux.

— Je ne ferai pas une nuit tardive.

— Moi non plus.

Nico s'étira paresseusement, mais sa posture voûtée demeura. — Je cherche tout ce que mon lit peut offrir, juste après avoir mangé.

Une lueur canaille passa dans ses yeux.

Tris lui jeta un regard sévère, refusant de mordre. À la place, elle pivota sur ses talons et rentra à l'intérieur.

Le dîner fut enjoué, l'atmosphère vive malgré l'épuisement pur et simple qui s'abattait sur eux tous.

L'équipage débarqué de la Laura était réparti sur plusieurs hôtels, mais une vingtaine d'entre eux s'étaient retrouvés ici, rassemblés pour partager un repas.

Le département pont, traitant ce séjour imprévu à terre comme de mini-vacances, planifiait déjà des sorties en ville pour la soirée.

Tris, en revanche, était au bout du rouleau.

La combinaison d'un sommeil limité et d'une journée menée tambour battant l'avait vidée.

Dès qu'elle eut terminé son repas, elle s'excusa avec un bref au revoir, sans regarder personne en particulier, et fila.

Dans sa chambre, Tris laissa l'eau chaude balayer l'épuisement de la journée. Après s'être séchée, elle déverrouilla la porte communicante de son côté avec une clé en métal ouvragé, à la lourde pampille qui battait contre son poignet.

Les portes d'entrée étaient sécurisées par des clés électroniques modernes, mais celle-ci — cet artefact d'un autre temps — semblait sortie d'une romance oubliée, évoquant des rendez-vous secrets.

Elle se glissa dans le lit, son corps oscillant encore comme si elle flottait sur l'eau.

Un rai de lumière réfléchi par le balcon d'à côté frappa le visage de Tris. Une brise plumeuse chatouilla sa nuque. Tris remua, ses paupières papillonnant alors qu'elle soupirait dans l'aube — un souffle coupé net par le poids posé en travers de ses côtes.

Elle resta parfaitement immobile.

Un parfum familier l'enveloppa — Luciano. Son souffle effleurait sa gorge, chaque expiration envoyant de tièdes bouffées frôler sa peau. La montée et la descente régulières de sa poitrine contre son dos étaient une berceuse, apaisante et enivrante à la fois.

Elle le respira à pleins poumons.

Était-ce ainsi que l'on se sent quand on est chérie ?

Aimée ?

Ses lèvres se courbèrent tandis qu'elle nichait sa joue contre le bras qui lui servait d'oreiller.

Mais la réalité s'invita aussi.

Il y avait des questions à poser. Des réponses à donner. Sa vie était à Melbourne — à des mondes de cet homme et de sa vie de playboy.

Elle se tendit, prête à se glisser hors du lit.

La respiration de Luc changea. Son bras se resserra autour d'elle.

— Ne t'en va pas, murmura-t-il, la voix encore alourdie de sommeil. — On a raté ça hier. Laisse-moi te tenir, cara.

Son cœur fit un bond à ce tendre mot d'italien.

Et puis zut. Pourquoi pas ?

Elle se coula de nouveau contre lui, plaquant ses hanches contre la dureté sans équivoque nichée dans le creux de ses reins.

Un grognement sourd vibra dans sa poitrine. Ses lèvres frôlèrent son oreille, envoyant des frissons le long de ses bras.

— Dans un monde parfait, on se réveillerait comme ça chaque matin, amore mio.

Son bras bougea, épousant son sein, son pouce traçant de lents cercles paresseux sur sa peau.

Elle se retourna pour lui faire face, accrochant son regard.

— Bonjour, Luciano.

Sa bouche captura la sienne, lui volant l'air des poumons.

— Ah, bella... Il frissonna, son front contre le sien. — J'ai besoin de ça. J'ai besoin de toi.

Son baiser s'approfondit, allumant quelque chose de primal, quelque chose qui mijotait depuis bien trop longtemps.

Tris se cambra contre lui, bouclant un bras autour de sa nuque, laissant sa cuisse glisser le long de la sienne.

Son érection se raffermit contre son ventre.

Il gémit, la voix éraillée.

— Tu as de quoi te protéger ? chuchota-t-elle.

— Sì. Ses lèvres se retroussèrent. — J'ai pillé le minibar hier soir. Il y avait un paquet à côté du remède contre la gueule de bois. Tu as des options — à nervures pour son plaisir, goût menthe, ou à picots pour l'excitation de monsieur.

Elle rit, lui chapardant le sachet en aluminium vert d'entre ses doigts.

— Celui-ci ira très bien.

Avec une lenteur délibérée, elle déroula le préservatif sur sa longueur, ses doigts se contractant, taquinant.

Sa bouche suivit.

— Mmm. C'est celui à la menthe, dit-elle en le léchant de toute sa longueur.

L'aspiration brusque de Luc fut suivie d'un juron. Ses mains se perdirent dans ses cheveux, tirant doucement.

— Attends. Je ne peux pas...

Elle leva les yeux vers lui, puis replongea pour laper encore.

Mais Luciano avait d'autres plans.

D'un mouvement vif, il la fit basculer, se plaça au-dessus d'elle, son corps une ligne tendue de retenue.

Et puis — il fut en elle.

Sa mâchoire se contracta, les muscles de son cou saillants.

— Dio... Il laissa échapper un souffle tremblant. — Dieu merci, tu es prête pour moi.

Tris s'enroula à lui, crochant ses talons dans le creux de ses reins, le laissant la remplir complètement.

Elle étira les bras au-dessus de sa tête, lui offrant tout.

Il prit un sein dans sa bouche, taquinant, aspirant, jusqu'à ce que la sensation crépite en elle comme un fil sous tension.

Le rythme s'accéléra — une cadence martelée, implacable.

Le regard de Luc brûlait dans le sien, une intensité sans faille.

Elle la sentit — la spirale se tendre, son corps prêt à rompre.

Jusqu'à ce qu'il s'enfonce en elle une dernière fois —

elle éclata, se fragmentant en mille morceaux.

Rien d'autre au monde n'électrisait chaque cellule de son corps comme ça. Elle s'agrippa à l'instant, l'allongeant autant qu'elle le pouvait, comme on savoure les ultimes résonances d'une cuillère sur un cristal fin.

Luc s'affaissa contre elle, son corps un poids lourd et délicieux, son souffle haché, irrégulier.

Ses doigts effleuraient sa peau, traçant des motifs paresseux, possessifs.

— Ah, bella... murmura-t-il. — Avec toi, je perds le contrôle.

— Mmh-hmm, fredonna-t-elle, le sentant encore en elle.

Un lent sourire canaille ourla ses lèvres.

Elle se tortilla pour s'asseoir à califourchon sur lui, ses ongles griffant légèrement son torse, taquinant la pointe de ses tétons.

Le souffle de Luc se heurta.

Elle planta sa langue dans sa bouche, ses lèvres scellées aux siennes, goûtant l'après du plaisir. Un son bas et avide vibra dans sa gorge, un son qu'elle reconnaissait à peine comme le sien.

Luc se cambra sous elle, ses mains se resserrant sur ses hanches.

Elle enserra la base de son sexe, imprimant une pression rythmée, pulsée.

Son gémissement fut un péché pur.

Puis sa main rejoignit la sienne, sauf que — ses doigts trouvèrent le bouton caché entre ses cuisses.

Son halètement vira au cri, sa prise se déroba alors que son corps se convulsait à son toucher.

Elle n'eut pas le temps de reprendre haleine.

Luc s'enfonça en elle, son rythme devenu téméraire, sans entraves.

Un grondement guttural lui échappa tandis qu'elle arquait son corps, ses tétons frôlant son torse, sa bouche s'écrasant sur la sienne, absorbant la férocité de sa passion.

Son corps se tendit sous le sien, la même tension exquise montant en elle jusqu'à ce que —

Elle éclate.

Ils éclatèrent ensemble.

Sans début. Sans fin.

C'était plus que du sexe. C'était quelque chose de brut, de total, d'infini.

Pour la première fois de sa vie, elle le sentit — la fusion des corps, des âmes et des esprits. Une communion si profonde qu'elle défiait la logique, une unité irréfutable qui la laissa sans souffle.

L'amour.

Imprévu.

Inattendu.

Son bras se resserra autour d'elle, la blottissant contre lui.

Elle glissa une main entre eux, la paume posée sur le battement ferme et puissant de son cœur.

Luc soupira, ses doigts cartographiant son corps dans une exploration paresseuse, s'égarant dans ses cheveux, longeant sa colonne, avant de déposer un long baiser sur son front.

Ce baiser.

Il avait des propriétés amnésiantes.

Elle en oublia complètement qu'elle était censée être furieuse contre lui — même si Nico s'était volatilisé ce matin.

Elle se glissa sur le côté du lit, l'observant.

Son visage était nu — la barbe, la moustache, le déguisement... envolés.

Ses doigts caressèrent la barbe naissante, son pouls s'accélérant.

— Pourquoi n'es-tu pas déguisé aujourd'hui ?

La bouche de Luc se plissa. — Nico sera en réunion toute la journée, commodément indisponible pour voir qui que ce soit. Le capitaine est au courant.

Ses sourcils se froncèrent.

— Et Luciano ?

— Luciano doit se montrer. Il s'étira, son corps vibrant encore des répliques de leur décharge. — Sur ordre de Signor Ricci — pour enquêter sur ce qui est arrivé au joyau de la flotte Dorata.

Tristan se figea.

Son ventre se noua.

— Signor Ricci ? répéta-t-elle. — Comme... le propriétaire de la compagnie de croisière ?

— La moitié, répondit Luc avec aisance. — Mon père et moi sommes partenaires à parts égales.

Une vague d'incrédulité la submergea, brisant la fragile béatitude dans laquelle elle flottait.

Elle se dégagea, la poitrine serrée.

— Tu es le fils playboy renégat dont a parlé Catalan ? Sa voix se fraya un passage aigu à travers l'étau de sa gorge.

La mâchoire de Luc tressaillit. — Je suis le fils de mon père, oui.

Elle inspira péniblement, peinant à encaisser.

Son nom, sa famille, son influence — il avait caché tout ça.

Les yeux de Luc s'assombrirent, comme s'il voyait l'orage s'amonceler en elle.

— Le personnage de playboy est un masque, dit-il doucement. — Il me permet de travailler sans attirer l'attention. Mes parents savent toujours où me trouver. Je ne vis pas à leurs crochets. Je suis autonome — pas le parasite décrit par Catalan.

Son visage se durcit, comme s'il s'attendait à encaisser un coup.

Tris déglutit.

Sa tête tournait, son corps encore à vif de ce qu'ils venaient de partager.

Ça changeait tout.

Elle croisa les bras sur sa poitrine, la voix basse, méfiante.

— En quoi consiste exactement ce « travail » que tu fais ?

Elle leva les mains, mimant des guillemets autour du mot travail.

Le regard de Luc vacilla, quelque chose d'indéchiffrable passant dans ses yeux.

En un éclair, l'intimité du moment se fendilla en incertitude.

Le regard de Luc resta droit, sa voix égale, mais elle perçut la tension lovée en dessous.

— Des compagnies maritimes m'emploient pour travailler sous couverture à différents postes, dit-il. — Pour mettre au jour les raisons des dysfonctionnements dans des entreprises qui devraient tourner comme des horloges.

Le souffle de Tristan se coupa.

Sa pensée chavira.

— C'est ce que tu faisais sur la Laura ? demanda-t-elle.

— Tu connais toi-même les problèmes, là-bas. Son expression s'assombrit. — Le vin, les salaires, le possible sabotage.

Un frisson glacial lui descendit l'échine.

Sa voix baissa.

— Alors, je suis quoi, moi ? demanda-t-elle. — Ta complice — ou ta suspecte numéro un ?

Tout le maintien de Luc changea.

— Cara...

En un éclair, il fut debout, nu comme au premier jour, sa prise ferme mais douce à ses bras.

— Tu n'es pas une suspecte, dit-il, la voix un peu trop rauque.

Son pouls s'emballa.

— Tu es la femme que j'ai regretté d'avoir laissée à Melbourne pour prendre ce boulot. Ses doigts se resserrèrent, juste un peu, comme s'il craignait qu'elle s'échappe.

— Ce qu'on a est spécial. Je veux que ça continue, dit-il.

Une tempête déchaînée lui battait dans la poitrine.

Elle fouilla son visage, cherchant quelque chose — n'importe quoi — qui rendrait ça plus facile.

— Je te l'ai dit le premier jour, chuchota-t-elle. — Les riches et célèbres, très peu pour moi.

La mâchoire de Luc se contracta.

— Je ne serai peut-être pas riche bien longtemps. Sa voix avait un tranchant amer, sa frustration perçant. — C'est ce que j'essaie de protéger avec cette enquête. Une mauvaise expérience — un seul scandale — sur un navire Dorata peut entacher toute la flotte.

Ses mains retombèrent le long de ses bras, mais l'intensité de son regard ne faiblit pas.

— L'entreprise que mes prédécesseurs ont bâtie à partir de rien — celle que mon père et moi avons passé nos vies à maintenir — peut s'effondrer en une nuit.

L'estomac de Tristan se tordit.

Elle le vit soudain — le poids sur ses épaules, les enjeux derrière le masque du playboy.

Ce n'était pas juste un héritier fortuné avec un ego.

C'était son héritage.

Et il s'effritait.

Luc expira, ses traits s'adoucissant.

— Je dois être à bord dans une heure, dit-il. — Pour comprendre comment l'eau a été contaminée — et si c'était un sabotage.

Ses doigts effleurèrent son poignet — un contact fugace, à peine là.

— J'adorerais t'avoir avec moi, admit-il, la voix basse, presque à contre-cœur. — Parce que tu vois ce qui échappe aux autres.

Le cœur de Tristan se serra.

— Mais aujourd'hui, poursuivit-il, — je ne peux pas.

Il hésita. Puis, un lent sourire de travers.

— Le moment viendra... Ses lèvres se posèrent en biais sur les siennes, lui volant son souffle, ses pensées, sa volonté.

Sans l'ombre d'une hésitation, sans même chercher à se couvrir, Luc franchit la porte communicante, disparaissant dans sa chambre.

Tristan se laissa tomber sur le lit.

Sa tête tourbillonna.

Qu'est-ce qui venait de se passer, au juste ?

Son pouls battait à tout rompre tandis que la même question qui la hantait depuis des jours refaisait surface, exigeant une réponse.

Qui diable était-il ?

CHAPITRE 21

Luc avait du mal à se concentrer tandis que le capitaine détaillait les problèmes qui avaient forcé le navire à débarquer des passagers. Son esprit restait fixé sur Tristan, sur la façon dont il l'avait laissée ce matin — nue et perdue.

La partie nue ? Il rêverait de la rejouer chaque matin pour le reste de sa vie.

La confusion ? Pas vraiment.

Il voulait tout lui expliquer, mais tant qu'il n'aurait pas l'image complète, il devait marcher sur des œufs. Même avec elle.

Le lien entre eux avait été instantané — depuis qu'ils s'étaient rentrés dedans à Melbourne. À chaque moment passé ensemble, il n'avait fait que se renforcer. Même lorsqu'il était déguisé et qu'elle ignorait qui il était.

Pour l'instant, il y avait des problèmes plus urgents à régler.

Luc franchit le seuil de la section machines, l'odeur d'huile et de métal chaud saturant l'air.

Arno, le chef mécanicien, se tenait les bras croisés, l'expression sombre.

— Bonjour, Arno, dit le capitaine Argstrom. Voici Signor Luciano

Ricci. Il a besoin d'une explication sur ce qui s'est passé il y a deux nuits.

Le mécanicien jeta à peine un regard à Luc. — Je ne peux pas l'expliquer, monsieur.

Luc arqua légèrement les sourcils.

Arno poussa un lourd soupir et continua. — Toute l'équipe était sur le qui-vive cette nuit-là — on switchait les moteurs par gros temps, on lançait des diagnostics. Personne n'a dormi. Au matin, on était tous épuisés.

Luc acquiesça, l'enjoignant à poursuivre.

— On a tout vérifié et revérifié. Les moteurs allaient bien. Je sais ce que vous pensez — peut-être qu'un des jeunes a raté quelque chose. C'est toujours un risque. Son mâchoire se contracta. — C'est pour ça que j'ai refait un tour moi-même après avoir envoyé la plupart de l'équipe se reposer.

—Et alors ? demanda Luc.

Les doigts d'Arno se crispèrent, comme s'il revivait le moment.

— Tout semblait bon. Aucune chute de pression, aucune fuite, aucun déversement d'huile. J'avais juste ce... pressentiment. Comme si on avait raté quelque chose.

Luc se tendit. Les instincts. Les meilleurs mécaniciens en avaient.

—J'ai refait le tour. C'est là que je l'ai vu. Le levier de la vanne — il était à l'horizontale, comme il devait l'être, mais... inversé.

Le pouls de Luc s'emballa.

— La vanne sert d'étanchéité entre l'eau potable et l'admission d'eau brute. Quelqu'un l'avait positionnée sur l'ouverture.

Luc expira brusquement. Sabotage.

Le visage d'Arno s'assombrit. — L'eau de mer a inondé toute la cuve. Tout le système a été contaminé.

La mâchoire de Luc se durcit. — Qu'avez-vous fait ensuite ?

—J'ai remis la vanne en place et ordonné l'arrêt des pompes, mais à ce moment-là, les dégâts étaient faits. C'est là que j'ai appelé la passerelle.

Luc se passa une main dans les cheveux. — Quelle est la solution ?

— Il a fallu vidanger et désinfecter toute la cuve. La remplir d'eau douce et propre. Purger chaque tuyau. Arno expira. — On a eu de la chance. La contamination ne s'était pas propagée plus loin.

Luc hocha la tête, rangeant l'information dans un coin de sa tête.

— Monsieur, ajouta Arno d'une voix d'acier, personne dans mon équipe n'aurait fait ça.

Luc soutint son regard.

— Ces hommes... dit Arno, la voix vibrante de conviction. Ils aiment ces moteurs plus que n'importe quoi au monde. Jamais ils ne provoqueraient volontairement des dégâts. Alors ne les accusez pas, vous m'entendez ?

La loyauté inébranlable d'Arno était évidente. Luc respectait ça.

— Je ne suis pas là pour blâmer, dit-il posément. Je suis là pour comprendre ce qui s'est passé.

Arno acquiesça raide, les bras toujours serrés sur sa poitrine.

Luc poursuivit. — Y avait-il quelqu'un d'autre dans cette zone cette nuit-là ?

Arno fronça les sourcils. — Non, monsieur. Uniquement l'équipage. Il cligna des yeux. — Enfin... il y avait le gars de la restauration — Mills. Il nous a apporté du gâteau d'anniversaire vers vingt et une heures.

L'échine de Luc se raidit. — Un gâteau d'anniversaire ?

Arno fit un geste vague. — De la fête qu'on a ratée à l'étage.

L'esprit de Luc s'emballa. — Qui l'a envoyé ?

— Aucune idée.

Luc balaya la pièce du regard. — Où l'a-t-il posé ?

Arno pointa du doigt. — Juste là — contre cette cuve. Il avait un de ces plateaux pliants qu'ils utilisent au restaurant.

Luc fixa l'endroit.

Un gars de la restauration.

Un gâteau laissé juste à côté de la vanne d'eau contaminée.

Beaucoup trop gros pour être une coïncidence.

Son instinct lui souffla un seul mot.

Placée.

Le regard de Luc traça la ligne entre la position de la table et la vanne, puis revint.

La mise en scène était délibérée. Si l'équipe s'était rassemblée autour du gâteau, elle aurait eu le dos tourné — aveugle à quiconque manipulait la vanne.

Arno suivit la direction du regard de Luc. Ses yeux s'écarquillèrent.

— Putain de merde. Il aspira une bouffée d'air. — Pardon pour mon langage, monsieur. Putain de bâtard. Attendez que je le trouve.

— Du calme, Arno, dit Argstrom d'une voix ferme. Ne tirez pas de conclusions hâtives. Ce sera tout.

— Aye aye, monsieur. Les bottes d'Arno martelèrent le plancher métallique tandis qu'il s'éloignait, disparaissant derrière un équipement.

Argstrom se tourna de nouveau vers Luc.

— Nous ne pouvons pas être certains qu'il s'agit de sabotage, Signor Ricci. L'enquête est en cours. Je vais faire retrouver Mills et l'interroger.

Luc acquiesça. — Merci, Argstrom. J'attends votre rapport dès que possible. Bonne journée.

En allant vers le pont de la coupée, son esprit tournait à plein régime. Mills — le même homme que Tristan avait vu livrer du vin de l'autre côté du couloir. Une pièce de plus au puzzle — mais comment s'imbriquait-elle ?

Luc était parti depuis moins d'une heure et demie, mais il avait hâte de rentrer à l'hôtel pour dire à Tristan ce qu'il avait appris.

La vision de son sourire à son réveil lui avait frappé le ventre comme un coup. Elle était tout ce qu'il voulait — chez une femme, chez une partenaire, chez une épouse.

De feu. Déterminée. Loyale.

Et il l'aimait.

Il pouvait l'admettre maintenant.

Il remonta le couloir de l'hôtel, entra dans la chambre de Nico, puis dans celle de Tristan.

— Chérie, me voilà, plaisanta-t-il en déposant un baiser sur sa tête.

Sa réaction fut immédiate.

Elle jaillit de sa chaise, se tournant vers lui si vite qu'il faillit reculer.

Ses yeux flamboyaient, bordés de rouge par des larmes récentes.

Ses bras étaient raides le long du corps, les doigts serrés en poings.

Puis elle explosa.

— Espèce de connard élitiste, égocentrique et opportuniste !

Luc cligna des yeux. — D'accord. Contexte ?

— Tu crois que parce que tu as de l'argent et du pouvoir, tu peux marcher sur les gens ? Déchirer leur vie comme… Elle griffa l'air, comme si elle déchirait du papier, puis lui lança la confettis imaginaire. Sa voix trembla. — Eh bien, devine quoi ? Tu n'as pas le droit de me faire ça.

— Tristan…

— Tu as, oui ou non, contacté mon patron à Melbourne ?

Luc hésita. — Eh bien, oui. Tu travaillais sur un de nos navires…

— Un pour lequel j'avais déjà été engagée. Les vérifications étaient faites. Je suis parfaitement qualifiée pour ce poste. Il n'y avait aucune raison pour que tu agisses dans mon dos — auprès de John Trevethan, de tous les gens. Sa respiration se coupa. — Mais il a fallu que tu ailles te mettre tout le monde à dos. J'étais en lice pour une promotion pour laquelle je me défonce depuis des années. Je t'en ai parlé et je t'ai dit pourquoi c'était important pour moi.

Elle inspira à fond, la poitrine soulevée, sa voix se brisant sur les derniers mots.

L'estomac de Luc se noua.

— Maintenant ? Grâce à toi ? Elle laissa échapper un rire sec, amer. — Je suis hors course. Merde, je n'ai même plus de boulot.

Luc se figea.

— Tristan…

— Non. Sa main jaillit. — Je ne veux ni excuses. Ni explications. Ni justifications.

Luc soutint son regard, la mâchoire durcie.

— Tu dois admettre, dit-il d'une voix égale, que ton arrivée à bord a été... diablement commode.

Ses yeux lancèrent des éclairs.

— Quand nous nous sommes rencontrés à Melbourne, poursuivit-il, rien ne laissait entendre que tu partirais en Italie pour travailler sur un navire appartenant à ma famille.

Un silence tendu s'étira entre eux.

Puis —

Sa lèvre se retroussa. — Va te faire foutre, Luciano Ricci. Je ne savais pas — ni ne me souciais — qui possédait le foutu navire. Siena avait besoin de mon aide.

Luc se figea. — McFarlane ? Tu es de « mèche » avec McFarlane ?

Comme si la confiance était une chose physique, il la sentit s'effriter en lui. Son âme se ratatina à cette idée.

Les yeux de Tristan étincelèrent. — Je ne suis de « mèche » avec personne. Sa voix claqua, se moquant de son choix de mots. — Elle m'a avertie de ne rien divulguer parce qu'elle craignait pour sa vie. Elle pense qu'on lui colle un détournement de fonds sur le dos. Avec sa blessure, elle ne pouvait pas remonter à bord pour vérifier. Alors elle m'a demandé de l'aider. Elle croisa les bras, son regard perçant. — J'étais la seule personne en qui elle avait confiance — pas un de tes précieux contacts. Elle se frotta le front d'une main et le fusilla du regard.

L'esprit de Luc vacillait, mais avant qu'il puisse formuler une réponse, la voix de Tristan le trancha comme une lame.

— Tu parles de « commode » ? Ses lèvres se retroussèrent. — Quelle coïncidence que tu sois « tombé par hasard » sur moi à Melbourne, en renversant mon café pour que je me souvienne de toi. Que tu m'aies « invitée par hasard » à dîner. Dans ta chambre. Et puis — par miracle — que tu te retrouves sur le siège à côté de moi dans l'avion.

Elle dessina des guillemets dans l'air à chaque accusation.

— J'aurais dû me douter que je tombais dans un piège à miel. Elle inclina la tête, les yeux noirs de suspicion. — Je me trompe ?

Un puits d'acide brûla l'estomac de Luc.

— Tu m'accuses, moi ? Sa voix était tendue, sa patience à vif. — Je ne savais pas qui tu étais — ni que tu avais le moindre lien avec McFarlane. Si je l'avais su, tu aurais été débarquée au moment même où tu as levé ce petit nez prétentieux sur moi avec ton... Il imita son ton sec : « Le temps presse, M. Griff. »

Le rire de Tristan fut tranchant, amer.

— Et tu serais où, alors ? Elle ouvrit grand les mains. — Tu n'avais aucune idée de qui étaient les loups. Tu n'as pas repéré les sosies. Ça, c'était moi. Ce n'est pas toi qui as fait en sorte que Fowler, Mills et Watkins restent à bord pour qu'on puisse les tracer à l'escale. Elle lui planta un doigt dans la poitrine. — La seule chose pour laquelle tu as servi, c'est faire monter du renfort. Et soyons honnêtes — ce n'était pas de la compétence. C'était le fils à papa playboy qui tirait des ficelles.

La mâchoire de Luc se contracta.

Tristan secoua la tête. — Tu m'as tout caché — dans tes deux identités. Nico Griff était un mensonge. Luciano, putain, Ricci s'avère être un mensonge encore plus grand.

Sa voix tomba en un murmure vénéneux.

— Certainement pas quelqu'un à qui j'aurais dû donner la moindre part de moi, à part peut-être un salut de marin.

Elle aplatit les lèvres, se tapa la paume sur le front, et le fusilla du regard — comme si elle allait lui mettre un coup de boule d'un instant à l'autre.

Des larmes perlèrent à ses yeux, mais elle les balaya d'un geste vif.

— On dit qu'aucune bonne action ne reste impunie. Sa voix vacilla. — J'ai sacrifié mes vacances pour régler la merde sur ton navire, et on me remercie en me faisant perdre tout ce à quoi je tiens, bordel.

Luc inspira, essayant d'alléger l'étau dans sa poitrine.

— Tu jures encore comme un marin, lâcha-t-il, distrait. Les mots lui échappèrent avant qu'il ne puisse les retenir.

Son expression se fit glaciale.

— Fière de l'être, connard. Elle inclina la tête. — Au fait — comment t'as pu savoir, avant que je te le dise cette nuit-là dans la tempête, que j'étais dans la Marine ?

Luc se figea. Le sol se déroba sous lui.

— Euh... Trevethan l'a peut-être mentionné.

Les narines de Tristan se dilatèrent.

— Et qu'est-ce qu'il t'a encore refilé de ma vie privée sans mon consentement ?

Luc hésita. — Pas grand-chose.

Son regard le transperça.

Il soupira. — Que tu étais dans la Marine. Que tu étais douée avec le personnel. Et que tu vivais seule.

Le rire de Tristan sonna creux.

— Salauds. Tous les deux. Sa voix s'adoucit, mais son corps s'affaissa, vidé.

— J'ai passé six ans dans la Marine à faire exactement ce que j'ai fait cette semaine. C'est pour ça que Siena me faisait confiance. Son regard glissa vers la fenêtre, loin de lui.

Luc vit ses épaules trembler.

— Siena n'est pas ta criminelle, murmura-t-elle. Ça, j'en suis sûre.

L'estomac de Luc se tordit.

— Tristan —

Elle tressaillit et leva la main, paume vers lui. Un panneau stop.

Sa voix se brisa. — Tu me brises, Luc.

Les mots le lacérèrent.

— Va-t'en.

Une boule se coinça dans sa gorge. Le bouillonnement au creux de son ventre rappelait les sensations qu'il éprouvait quand il avait déçu sa grand-mère à huit ans.

— Tristan...

La poitrine de Luc lui faisait mal.

Un instant, il resta là — paralysé. Puis, la colonne droite, il se retourna et franchit la porte communicante d'un pas raide.

Derrière lui, des pas précipités — puis le déclic d'une serrure.

Il s'effondra sur une chaise, enfouissant son visage dans ses mains.

Il devait arranger ça.

Mais comment ?

CHAPITRE 22

Tristan s'est affalée au bureau, posant le front sur la barre formée par ses deux index. La trahison de Luc brûlait — mais elle pouvait la comprendre dans un contexte professionnel. Celle de John Trevethan ? Tout autre chose : un niveau de perfidie bien supérieur.

Elle a ouvert son ordinateur portable et a parcouru ses notes de leur dernière réunion. Puis, attrapant le bloc-notes offert par l'hôtel, elle a dressé une liste.

S'appuyant sur ces points comme plan de bataille, elle a composé le numéro de Trevethan.

Il n'était pas encore 18 h à Melbourne. Il serait encore au bureau.

Il a décroché à la deuxième sonnerie.

— Trevethan, dit-il.

Le ton de Tristan était calme, mesuré.

— John, c'est Tristan Sinclair à l'appareil. Vous voulez bien m'expliquer ce que c'est que ce putain de bazar avec cet e-mail mettant fin à mon contrat de travail ?

Un temps de silence.

Puis, l'indignation.

— Vous travaillez pour quelqu'un d'autre.

Elle l'a coupé, glaciale. — Ça suffit. Qui vous a soufflé que je travaillais ailleurs ?

— Luciano Ricci m'a lui-même contacté pour vérifier vos références.

Ah. Voilà.

— Mouais. Et comment savez-vous que c'était Signor Ricci ? Vous l'avez vu ?

— C'était un coup de fil, lâcha-t-il sèchement. Je n'avais pas besoin de le voir.

— Donc vous avez supposé que votre interlocuteur était bien celui qu'il prétendait être ?

Trevethan a soufflé. — Il avait un accent italien.

Tristan a failli rire.

— Comme le putain de maître d'hôtel de l'hôtel. Ça aurait pu être n'importe qui, voire un candidat en concurrence pour le poste. Et pourtant, vous avez divulgué mes informations personnelles sans mon consentement. Manquement numéro un.

Elle a jeté un œil à sa liste, le stylo en suspens.

— Le poste a-t-il été pourvu ?

— Bien sûr, cingla-t-il. Inutile d'attendre, puisque vous ne comptiez pas revenir.

Sa prise s'est resserrée sur le téléphone.

— Sans informer tous les candidats d'un entretien programmé ? dit-elle posément. — Manquement numéro deux

— Et la résiliation de mon contrat de travail ? Sur quels motifs reposait-elle ?

Trevethan a expiré brusquement.

— Vous travailliez ailleurs, nom de Dieu, insista-t-il.

— Comment l'avez-vous déterminé, exactement ? demanda Tristan. Vous avez essayé de me joindre ?

Silence.

Elle n'a pas attendu.

— J'ai téléchargé un résumé de notre dernière réunion. Au cours de cet échange, je vous ai explicitement informé que j'avais transformé mon congé en congé sans solde. Et je cite :

« Je finirai peut-être par travailler sur le navire pendant quelques jours. »

Votre réponse ? « D'accord, très bien. Quoi que vous fassiez, soyez prudente et revenez. Obtenez ce job et faites un malheur. Ne faites rien de stupide — comme tomber amoureuse d'un bel Italien. »

Elle a laissé planer un silence.

— Vos mots, John. J'en ai déduit que vous vous fichiez de ce que je ferais pendant mon absence — tant que je revenais.

Trevethan s'est embrouillé. — Eh bien, je…

Elle lui a coupé l'herbe sous le pied.

— La politique de l'entreprise exige des motifs de licenciement, une notification formelle et la possibilité de répondre. Vous n'avez respecté aucune de ces étapes.

Elle a laissé le silence mijoter, puis a enfoncé le dernier clou.

— Manquement numéro trois.

La respiration de Trevethan est devenue saccadée.

La voix de Tristan est tombée dans un calme létal.

— Je vous offre un droit de réponse avant d'engager une action en justice. Comment comptez-vous répondre à une plainte pour licenciement abusif ?

Un temps mort.

Puis, on a entendu Trevethan avaler sa salive.

— Lors de cette réunion, avant mon départ, poursuivit-elle, vous avez dit : « Parfois, des gens en qui vous avez confiance vous laissent tomber quand vous ne vous y attendez pas. » Vous parliez de Michael.

Elle a laissé ses prochains mots le transpercer.

— Maintenant, c'est de vous que je parle.

Trevethan a émis un son étranglé.

Tristan ne s'est pas arrêtée.

— Mon prochain appel sera pour Jennifer Mellor. Vous la connaissez ?

Une inspiration brusque.

— Merde, Tris, râla-t-il. Elle va nous réduire en miettes.

— C'est la lionne des contentieux sociaux, acquiesça Tristan. Et elle ne transige pas en douceur. Attendez-vous à recevoir très vite un e-mail de ma part. Et un appel de Mme Mellor. Réfléchissez à la façon dont vous souhaitez répondre.

Elle a laissé le poids de ces mots retomber.

Puis, d'une voix calme et définitive —

— Au revoir, John.

— Tris...

Elle a coupé court à son geignement plaintif d'une pression sèche sur le bouton rouge.

Argstrom a rappelé le personnel et l'équipage sur le Dorata Laura le lendemain matin.

La veille au soir, Tristan s'était cantonnée à sa chambre, avait commandé au room service et s'était offert un calme bien nécessaire, passé à répondre aux questions mitrailleuses de Jennifer Mellor.

Quant à Luc ?

Quand il avait tenté de la contacter, elle l'avait rembarré par un texto au numéro qu'il lui avait donné à Melbourne : « Cessez le harcèlement. Notre relation est strictement professionnelle. Contactez-moi uniquement pour des questions liées au travail. »

Son cœur, déjà fêlé, s'est brisé en mille morceaux.

Fidèle à sa demande, ses messages sont devenus strictement professionnels — des échanges standard entre comptable et intendante de bord.

Jusqu'à l'après-midi précédant leur arrivée à Naples.

« Veuillez noter que les paiements destinés à (énumérant une douzaine de doubles) sont virés sur un compte à la Napoli Mega Bank au nom de Siena McFarlane ; les paiements destinés à (énumérant le reste des fausses identités) sont virés sur un second compte à la Napoli Mega Bank, également au nom de Siena McFarlane.

Je recommanderai à Signor Ricci que des mandats soient délivrés à l'encontre de cette personne afin de récupérer les revenus perdus.

Cordialement,

Nico Griff. »

La chaise de Tristan a raclé violemment le sol tandis qu'elle déboulait dans le bureau d'à côté.

— C'est du grand n'importe quoi. Sa voix a cinglé à travers le bureau. — Rien de ce fiasco n'est du fait de Siena.

Nico a à peine levé les yeux. — Bonjour, Madame Sinclair. Il lui a tendu une pile de feuilles de calcul. — Voici les données.

Elle y a à peine jeté un coup d'œil. — Facilement fabriquées. Je ne sais pas pourquoi vous montez un dossier contre Siena, mais je me battrai pour vous prouver que vous avez tort.

Nico est resté de marbre.

— Elle m'a prévenue que des gens comme vous la pistaient. Que sa vie était en danger. Je vous ai fait confiance. Je pensais que vous cherchiez réellement les vrais coupables — mais tout ce que vous vouliez, c'était un bouc émissaire.

— Les chiffres ne mentent pas. Son expression ne tressaillit pas.

— Alors c'est l'opérateur qui ment, riposta-t-elle. — L'avez-vous déjà rencontrée ? Lui avez-vous parlé directement ? Ou est-ce trop humain pour des gens comme vous ?

— Je suis la piste, j'évalue les faits et j'en tire des conclusions. Son ton était mécanique. — Je n'ai pas mis votre amie dans cette situation. Elle l'a fait. Son regard s'est aiguisé. — Êtes-vous ici pour étouffer l'affaire ?

Tristan a vu rouge.

— Salaud. Vous n'avez même pas expliqué les expéditions de vin, pas vrai ? Pourquoi nos trois mousquetaires que sont Mills, Fowler et Watkins parlent-ils tous de M. Davis ? Aucun d'eux n'a mentionné Siena comme destinataire.

— Le marchand, si. Nico s'est renversé dans son fauteuil, imperturbable. — « Ce lot est pour Mlle McFarlane », vous souvenez-vous ?

— Je n'y crois pas.

Son sang bouillonnait.

— Vous avez foutu ma vie en l'air. Et maintenant vous voulez faire la même chose à Siena ? Vous êtes un putain de bâtard. Un putain de bâtard d'élitiste.

Elle a pivoté sur ses talons, a martelé le sol jusqu'à son bureau et a arraché son téléphone.

Nico est apparu sur le seuil, la voix froide comme l'acier.

— Inutile de vous donner cette peine. Il a glissé les mains dans ses poches. — Je peux avoir des gens sur place avant même qu'elle ne décroche.

L'estomac de Tristan s'est noué.

Ses épaules se sont affaissées.

— Pourquoi ? Sa voix s'est brisée. — Pourquoi Siena ? Qu'y gagnez-vous ? Qui protégez-vous ?

L'expression de Nico n'a pas bougé.

Elle a plissé les yeux.

— Ou bien est-ce une mise en scène sophistiquée pour gagner l'approbation de votre père ? Arriver en chevalier blanc pour « sauver la mise » ?

Là, elle a obtenu une réaction.

La tête de Nico a tressauté comme si elle l'avait giflé.

— Je suis les pistes, dit-il d'une voix raide.

— Cette fois, vous vous trompez, lâcha-t-elle entre ses dents. Vous vous trompez monumentalement. On vous a roulé dans la farine, et vous ne vous en rendez même pas compte. Elle a inspiré à fond, puis s'est redressée.

— Donnez-moi jusqu'à demain midi, dit-elle. Laissez-moi parler à Siena. En face à face. Je la connais. Mieux que vous.

Nico est resté silencieux.

— D'ailleurs, pourquoi ne pas venir avec moi ? poursuivit-elle.

Regardez-la dans les yeux avant de la jeter aux loups. Elle a peut-être même des éléments qui vous ont échappé.

— Pourquoi le ferais-je ?

— Parce que sinon, vous allez vous prendre une sacrée dose de honte et de mauvaise presse.

Elle s'est penchée vers lui.

— Je n'hésiterai pas à dire au monde entier que votre jolie compagnie de croisière se fait plumer sous vos airs guindés et qu'au lieu d'enquêter sur les vrais criminels, vous mettez ça sur le dos de la personne qui a le moins à gagner et le plus à perdre — tout ça parce qu'elle s'est mise à poser des questions.

La mâchoire de Nico s'est contractée.

— Vous feriez ça ?

La fureur de Tristan brûlait à blanc.

— Et comment. Vous vous en prenez à mon amie sans motif, je m'en prendrai à vous et aux vôtres, mon gars.

La tension a claqué comme un fil tendu.

Son corps bourdonnait d'adrénaline, ses muscles tendus jusqu'à la rupture.

Son cœur tonnait.

Puis —

Il a souri.

Ce salaud a souri.

Un sourire de Luc — sur un visage de Nico.

Le même sourire qui, autrefois, la faisait fondre aux pieds de Luc.

— Vous êtes une tigresse, cara. La voix de Nico était presque amusée. — Très bien. Je rencontrerai votre amie. Mais comprenez ceci : si je ne suis pas satisfait, la police ne sera pas loin derrière.

— Bien. La voix de Tristan était froide, mais son pouls cognait, elle s'est réinstallée dans son fauteuil.

— Cela pourrait vous intéresser. Il a glissé les mains dans ses poches. — Un contact du milieu vient de me joindre. Il dit avoir entendu parler de vin haut de gamme bradé dans un entrepôt près des docks — enseigne ECM sur la façade.

Le front de Tristan s'est plissé. — Ça ne peut pas être Siena. Elle ne connaît personne dans la pègre — à part ceux dont elle a peur. Et elle n'a aucun nom.

Son regard s'est accroché au sien, au-delà des lentilles colorées, cherchant l'homme en dessous.

— Vous le connaissez comment, ce type ? Elle a incliné la tête. — Ou est-ce une question stupide ?

La bouche de Nico s'est légèrement incurvée. — C'est mon zio. Mon oncle de cœur.

Tristan a laissé échapper un petit rire sec. — Bien sûr. J'imagine que chaque famille italienne en a un.

Il a gloussé. — Pas toutes. Mon zio est un homme honorable — autant que sa profession le permet. Il protège les siens. Comme vous.

Un éclair indéchiffrable a traversé son visage.

— C'est pour ça qu'il est venu me voir. Quelqu'un essaie de nous voler.

L'estomac de Tristan s'est tordu. — Comment s'appelle-t-il ?

— Guido Marconi.

Un nom qui a du poids.

— Il est bien connu à Naples, poursuivit Nico. Voyez si votre amie le connaît aussi.

Tristan a plissé les yeux. — Et si c'est le cas, cela la rend coupable ?

— Peut-être. Il a haussé les épaules. — Vous m'avez dit de garder l'esprit ouvert. Je vais essayer.

Il a pivoté vers la porte, mais a hésité, jetant un regard en arrière.

— Pourquoi est-elle si importante pour vous ? Sa voix était plus basse, cette fois. — Cette Siena McFarlane ?

Tristan a expiré lentement.

Sans un mot, elle a tourné l'avant-bras, en exposant l'intérieur.

La cicatrice.

— C'est elle qui m'a maintenue en sécurité quand Beth est passée par-dessus bord. Sa voix était stable, mais le souvenir ne l'était pas.

— Elle m'a sauvé la vie — au sens propre comme au figuré — plus d'une fois. Comme je lui ai sauvé la sienne.

Ses yeux ont croisé les siens.

— Elle ne m'a jamais planté un couteau dans le dos. Jamais trompée. Contrairement à vous.

Le visage de Nico s'est décomposé.

— En fait, ajouta-t-elle, Siena est la seule personne au monde en qui je peux vraiment avoir confiance.

Sa mâchoire s'est durcie.

— Donc, murmura-t-il, entre elle et moi, il n'y a pas photo.

Tristan a balancé la tête de gauche à droite, les lèvres serrées.

Il a hoché la tête une fois, comme s'il acceptait la défaite.

— Eh bien, cara, dit-il doucement, j'espère qu'elle ne vous décevra pas.

Et il a franchi la porte.

CHAPITRE 23

Tris n'aurait pas dû s'inquiéter de la rencontre entre Luc et Siena. Sa ravissante amie l'avait conquis d'emblée par sa sincérité.

Luc ne perdit pas de temps. — Tu connais Guido Marconi ?

Siena fronça les sourcils. — Je ne le « connais » pas, non. J'ai entendu parler de lui. C'est un philanthrope, non ? Il a récemment donné un million d'euros pour agrandir la réa de l'hôpital en l'honneur de sa mère. — Elle haussa les sourcils. — Ça a l'air d'être un chic type.

Le regard de Luc se fit plus perçant. — Tu ne l'as jamais rencontré ? Jamais appelé ?

— Bon sang, non. — Elle émit un petit rire. — Je ne fréquente pas ces milieux — sauf avec nos passagers.

Luc l'étudia une seconde avant de sortir sur la terrasse pour passer un coup de fil.

Tristan servit des verres de vin rouge pour accompagner les antipasti que Siena avait préparés. Libre à Luc de les rejoindre ou pas.

Sa colère contre lui n'avait pas disparu. Le problème, c'est que cet homme la transformait toujours en flaque de désir et de besoin, quoi qu'elle fasse pour le ranger dans la case élitiste privilégié et sans cœur.

Quand il revint d'un pas nonchalant, son regard se verrouilla sur le sien.

Son cœur fit une cabriole — contre sa volonté et contre sa raison.

Non. Elle fit monter d'un cran la colère qui mijotait dans son ventre et l'accueillit d'un regard glacé.

Luc se mordit la lèvre, la regardant par en dessous. — L'appel venait de Peter Davis.

Tristan se raidit. — Mais tu étais prêt à—

Siena la coupa. — Lui, je connais. — Elle prit une gorgée de vin. — Il a postulé au poste RH et c'est moi qui l'ai eu. Il n'a pas apprécié. Il m'a pourri la vie. — Elle souffla, excédée. — Sa petite amie, Freda, me détestait aussi. Je l'évitais. C'est à elle que j'ai envoyé les coordonnées de Tris et les infos de paiement.

La mâchoire de Luc se contracta. — Il y a deux comptes à la Napoli Mega Bank à votre nom. D'après mes calculs, ils ont des soldes conséquents.

Siena cligna des yeux. — Pardon ?

Les mains de Tristan se posèrent sur ses hanches, son menton pointant vers l'avant. — Espèce d'arrogant—

Siena leva la main. — Du calme. — Sa voix restait posée, mais ses jointures blanchirent autour de son verre de vin.

— Je n'ai qu'un compte là-bas, celui où tombe mon salaire ECM. — Elle expira. — S'il a soudainement un « solde conséquent », ce serait un putain de miracle. Ne te méprends pas, je ne suis pas à la rue, mais je ne roule pas sur l'or non plus.

Le regard de Luc glissa vers Tristan. — Povvo ?

Tris renversa la tête. Entre ses dents serrées, elle marmonna : — Encore une expression pour ta liste, « Monsieur Griff ». Ça veut dire dans la dèche.

Le sourire intime qu'il lui adressa faillit lui couper les jambes.

Les sourcils de Siena se haussèrent tandis que son regard allait de l'un à l'autre.

— Hum. — Elle adressa un sourire en coin à Tristan avant de se tourner vers Luc. — Et si j'allais à la banque demain pour vérifier ces comptes ? Si quelqu'un fait transiter de l'argent en mon nom, j'aimerais le savoir.

— J'irai avec toi, dit Tristan. Si ces comptes sont aussi gros que Luc le laisse entendre, il te faudra peut-être du renfort si ça part en vrille.

Luc laissa échapper un rire.

Tristan fronça les sourcils. — Quoi ?

— « Part en vrille » ?

Elle leva les yeux au ciel. — Tu as beaucoup à apprendre, Luciano. Et pas seulement la langue. — Elle arqua un sourcil. — Tu devrais rester dans les parages.

Luc se pencha légèrement, la voix basse et veloutée.

— Ce serait un plaisir de coller à toi, cara, dit-il en haussant un sourcil.

Siena laissa échapper un sifflement bas.

— Hum. Je retire ce que j'ai dit, fit Tristan. Tu vas devoir faire un putain de paquet de courbettes, mon grand. Et encore... — Elle secoua la tête. — Laisse tomber.

Le regard ardent de Luc fit voler en éclats les défenses de Tristan.

— Tristan, s'il te plaît. — Il pencha la tête un instant avant de croiser son regard, la mâchoire jouant. — Je marcherais sur des braises pour m'excuser d'avoir détruit ton boulot de rêve. Si ça ne suffit pas, dis-moi ce que je dois faire. — Il croisa les bras.

— Mais pas aujourd'hui. Pour l'instant, je dois me concentrer sur celui qui essaie de détruire l'entreprise. Tu comprends ? — Sa voix s'enroua. — C'est personnel. Ils s'en prennent à ma famille, à mon père, à tout ce qu'on a construit. Le rendez-vous avec Zio est fixé à dix heures du matin. Quand ce sera terminé, tu pourras exiger de moi tout ce que tu voudras.

Tris déglutit avec difficulté.

Pouvait-elle refuser quoi que ce soit à cet homme ?

Qu'il aille au diable. Qu'il aille au diable d'avoir raison de garder le cap.

Elle était tout aussi déterminée à trouver les coupables. Sa résolution s'adoucit. — D'accord. Qu'est-ce que tu veux que je fasse ?

Luc laissa échapper un souffle. — Merci. — Il se tourna vers Siena. — Vous avez toujours la clé passe-partout ? Si c'est un entrepôt ECM, elle pourrait marcher.

— Oui. — Siena fouilla dans son sac à main. — Je n'ai pas eu le temps de la rendre avant qu'on ne m'évacue du navire sur une civière.

Elle sortit une simple carte plastique blanche et la tint entre deux doigts. — Oups. Ça fait de moi une suspecte ? Tant pis. — Elle haussa les épaules, puis la lui tendit. — Tenez.

Luc la fit tourner dans sa paume. — C'est bien ça ?

— Oui. — Siena eut un sourire en coin. — Ça pourrait être n'importe quoi, hein ? Ne la perdez pas. Il me la faut pour l'enregistrer.

Tristan et Siena entrèrent dans la banque, sans savoir si leur plan fonctionnerait — ni comment il pourrait se déliter.

L'affluence du matin était passée, laissant un creux avant que les clients professionnels ne se présentent après le déjeuner.

Tris balaya la pièce du regard.

Elles attendirent en tête de file pendant qu'une guichetière bavardait avec une vieille dame. La conversation, chaleureuse et familière, sonnait comme un échange bien rodé de nouvelles de famille.

Au guichet voisin, un homme d'affaires en costume impeccable discutait âprement du taux de change pour un chèque de banque en livres sterling, fulminant contre ce qu'il considérait comme une commission exorbitante. Sa guichetière, imperturbable, ne levait guère les yeux de l'écran, ses doigts courant méthodiquement sur le clavier.

Au dernier guichet, une employée de banque saisissait frénétiquement des données d'une main tout en tournant des pages de l'autre. Toute sa posture clamait : « Fichez le camp. Vous voyez bien que je suis occupée. »

La vieille dame au premier guichet conclut sa conversation avec la guichetière sur un ton de conseils avisés.

— Grazie, Zia. Ciao ! répondit la guichetière.

— Ciao, Ragazzina, dit la vieille femme avant de s'éloigner en traînant les pieds.

Le sourire aux lèvres, la guichetière fit signe à Siena d'avancer. Siena lui tendit un bordereau avec les références de son compte. — Je voudrais vérifier mes soldes, s'il vous plaît.

La guichetière vérifia le nom et la photo à l'écran, imprima un ticket de solde et le fit glisser jusqu'à elle.

— Puis-je faire autre chose pour vous, Miss McFarlane ? demanda-t-elle, dans un anglais parfait.

Siena sourit. — Oui. J'aimerais aussi les soldes de ces comptes-là.

La guichetière répéta l'opération, mais s'arrêta en plein geste. Son froncement de sourcils s'accentua tandis qu'elle jetait des coups d'œil entre l'écran et Siena.

— Un instant, Miss McFarlane. Je dois vérifier cela.

Elle se précipita vers un homme en costume sur mesure et cravate ascot. Ses cheveux lissés en arrière brillaient et sa petite moustache soignée lui donnait l'air d'un banquier caricatural — ou d'un barbier du début du XXe siècle.

Dès qu'il entendit l'explication chuchotée de la guichetière, son regard acéré se braqua sur Tris et Siena. Sans hésiter, il donna une consigne discrète mais ferme.

La guichetière était livide lorsqu'elle revint.

— Je suis désolée, Miss McFarlane, dit-elle. Pourriez-vous m'accompagner, s'il vous plaît ? Signor Ancillieri, notre responsable du service clients, va vous recevoir.

Les épaules de Siena se raidirent.

Les instincts de Tristan s'embrasèrent. — Quel est le problème, Stefania ? demanda-t-elle d'une voix égale, après avoir lu le prénom sur le badge de la jeune femme.

La jeune guichetière adressa à Tristan un regard nerveux, sans qu'il soit clair ce qui l'avait affolée.

— C'est la photographie, signorina, murmura-t-elle. Elle ne correspond pas.

Tristan échangea un regard avec Siena. Intéressant.

— Ah. Nous ferions mieux de voir Signor Ancillieri, alors, dit Siena avec douceur.

Les mains de la guichetière tremblaient tandis qu'elle les invitait d'un geste. — Suivez-moi.

Tristan se concentra sur le responsable du service clients à mesure qu'elles approchaient. Ses yeux glissèrent sur leurs vêtements et leurs bijoux, comme s'il en évaluait la valeur à l'euro près avant qu'elles n'arrivent à son niveau.

Il ne s'embarrassa pas de salutations. — Laquelle d'entre vous est Miss McFarlane ?

— C'est moi, dit Siena en se redressant.

Son regard claqua sur Tristan. — Et vous êtes ?

— Sécurité, répliqua-t-elle.

Le banquier tressaillit, la tête secouée comme par une ficelle tirée trop fort.

— Pour qui travaillez-vous ? exigea-t-il.

— Pour Miss McFarlane, répondit Tris d'un ton plat, figeant ses traits.

Les lèvres de l'homme s'amincirent, mécontentes. — Asseyez-vous, je vous prie, Miss McFarlane, dit-il, sans quitter Tristan des yeux. — Êtes-vous armée ? Les armes à feu sont interdites ici.

Tris le détailla lentement de haut en bas, puis murmura : — Je ne porte pas d'arme, Ancillieri. Je suis l'arme. — Elle prit une position plus large et croisa les bras.

Siena leva le visage vers Tristan. — Marconi, tu fais peur au monsieur. Assieds-toi.

Ancillieri pâlit visiblement à ce nom.

— Non, merci, madame. J'attendrai ici.

Ancillieri retrouva contenance et se tourna vers Siena. — Miss McFarlane, il y a un problème avec les comptes sur lesquels vous vous renseignez.

L'expression de Siena resta neutre. — Je ne vois pas pourquoi. Ils sont bien à mon nom, non ? Vous avez confirmé que je suis Siena McFarlane. Où est le problème ?

— Le problème, signorina, c'est que ces comptes contiennent des sommes importantes — et que la photo d'identité utilisée pour les ouvrir ne correspond pas à la vôtre. — Il tendit la main vers le téléphone sur son bureau. — Je dois appeler la police.

Tristan fit deux pas vifs, sa main se refermant sur le combiné avant qu'il ne puisse le soulever — sans le toucher, mais assez près pour que la menace soit claire.

Sa voix se fit ronron. — Ce serait la bonne décision, Ancillieri... si vous étiez certain de vos faits.

— Je le suis. Cette femme ne correspond pas à la pièce d'identité.

Tristan se pencha vers lui, sa voix douce mais létale.

— Mme McFarlane est cliente chez vous depuis plus de cinq ans. Quand ces comptes ont-ils été ouverts ? Qui est la femme qui prétend être elle ? Êtes-vous de mèche avec elle pour un profit personnel ? Comprenez-vous les peines encourues pour usurpation d'identité, fraude et détournement de fonds, Ancillieri ?

Chaque question tomba comme un coup de marteau, et à chaque impact, Ancillieri s'enfonça un peu plus dans son siège. À la dernière accusation, il gémit.

— Mais... mais que puis-je faire ? balbutia-t-il.

Tristan ne cilla pas. — Vous avez ici une Siena McFarlane authentifiée. Appelez l'autre. Dites-lui que c'est une urgence. Elle doit venir sous trente minutes pour revalider ses comptes — parce que la direction financière ramasse tous les fonds non conformes pour résoudre la crise financière.

La mâchoire d'Ancillieri se décrocha.

— Elle viendra, poursuivit Tristan. — Rappelez-lui qu'elle a reçu plusieurs lettres d'avertissement. Etant donné son statut de « cliente importante », vous avez estimé qu'elle méritait un appel direct de votre part.

Tris donna l'instruction sans émotion ni hésitation.

Ancillieri déglutit. — Sì. Je vais le faire.

Tris résista à l'envie d'expirer de soulagement. Jusqu'ici, tout allait bien. Siena jouait si bien l'offensée préoccupée que Tris eut presque envie d'applaudir.

En face, Ancillieri composa le premier numéro.

Le sac de Siena vibra. Elle en sortit son téléphone. — Allô ?

Ancillieri souffla et reposa brusquement le combiné.

— Oh. C'était vous, Monsieur Ancillieri ? demanda-t-elle, feignant la surprise.

La moue du banquier se creusa lorsqu'il pianota de nouveau et mit le haut-parleur.

— Freda à l'appareil, répondit une voix d'un accent anglais sec.

— Freda ? Ici Signor Ancillieri, de Napoli Mega Bank. Je dois transmettre un message urgent à Miss McFarlane.

— Oh, oh. Bien sûr, pépia Freda. Je suis Miss McFarlane. J'utilise Freda pour ne pas être confondue avec ma belle-sœur.

Les doigts de Siena se crispèrent sur sa jupe.

— Je vois, Miss McFarlane. Nous avons envoyé plusieurs courriers au sujet d'un problème urgent. Les avez-vous reçus ?

— Oh, probablement. J'ai cru que c'étaient des relevés et je les ai jetés à la poubelle.

Le visage d'Ancillieri vira à un rouge dangereux.

— Miss McFarlane, vous devez conserver vos relevés bancaires pendant sept ans.

— Hi-hi, qui va venir vérifier ?

La mâchoire d'Ancillieri se crispa. — La Finanza.

Le petit rire à l'autre bout mourut instantanément.

— C'est d'ailleurs pour cela que j'appelle, insista-t-il. La Finanza balaie tous les comptes non vérifiés depuis six mois. Si vous ne voulez pas perdre les fonds de vos deux comptes — qui avoisinent à présent le million d'euros — vous devez venir immédiatement valider vos informations.

Tris et Siena échangèrent un regard en coin.

— Vous ne pouvez pas me l'envoyer par mail ou quelque chose comme ça ? fit Freda.

— Non. — Sa voix se durcit. — Nous avons besoin de votre signature originale. C'est pour cela que nous avons envoyé les lettres. Vous devez être ici dans les trente minutes. — Il marqua une pause pour l'effet. — À l'agence près de Termine Centrale.

Silence.

Puis, d'un ton sec : — Sì. Grazie.

Ancillieri raccrocha.

Tris laissa planer le silence une seconde. — Parfait, Ancillieri. À présent, Miss McFarlane aimerait un cappuccino en attendant son impostrice.

Le banquier se redressa d'un coup. — Certainement. Excusez-moi. — Il détala.

Le souffle de Siena s'échappa en un sifflement. — Freda. — Sa voix tremblait. — Freda est la compagne de Peter Davis. Je t'en ai parlé. Elle travaille pour l'agence de recrutement qu'ECM utilise — elle aurait accès à tous nos dossiers. — Elle avala sa salive. — Un million d'euros, Tris. Ils tueraient pour une telle somme.

La voix de Tris était basse. Maîtrisée.

— Calme-toi, Siena. — Elle garda une posture rigide, les yeux balayant la salle. — On a du public.

Un bourdonnement dans son oreillette.

La voix de Luc grésilla.

— Mousquetaires à l'entrepôt, dit-il, reprenant le surnom que Tris avait donné aux livreurs de vin. Tris n'avait pas demandé où Luc s'était procuré leur matériel de com. C'était du haut de gamme. Mieux encore que ce qu'ils utilisaient dans la Marine.

— Reçu, acquiesça-t-elle. Pour info, une « Freda » a été contactée.

Arrivée estimée dans trente minutes. Marconi, terminé. — L'allusion au nom était délibérée. Un signal.

Moins d'un quart d'heure plus tard, une petite blonde juchée sur des talons de 10 cm tituba jusqu'au comptoir de la banque.

Le souffle de Siena se bloqua. — C'est elle, chuchota-t-elle.

La posture de Tris se tendit. Elle tapota son oreillette. — Cible arrivée.

Le concierge de la banque guida Freda jusqu'au bureau d'Ancillieri.

— Miss McFarlane, veuillez vous asseoir.

Le ton d'Ancillieri avait changé du tout au tout — une obséquiosité de circonstance réservée aux clients à forte valeur.

Freda s'épanouit sous l'attention, rejetant ses cheveux en arrière en s'asseyant. Elle ignora complètement les deux femmes tapies non loin, s'appliquant plutôt à poser son sac de luxe au sol avec soin.

Tris se plaça négligemment derrière elle, les bras croisés.

Le front luisant de sueur d'Ancillieri le trahissait.

Siena dériva plus près. Le sourire suffisant de Freda vacilla. Son visage se vida de sa couleur.

— Bonjour, Freda Higson. — La voix de Siena était d'un calme mortel. — Tu veux bien expliquer pourquoi tu prétends être moi ?

Freda se redressa d'un coup. — Toi— ? Qu'est-ce que tu fous ici ? — Son regard fulgura vers Ancillieri. — Et toi, petit ver. C'était un piège. Tu vas le payer.

Elle repoussa sa chaise.

Tris bloqua le mouvement sans effort. Comme auparavant, elle ne toucha pas la personne — juste l'environnement.

— Vous pouvez maintenant passer l'appel que vous envisagiez tout à l'heure, Ancillieri, dit Tris avec douceur.

Freda retomba sur sa chaise, vaincue. Puis, avec venin : — Putain de Peter et ses grands plans. — Ses lèvres se retroussèrent. — Et toi, sale garce — cracha-t-elle à Siena. — Peter avait droit d'être la DRH à bord. Je n'ai laissé passer ta candidature que pour qu'ils voient qu'il était le meilleur choix. Des idiots. Tous. Eh bien, ils ont eu ce qu'ils méritaient.

Tris se pencha, son souffle contre l'oreille de Freda.

— Par souci d'équité, Mme Higson — murmura Tris en inclinant la tête vers le téléphone de Siena — tu devrais savoir que ta confession est enregistrée.

Le regard de Freda glissa vers le bas.

Siena faisait tourner le téléphone entre ses doigts, l'écran allumé.

Silence.

— Eh ben, merde, lâcha-t-elle en refermant la bouche.

CHAPITRE 24

Nico arriva tôt à l'entrepôt, s'y introduisant avec le passe-partout. Il se déplaça en silence, balayant du regard les points d'entrée et de sortie logiques pour ceux qui viendraient à la réunion.

Son regard glissa sur les imposantes piles de caisses de vin. Cela ne venait pas d'une seule croisière. C'était une opération continue. Des crus haut de gamme — le tout probablement payé par ECM.

Si Guido allait au bout, il ferait une affaire en or.

À quelques minutes près, Nico se cala sur un poste d'observation caché — un nid d'où il pouvait observer sans attirer l'attention ni des hommes de Davis ni de la sécurité de Guido.

Fowler, Mills et Watkins arrivèrent les premiers, suivis d'un autre homme — mieux habillé, qui se déplaçait avec autorité.

Davis ? Il ne l'avait jamais rencontré, mais vu la déférence que les autres lui accordaient, c'était une hypothèse logique.

Nico observa tandis que Davis ordonnait à ses hommes de descendre un carton, d'ouvrir une bouteille et de sortir des verres. Une mise en scène — une démonstration d'hospitalité avant l'affaire.

Puis, les hommes de Guido entrèrent d'un pas nonchalant.

Le basculement du rapport de force fut immédiat. Les quatre Anglais se serrèrent d'instinct, comme des buffles face à un lion.

Salvatore s'avança, sa voix grave et râpeuse claquant comme une exigence.

— Lequel d'entre vous est Davis ?

Nico observait avec intérêt. Il avait grandi avec Salvatore pour le maintenir dans le droit chemin. Le bras armé de Guido — pas un homme à prendre à la légère.

L'homme que Nico avait identifié comme Davis avança en roulant des épaules. — C'est moi.

Salvatore fit un geste, et six hommes se déployèrent, fouillant méthodiquement l'entrepôt. L'un d'eux s'arrêta à la cache de Nico, laissa passer un éclair de reconnaissance à peine perceptible, puis passa son chemin — choisissant plutôt de se poster à proximité.

Quelques minutes plus tard, une voiture noire s'arrêta devant l'ouverture de la porte à enroulement côté nord.

Guido entra.

Il ne se pressa pas. Il ne parla pas. Il se contenta d'absorber la pièce, encadré par deux hommes.

Davis afficha un sourire de circonstance, tendant une main. — Signor Marconi, un plaisir.

Guido ne la prit pas. Son regard glissa — les piles de cartons, la table de fortune, les verres, le vin.

Davis se reprit vite. — Puis-je vous verser de ce merveilleux rouge, signor ?

L'expression de Guido demeura impénétrable. — Vous pouvez, dit-il enfin. D'une bouteille fraîche, s'il vous plaît.

— J'ai ouvert celle-ci pour qu'elle respire et donne toute sa saveur, dit Davis.

Guido ne répondit pas, se contentant de le fixer.

Davis hésita, puis fit signe à Fowler. — Bien sûr. Une bouteille neuve.

Guido bougea à peine, mais Salvatore comprit le signal.

D'un claquement de doigts, il fit déboucher la bouteille par un des leurs, rincer le verre au vin, puis verser le rinçage sans façon sur le sol avant de servir un échantillon frais.

Guido prit le verre. But. Fit tourner en bouche.

Puis, sans rompre le contact visuel, il cracha le vin aux pieds de Davis.

Davis tressaillit.

Guido reposa le verre. Sa voix, quand elle tomba, fut posée. Mesurée.

— C'est un excellent vin. Il marqua une pause. Combien de caisses avez-vous ?

La montre de Nico vibra.

Un message s'afficha à l'écran. Son père, la sécurité d'ECM et la police entraient sur le quai.

Merde. Zio devait déguerpir.

Ce n'était pas pour rien que Nico avait passé la moitié de sa vie à apprendre à ses pieds.

Luc tapa cinq fois sur la caisse à côté de l'oreille du garde, suivies de deux raclements.

Le garde se figea. Écouta.

Luc répéta : Toc, toc, toc, toc, toc. Raclement, raclement.

Le garde se frotta le nez, puis indiqua cinq-deux avec ses doigts en direction de Salvatore.

Salvatore se pencha près de Guido. — Cinquantadue, signor.

Le regard de Guido se releva, se verrouillant sur Davis. Un regard lent, délibéré.

— Pour votre gouverne, signor, murmura-t-il. Je ne vole pas mes amis.

Davis fronça les sourcils. — Hein ? Des amis ? Cinquante-deux ? Qu'est-ce que vous voulez dire, cinquante-deux ? Il lâcha un rire forcé. — J'ai trente caisses de ce vin. Peut-être cinquante-deux de blanc—

Il parlait dans le vide.

Salvatore avait déjà entraîné Guido vers la sortie sud. La voiture noire s'arrêta, sa porte s'ouvrit. Guido s'y glissa.

Disparu.

Un bref silence sidéré.

Puis : — Qu'est-ce que vous foutez ici ? lança Fowler. Ses yeux se posèrent sur Nico, qui était sorti de sa cache.

Il le désigna d'un mouvement du pouce. — C'est le type qui a pris ta place cette fois, Pete. Toujours en train de fouiner. Lui et cette putain de nana des RH.

Davis inclina la tête. — Alors, il va peut-être falloir avoir une petite conversation avec lui. Il eut un sourire en coin. — Comment tu as dit qu'il s'appelait ?

Le trio d'hommes de main marcha vers Nico. Ils n'y arrivèrent jamais.

Un tonnerre de pas. Quelques instants plus tard, l'entrepôt grouillait d'agents armés.

Davis se figea.

Ettore Ricci traversa le chaos à grandes enjambées, sa présence faisant se tourner les têtes et taire les chuchotements.

— Ah, Davis, dit-il avec douceur. Vous avez trouvé mon vin. Comme c'est malin de votre part. Son regard glissa vers les autres hommes. — Ce sont ceux qui travaillent avec Siena McFarlane, n'est-ce pas ?

Davis n'hésita qu'un instant. — McFarlane, oui, monsieur.

Le visage de Fowler vira au rouge. — Attends une foutue minute, espèce de sale bâtard — tu es en train de nous balancer ?

Davis ne répondit pas.

Ettore ignora l'éclat, ses yeux désormais sur Nico.

— S'agirait-il de la vraie Siena McFarlane ? demanda Nico. — Ou d'une certaine Freda Higson se faisant passer pour Mademoiselle McFarlane ?

Les épaules de Davis s'affaissèrent.

Fin de partie.

Ettore fit un signe de tête à son chef de la sécurité.

— La police s'occupera de ces quatre-là, ordonna-t-il. Coordonnez-vous avec l'officier supérieur pour sécuriser la zone et le vin. Changez le code d'accès des portes immédiatement.

Il avait à peine fini qu'une échauffourée éclata parmi les Anglais.

— Sale enfoiré, gronda Mills, en envoyant un crochet circulaire vers Davis. Watkins et Fowler s'en mêlèrent.

La police se jeta sur eux, les séparant.

Mills lutta contre la poigne de deux agents, crachant des insanités à Davis, hurlant de sombres menaces de représailles.

Davis ne le regarda même pas. Il savait que c'était fini pour lui.

Nico déglutit, puis se tourna vers Ettore. — Puis-je vous raccompagner ?

Ettore esquissa un léger sourire. — Grazie, Signor Griff.

Une fois hors de portée du vacarme, la voix d'Ettore baissa en un murmure amusé.

— Bonne issue. On n'aura pas besoin d'acheter du vin pour la prochaine croisière. Ni pour la suivante.

— Il y a aussi la question des fonds détournés, poursuivit Nico. D'après ce que Siena McFarlane a dit hier, Davis avait la dent dure d'avoir raté le poste aux RH. Cela signifie que son arrivée a probablement servi de déclencheur — comme vous l'aviez pensé. Mais ce n'était pas elle la coupable. Voilà pourquoi ils se sont acharnés à la piéger.

Son père acquiesça d'un léger signe de tête, enregistrant la confirmation.

Avant qu'il ne puisse répondre, un groupe d'agents de la sécurité d'ECM sortit du bâtiment, coupant court à leur conversation.

Ettore jeta un coup d'œil à Nico. — Viens dîner ce soir. Et amène les femmes des RH.

— Certamente, Signor Ricci. Grazie.

Nico inclina la tête avec une obéissance appuyée, les épaules secouées d'un spasme nerveux. Bon sang, ce serait si bon d'abandonner ce personnage pour de bon.

Ettore eut un sourire en coin, prenant la comédie pour ce qu'elle était. Sans un mot de plus, il monta sur la banquette arrière de la voiture.

CHAPITRE 25

Belle. Têtue. Passionnée.

Les mots dévalèrent dans l'esprit de Luc quand la portière de la limousine s'ouvrit, révélant la femme qui hantait ses pensées depuis la première seconde où il l'avait vue.

Tristan.

Ses cheveux auburn retombaient le long de son dos. Sa robe crème élégante, à hauteur du genou, soulignait chaque ligne parfaite de son corps.

La faire venir ici ce soir n'avait pas été une mince affaire. Elle lui en voulait encore à mort de lui avoir coûté son poste. Il avait passé la journée à essayer d'arranger les choses, même si, au fond, une part de lui espérait qu'elle n'accepterait pas l'offre.

Tris réajusta l'encolure carrée de sa robe, son regard glissant jusqu'à la façade de pierre de la demeure familiale. Elle déglutit, une main pressée contre le creux de son ventre.

Elle ne sourit pas. À dire vrai, elle avait l'air mal à l'aise.

À côté d'elle, Siena — campée sur ses béquilles — n'éprouvait aucune hésitation.

— Waouh. La voix de Siena vibrait d'émerveillement. — Cet endroit, c'est quelque chose, hein ? Tu t'imagines vivre ici, Tris ?

Tris lui jeta à peine un coup d'œil. — Je ne crois pas. Tu as besoin d'un coup de main ?

Luc sortit de l'ombre.

— Bienvenue. À toutes les deux. Sa voix était chaleureuse tandis qu'il effleurait les joues de Siena d'un baiser à l'italienne. Puis il se tourna vers Tristan.

Posant une main sur son épaule, il capta son regard avant de poser ses lèvres sur une joue, puis sur l'autre. Il respira son parfum — un choc net pour ses sens.

Chaque fois, elle lui faisait cet effet.

Serait-ce pareil dans vingt ans ?

Une voix douce interrompit ses pensées.

—Bonsoir. Sa mère s'approcha. — Nous sommes ravis que vous soyez ici. Elle lui lança un regard, les yeux pétillant de malice. —Je suis Isabella Ricci —puisque mon fils est distrait et en oublie ses bonnes manières.

Le regard bleu et acéré de Tristan accrocha le sien, puis s'en détourna, comme pour le balayer d'un revers.

Elle se redressa. Épaules carrées. Menton levé. Précision militaire. En défi au monde.

— Tristan Sinclair, madame. Merci pour votre aimable invitation. Elle lui tendit la main.

Isabella la prit, étudiant Tristan comme seule une mère sait le faire.

Luc se tenait entre les deux femmes qui comptaient le plus au monde pour lui, tandis qu'elles se jaugeaient.

Puis Isabella relâcha sa main et donna à l'épaule de Luc une brève pression pleine de sous-entendus.

— Bene, dit-elle doucement. — Bene.

Son attention se déplaça. — Et vous êtes Mademoiselle McFarlane ?

—Siena. Oui, madame.

— Alors, Siena, tu dois me laisser te montrer le jardin. C'est un joyau caché au cœur de Naples, tu ne trouves pas ? Et s'il te plaît — appelle-moi Isabella. « Madame », c'est maladroit, non ?

Siena sourit jusqu'aux oreilles. — Carrément maladroit.

Elles s'éloignèrent, laissant Tristan et Luc seuls près de la voiture.

Tris repoussa derrière son oreille une mèche rebelle. — J'ai reçu un e-mail de John Trevethan, mon ancien patron, cet après-midi.

La colère avait disparu de son visage, mais la flamme aussi. L'étau autour de la poitrine de Luc se resserra.

— Sì ?

— Il m'a proposé un autre poste, dit Tristan d'une voix plate, sans émotion. — Une promotion, en fait — pour gérer le nouveau contrat sur les quais, très lucratif, que j'ai décroché avec ECM.

Les sourcils de Luc se haussèrent.

— Il y avait aussi des excuses, ajouta-t-elle, le ton toujours neutre, — pour ses propos d'avant. Apparemment, tout cela venait d'un malentendu quand Signor Griff l'avait contacté auparavant.

Elle expira lentement, se déhanchant d'un pied sur l'autre. — Mais ce n'est pas le poste vers lequel je travaillais. Ils se sont empressés de pourvoir le poste dès que je n'étais plus en lice. Ses lèvres se pincèrent avant qu'elle ne poursuive. — John a dit que toi, Signor Luciano Ricci, avais personnellement salué mon travail — et que le contrat dépend de moi, à condition que ce soit moi qui le dirige.

Luc l'observa avec soin. — Cela te fait plaisir ?

Tristan haussa les épaules. — C'est un boulot. La crispation de son visage démentait son indifférence.

— Je connais John depuis longtemps, continua-t-elle d'une voix stable, mais où perçait quelque chose de cassant. — Qu'il se retourne contre moi sans attendre d'explications... Ça a fait mal.

Luc ne dit rien, la laissant parler.

— Ce n'est pas difficile de comprendre pourquoi il l'a fait, murmura-t-elle, comme si elle se parlait à elle-même. — Il a vu ma supposée « défection » comme une trahison. D'abord, son associé,

Michael, l'a laissé tomber. Il ne pouvait pas virer Michael. Mais moi ? Elle laissa échapper un rire sans joie. — J'ai servi de défouloir à sa frustration. J'attendais plus de loyauté. Mais les gens ne sont pas toujours ce qu'ils paraissent, n'est-ce pas ?

La pique lui frappa l'estomac comme un coup de poing.

Il la guida jusqu'à un banc de pierre devant la fontaine ouvragée, dont le murmure était le seul son entre eux.

— Tu veux une explication, dit-il en se frottant la nuque.

Elle secoua la tête. — Je n'en ai pas besoin.

Sa voix était trop ferme, trop résolue. — Il me reste quelques jours avant mon vol de retour, continua-t-elle. — Je les passerai avec Siena. Puis le reste appartiendra au passé.

Une brève faille la trahit — un tremblement au menton, un regard qui effleura la fontaine.

Luc lui prit la main, le cœur battant à tout rompre.

— Bella, s'il te plaît.

Elle ne se dégagea pas.

Il entremêla leurs doigts, son pouce effleurant le sien. — Depuis l'adolescence, j'ai fait toutes sortes de missions sous couverture sur des navires. Différents déguisements, différentes identités. Nico n'était qu'une de plus.

Elle inspira.

— Le déguisement devait être infaillible, poursuivit-il. — Les gens de nos navires me connaissent depuis toujours. S'ils savaient que le propriétaire était dans les parages, ils se fermaient comme des huîtres. Il n'y avait aucun moyen de découvrir pourquoi la Laura perdait de l'argent si je n'y allais pas incognito. Alors je suis devenu Nico. Quelqu'un d'effacé. Sans danger.

— J'aimais bien Nico. Sa voix était douce.

Luc se figea.

— Il n'était pas arrogant, reprit-elle. — Il avait une intelligence qu'il ne voulait pas que les autres remarquent. Et il était gentil. Sa respiration se brisa. — Oui. Attachant.

Elle tourna les yeux vers lui, le regard aigu.

— Mais il n'était pas réel, n'est-ce pas ?

La gorge de Luc se serra.

— Et Luciano Ricci ? demanda-t-elle d'une voix redevenue froide. — Le play-boy milliardaire ? Il est réel, lui ?

Il expira lentement.

— Ça m'arrangeait qu'on me voie comme ça, admit-il. — Ça expliquait mes longues absences. On pouvait imaginer que j'étais en train de me soûler aux Caraïbes ou d'avoir des orgies dans les Alpes quand, en réalité, je réglais des problèmes pour des armateurs aux quatre coins du monde. Mes parents savaient toujours où j'étais. Ils savaient toujours ce que je faisais.

Son expression ne changea pas.

— Pourquoi ? demanda-t-elle. — Pourquoi ne pas simplement rester ici et apprendre le métier familial ?

Luc soutint son regard.

— J'ai hérité de la moitié de la compagnie directement de ma grand-mère. L'aîné des petits-enfants. Le seul déjà en vie quand elle est morte. Papa dirige les affaires jusqu'à ce qu'il en décide autrement.

Tristan inclina la tête, comme si elle pesait cela.

— J'apprends le métier, continua-t-il. — Depuis l'enfance. Comme lui. J'ai travaillé presque à tous les postes à bord — sauf à la haute direction. Sa voix baissa. — Je suis le métier.

Un long silence s'étira entre eux.

Elle soupira, la bouche se tordant de côté.

— Tu vas accepter le poste à Melbourne ? demanda-t-il.

— Je rentrerai chez moi. Elle retira sa main et la posa sur ses genoux. — Mais je trouverai du travail ailleurs. Je ne peux plus travailler avec John.

Luc fronça les sourcils. — Sans toi, ils perdront le contrat.

Elle haussa les épaules, les lèvres se courbant, presque amusée.

— C'est à vous et à eux de vous débrouiller, dit-elle simplement. — Ça ne me concerne pas. L'illusion d'être indispensable à qui que ce soit est bel et bien brisée.

La mâchoire de Luc se contracta.

— Tu m'es indispensable. Sa voix était rauque. — Essentielle à mon bonheur. À ma vie.

Ses épaules se redressèrent. — Coup d'un soir, tu te souviens ?

Un muscle battit dans sa mâchoire.

— Il y en a eu deux ou trois, corrigea-t-elle, plus tranchante. — Mais les règles s'appliquent. Pas d'attaches. Quand c'est fini, on s'en va.

Elle se leva d'un élan et marcha jusqu'au bord de la fontaine.

Il la suivit.

— Bella…

Il lui saisit le bras et la tourna vers lui.

— J'ai brisé les règles dès la première nuit, murmura-t-il. — Je suis tombé amoureux de toi.

Elle se figea.

— Quand je t'ai vue sur le navire, poursuivit-il, la voix rauque d'émotion, — mon cœur a chanté — parce que je ne t'avais pas perdue, finalement.

Tristan se dégagea.

— Mais tu m'as perdue. Ses yeux s'assombrirent. — Tu as envoyé un e-mail à mon patron pour vérifier qui j'étais.

Luc inclina la tête.

— Tu batifolais dans ton monde d'apparences, et pourtant tu ne me faisais pas assez confiance pour me prendre pour ce que je suis. Sa voix tremblait de colère. — C'est ironique, tu ne trouves pas ? Puisque c'était toi qui jouais la comédie.

Luc se passa les doigts dans les cheveux.

— Ma seule défense, c'est que je faisais ce que je croyais le mieux pour l'entreprise, dit-il. — Je n'aurais jamais pu prévoir l'impact qu'une simple demande aurait sur tes rêves. Sa voix, râpeuse, contournait le rocher dans sa gorge. — Pour ça, je regrette sincèrement. Tu as tout fait pour démasquer les coupables, et voilà comment on t'a remerciée. Il avala difficilement. — Est-ce que tu pourras me pardonner un jour ?

Le rire de Tristan sonna creux.

— Comme je l'ai dit il y a quelques minutes — dans moins d'une semaine, tout ça ne sera plus que « il était une fois, dans un pays lointain ». Elle soutint son regard. Dure. Inébranlable.

— Tu n'as pas besoin de mon absolution pour continuer ta vie, peu importe ce que diable tu fais, dit-elle. — Et moi, je n'ai certainement pas besoin de toi.

Luc sentit l'air quitter ses poumons.

Elle détourna la tête.

Il fit un pas de plus. — Pieds nus sur des braises, cara. Je me tiens en plein brasier pour toi. Il écart a les mains. — S'il te plaît, écoute-moi. Tu es la seule femme au monde qui m'ait retourné au point que je ne sais plus où j'en suis, la seule qui se soit souciée de moi sans les artifices. Je t'aime. Je veux passer ma vie avec toi — chaque jour.

Son regard glissa loin de lui vers la villa, le parc, l'allée bordée d'arbres. Elle déglutit. — Ça ne marcherait pas, dit-elle en s'écartant. — Nous vivons dans des mondes différents.

— C'est une façon polie de dire « ce n'est pas toi, c'est moi », et que tu ne tiens pas du tout à moi ?

Sa tête retomba. La colère sembla s'écouler d'elle jusque dans la terre à ses pieds. Elle leva vers lui des yeux tristes.

— Est-ce que c'est Siena ? C'est elle que tu aimes ? demanda-t-il.

Tris tressaillit. — Pas de cette façon, dit-elle, son expression se rallumant. — Je t'ai dit qu'elle m'a sauvé la vie ? La première fois, c'était quand nous étions dans un foyer d'accueil, à douze ans. Douze ans. L'homme de la maison a décidé qu'il allait m'apprendre le sexe et comment satisfaire un homme. J'étais timide. Je ne savais pas quoi faire, comment le repousser.

— Siena a déboulé dans la chambre et m'a tirée de là en hurlant : « Remets ta putain de bite dans ton putain de pantalon, gros pervers ! » Elle eut un petit rire. — Elle n'y va pas par quatre chemins. Notre mère d'accueil a accouru en criant pour savoir ce qui se passait. Le type a dit : « C'est elle qui voulait la voir. » « Elle », c'était moi. Les Services de protection de l'enfance nous ont transférées l'après-midi même dans des foyers différents.

Elle leva les yeux vers le ciel baigné de lune, puis revint à lui.

— À quinze ans, Siena et moi, on s'est retrouvées ensemble dans un autre foyer. Sa voix était calme, ourlée de souvenirs. — Cette fois-là, il y avait Beth.

Luc ne dit rien, se contentant d'observer son regard se tourner vers l'intérieur, perdu dans le passé.

— La famille a été bonne avec nous. Et quand nous avons eu dix-huit ans — à quelques mois près entre nous — nous nous sommes engagées et avons intégré la formation d'officiers à l'Académie de la Défense. Nos parents d'accueil étaient d'anciens de la Marine. Ils disaient que c'était la meilleure façon d'étudier tout en servant notre pays.

Elle resserra ses bras autour d'elle.

— Nous avons rejoint la Marine toutes les trois. Parfois, on nous envoyait sous couverture — là où vont les marins, à l'écoute des rumeurs de problèmes, de menaces potentielles. Ses lèvres se pincèrent. — On s'est sorties mutuellement du pétrin plus de fois que je ne peux en compter.

Elle se frotta les bras, comme si les souvenirs s'accrochaient à sa peau.

— Puis est venue la tempête. Celle qui a emporté Beth.

Luc voulut lui prendre la main mais attrapa plutôt son bras, le tournant doucement pour exposer la longue cicatrice de son coude à son poignet.

— C'est Beth qui a fait ça ?

Elle hésita. — Je me le suis fait moi-même, j'imagine, chuchota-t-elle. — Si j'avais attrapé sa chemise. Sa ceinture. Comme Siena a attrapé la mienne... peut-être qu'elle serait encore là.

— Siena t'a sauvée, cette fois-là aussi, n'est-ce pas ?

Un petit sourire, empreint de nostalgie, effleura ses lèvres.

— Oui. Ses doigts suivirent le bord de la cicatrice. — J'aime Siena. C'est la seule personne sur qui j'aie jamais pu compter. C'est pour ça que, quand elle m'a demandé de venir en Italie — pour découvrir qui essayait de la faire accuser à tort — je suis venue.

La poitrine de Luc se serra. — Et tu l'as sauvée. Son regard glissa vers le tatouage sur sa peau douce. — Qu'est-ce que ça signifie ?

Elle retourna son bras, contemplant l'encre pâlie.

— L'épée et le bouclier autour du cœur ? Notre promesse de nous protéger toujours l'une l'autre. Où que ce soit, quand ce soit, quoi qu'il en coûte. Trois initiales à l'intérieur ? E.S.T. Elizabeth, Siena, Tristan. Un lien — un seul cœur pour toujours. Sa respiration se brisa. — Jusqu'à ce que la tempête nous déchire.

Un long moment, elle se contenta de le regarder. Puis elle ramena son bras contre elle, comme pour cacher la blessure à la vue.

Luc passa une main sur son ventre pour apaiser la tension qui y nichait.

— Si ce n'est pas Siena... alors qui ?

Ses yeux rencontrèrent les siens. Sans ciller. À nu.

— Il n'y a personne d'autre. Sa voix était posée. — Il n'y a que toi. Je ne réagirais pas comme je le fais avec toi. Je n'aurais pas su que c'était toi sous cet affreux déguisement si je ne t'aimais pas.

Luc n'hésita pas.

— Alors épouse-moi. Ses doigts se refermèrent sur les siens. — Donne-nous une chance. Bâtissons quelque chose ensemble. Une famille. Notre empreinte dans l'héritage d'ECM.

Sa main se glaça dans la sienne.

Elle secoua la tête.

Le refus le percuta comme un train de marchandises lancé à toute allure.

— Pourquoi ? Sa voix était rugueuse. Son refus, alors que tout entre eux sonnait juste, brûlait comme de l'acide dans ses veines.

Elle désigna vaguement le domaine grandiose autour d'eux.

— Ça.

— Qu'est-ce que tu entends par là, « ça » ?

Son rire fut cassant. — Je ne fais pas dans le riche et célèbre, Luc. Je ne fais pas confiance aux gens fortunés qui pensent que le monde leur appartient. Elle expira vivement. — Le seul type avec qui j'étais sérieuse ? Il venait d'une famille aisée. Il m'a promis monts et merveilles — puis m'a présentée à sa foutue épouse. Les riches ne m'impressionnent pas.

Luc serra la mâchoire.

— C'est pour ça que tu me repousses ? Parce que j'ai de l'argent ?

Elle ne répondit pas.

Son cœur cogna dans sa poitrine. Une lueur d'espoir vacilla. Si ce n'était que ça...

Il devait bien y avoir un moyen.

Elle expira doucement. — J'en ai bien peur.

Luc se figea.

— J'ai grandi dans le système de placement familial. Sa voix était posée, mais une ombre perçait dessous. — Tout ce que je sais de mes origines, c'est que ma mère célibataire est morte jeune. Mes grands-parents me voyaient comme un boulet pour leur mode de vie et m'ont laissée dans le système.

Elle haussa les épaules, mais le geste sonnait creux, forcé.

— Alors, si ça te met mal à l'aise, et que tu préfères demander au chauffeur de me ramener chez Siena... je comprendrais.

Mille lapins tambourinaient dans sa poitrine.

— Reste, s'il te plaît. Il se rapprocha, passa un bras autour de sa taille. Comme elle ne se dégageait pas, son cœur bondit. — Mes parents se réjouissent de te rencontrer.

Elle ne protesta pas, mais ses épaules restaient tendues.

Luc hésita, puis demanda : — Est-ce que tu m'aimerais si je n'avais pas d'argent ?

Son regard se releva vers le sien.

— Je t'aime. Les mots étaient calmes mais fermes. — Si tu n'avais pas d'argent — si tu n'étais que Nico Griff, faisant son travail — nous serions à égalité. Tu comprends ?

Luc sourit, soulagé de bout en bout.

— Nos différences sont ce qui rend notre amour unique, tu ne crois pas ? Ça fonctionne. Ses doigts glissèrent le long de son dos. — Tu verras bientôt — tout le monde dans ma famille n'est pas né avec de l'argent. Nous ne jugeons pas les gens à leur compte en banque. Laisse ma mère te raconter son histoire.

Il la tourna doucement pour qu'elle lui fasse face.

— Ma demande tient. Je t'aime. Je veux que nous soyons mariés. Il chercha ses yeux. — Si jamais tu changes d'avis... fais-moi juste un signe. Je saurai.

Puis il l'embrassa, léger et fugace — mais plein de promesse. — D'accord ?

Tristan secoua la tête, mais un sourire affleurait. — Tu ne lâches jamais, hein ?

Son sourire s'élargit. — Tu le sais déjà de moi, cara.

Il lui tendit la main.

— On entre ?

CHAPITRE 26

Elle ne devrait pas le laisser la tenir ainsi.

Elle l'avait repoussé — non pas parce qu'elle ne l'aimait pas, mais parce qu'elle l'aimait trop. Trop pour laisser son passé l'humilier lorsque le monde apprendrait qui elle était.

Elle n'en avait pas honte. Son histoire l'avait façonnée. Elle l'avait rendue indépendante, lui avait appris le bien du mal, et forgé en elle une loyauté si farouche qu'elle frôlait l'inconscience. Mais tout le monde ne le verrait pas ainsi — surtout des gens comme la famille de Luc, les élites, les intouchables.

Et pourtant, elle resta près de lui.

Parce que c'était la dernière fois.

Elle garderait ce moment en réserve, le presserait dans sa mémoire comme une fleur entre les pages d'un livre.

Elle pourrait lui faire signe qu'elle avait changé d'avis ? Si seulement c'était possible.

La sala accueillait un petit groupe de six personnes.

Siena se tenait là, un verre de vin pétillant à la main, plongée dans une conversation avec un homme plus jeune que Luc.

Son langage corporel en disait long — il ne l'impressionnait pas.

— Voici mon frère, Sebastian, murmura Luc. — Si tu as trouvé mon déguisement mauvais, au moins il a marché. Seb ne m'a pas reconnu.

Les yeux de Sebastian se plissèrent. — Quel déguisement ?

— Ça n'a pas d'importance, trancha Luc. — Et voici l'homme dont tu as emprunté le nom ce matin. Il désigna un homme replet au sourire ouvert — mais aux yeux aiguisés comme une lame.

— Tristan, je te présente Guido Marconi.

L'homme lui serra la main d'une poigne ferme, le regard évaluateur.

— Signorina, ce serait un honneur si vous étiez vraiment une Marconi, dit-il en ricanant.

Une femme au visage rond les rejoignit, glissant son bras sous celui de Guido.

— Ma femme, Margherete, dit Guido.

— Piacere, dit-elle chaleureusement.

— Enchantée, moi aussi, répondit Tris.

Luc poursuivit. — Tu as rencontré Maman. Elle m'a reconnu — même déguisé.

— Pas tout de suite, admit Isabella. Son sourire était entendu. — Ton père m'a presque écrasé les doigts. Là, j'ai su qu'il y avait quelque chose qui clochait. Puis, la marque sur ta main...

Luc sourit. — Tu as été bonne, Maman. Très bonne.

— Et Papa, dit-il en désignant le dernier membre du groupe. — Ettore Ricci.

L'expression de l'homme plus âgé était chaleureuse, mais empreinte de dignité.

— Tristana, c'est très agréable de vous rencontrer enfin en chair et en os. Sa voix avait du poids, de la sincérité. — Vous êtes une femme remarquable. Je vous remercie du fond du cœur d'avoir débusqué les vipères dans le nid.

Tris inclina la tête. — Je n'aurais pas pu le faire seule. Siena avait des soupçons avant même que je monte à bord, cela m'a donné un point de départ. Ensuite, M. Griff a relié le sabotage aux détourneurs de fonds — et à leur raison de vouloir que le navire rentre à Naples plus tôt.

— Vous formiez une excellente équipe. Les yeux d'Ettore pétillèrent. — Peut-être pourriez-vous reprendre vos rôles un jour ?

Luc gloussa. — Oh non, Papa. Tristan veut que la vie retrouve sa juste place. Et quant à M. Griff… il est à la retraite. Définitivement.

Sebastian fronça les sourcils. — Griff ? Ce n'était pas le type sur le quai ? Celui avec l'affreuse tache de naissance ?

Luc eut un sourire en coin. — C'était moi.

Sebastian cligna des yeux. — Hein ?

Guido ricana. — Umberto est un maître technicien.

Tris arqua un sourcil. — C'est aussi comme ça qu'il a obtenu un passeport au nom de Griff ?

Le sourire de Guido s'élargit. — Maintenant, bella… on ne parle pas de ces choses-là. Les gens s'énervent.

Tris rit doucement. — Tout est dit.

De l'autre côté de la pièce, Isabella lança : — Luciano, aide-moi avec le vin, s'il te plaît.

Luc poussa un soupir théâtral, mais donna à Tristan une brève étreinte avant de s'éloigner.

Elle le suivit des yeux, le cœur tiraillé entre le désir et la raison. Pour l'instant, elle ne pouvait que s'accrocher à l'instant.

— C'est un bon garçon, musarda Guido.

Son cœur fit un bond. Un bon garçon ? Peut-être. Mais c'était aussi un sacré homme.

— Sì, murmura-t-elle.

Ettore l'étudia. — Quels sont vos projets, Tristana ? Continuerez-vous à travailler avec nous ?

Elle secoua la tête. — Mon rôle ici était temporaire. Siena ne pouvait pas être à bord à cause de sa blessure. Il lui fallait quelqu'un en qui elle avait confiance pour démêler l'énigme avant qu'elle n'ait la tête passée à la corde. Elle a demandé. J'ai répondu.

— Je vois. Le front d'Ettore se plissa. — Vous avez laissé tomber votre vie pour aider votre amie ?

— Nous avons un passé en commun.

Tris croisa le regard de Siena et sourit. Siena leva son verre en signe d'assentiment silencieux.

— Nous avons partagé des familles d'accueil — à des moments différents quand nous étions enfants, puis de nouveau adolescentes. Plus tard, nous avons rejoint la Marine ensemble. Elle s'interrompit, avalant la boule qui lui serrait la gorge. — Elle mérite qu'on se batte pour elle.

Les yeux de Siena s'arrondirent.

— Tris ? La voix de Siena était douce, interrogative.

Tristan secoua la tête. Pas maintenant. Elle expliquerait plus tard pourquoi elle avait révélé leur passé. Si elle s'y risquait maintenant, elle fondrait en larmes.

Isabella revint, Luc à son côté.

— S'il vous plaît, venez à table, invita-t-elle.

Tris s'assit face à Luc, placée entre Ettore en bout de table et Guido à sa droite.

Deux serveurs apportèrent l'entrée — un cioppino riche et fumant aux crevettes.

L'odeur était délicieuse, mais Tris avait du mal à manger, Luc accrochant son regard chaque fois qu'elle relevait les yeux.

Siena rompit le charme. — J'ai lu votre legs à l'hôpital, Signor Marconi. Vous êtes très généreux.

Guido balaya le compliment d'un geste. — Pas tant que ça. Mon père et celui d'Isabella sont morts à cause de violences gratuites quand nous étions très jeunes. Nos mères nous ont élevés aussi longtemps qu'elles ont vécu. C'étaient des femmes formidables. Il est normal de leur rendre hommage.

— Sì, dit Isabella. Guido et moi avons grandi dans les arrière-rues de Naples, Siena. Pas vraiment un quartier respectable. On veillait l'un sur l'autre, hein, Guido ?

Guido ricana. — Tu sais, une fois, quand nous avions huit ans, des garçons plus âgés m'ont embêté. Ils étaient grands. L'un d'eux m'a frappé. Il m'a cassé le nez. Le chef s'apprêtait à me frapper de nouveau quand Isabella —

Il parcourut la longueur de la table du regard, adressant un large sourire à son amie. — Elle a lancé une pierre et l'a assommé net. Puis elle m'a attrapé la main et m'a tiré au loin. Les garçons ne nous ont plus jamais ennuyés.

— Parce que tu es devenu un dur, dit Isabella, avec ta propre bande.

Guido haussa les épaules.

— Je m'en suis sorti. J'ai eu plus que ma part d'ennuis avec les autorités — et j'en aurais eu un de plus aujourd'hui si Luc ne nous avait pas avertis.

Il se tourna vers Luc, les yeux amusés. — Tu t'es souvenu de l'ancien signal, hein, Luciano ?

Luc haussa une épaule.

— Ouh, un signal secret ? Siena se pencha, les sourcils levés. — C'est quoi ?

Guido donna un léger coup de coude à Tris. — On peut lui faire confiance, tu crois ? demanda-t-il en clignant de l'œil.

Siena s'étrangla. — Vous pouvez me faire confiance. C'est Tristan qui est imprudente avec les secrets. Elle décocha à Tris un sourire taquin.

Tris battit des cils. — Seulement les nôtres — et pour une bonne raison.

Un grondement sourd monta de la poitrine de Guido avant qu'il ne poursuive.

— Ma mama m'a élevé pour être un bon garçon, vous savez ? Elle a essayé. Mais les temps étaient durs quand je suis entré dans ma partie. Au milieu de la nuit, quand il n'y avait plus que moi et ma conscience, ce que je faisais me travaillait.

— Une nuit, j'ai demandé à Dieu un signe que j'étais sur la bonne voie. Il a dirigé mon regard vers mon réveil. Il était 00 h 52.

Les sourcils de Siena se froncèrent. — Le « cinquante-deux » — comme sur ton pendentif ?

— Sì. Guido hocha la tête. — Tu vois, sur un vieux cadran numérique, si tu redresses bien les chiffres, cinquante-deux devient un symbole — figure et fond, tu sais ? La figure était un crucifix. Le fond — un calice. La bénédiction de Dieu.

Il traça un signe de croix.

— À partir de ce moment-là, j'ai décidé d'aider les gens. Je prends à ceux qui peuvent se permettre de perdre ou à ceux qui sont trop stupides pour mériter d'être sauvés et je redistribue de quoi vivre.

Le regard de Siena se fit plus perçant.

— Qu'est-ce que tu as fait, Luciano ? Elle leva le poing. — Tu t'es juste levé d'un bond en criant « Cinquante-deux ! » ?

Luc ricana. — Je ne pouvais pas exactement faire ça. Ça m'aurait trahi.

Le sourire de Guido s'élargit. — Il a improvisé. Cinq coups, deux raclements. Mes hommes ont compris le signal et m'ont sorti de l'entrepôt.

Son sourire devint madré.

— Nous avons croisé les voitures de police en sortant. Merci, mon garçon.

L'expression de Luc se durcit. — J'aurais laissé les choses suivre leur cours si j'avais cru que tu étais de mèche avec Davis.

— Bien sûr. La voix de Guido vibrait d'une fierté sous-jacente. — Toujours l'homme d'affaires.

Siena n'en avait pas fini. — La plupart de tes amis ont-ils fini du mauvais côté de la loi ?

— Pas tous. Le regard de Guido glissa de nouveau vers Isabella. — Isabella était futée. Elle a travaillé dur, a décroché une bourse pour une école de secrétariat. Son ton s'adoucit. — Sa mère était si fière qu'elle ait trouvé un moyen de s'en sortir.

Tandis que les serveurs débarrassaient le potage, ils le remplaçaient par des orecchiette mêlées de câpres et de tomates.

La conversation se suspendit, puis Isabella la relança.

— Ma mama est morte d'une maladie pulmonaire avant que je finisse mon cursus, dit-elle doucement. En plein milieu de mon deuil, notre propriétaire m'a mise à la porte. Je n'avais nulle part où aller.

Elle adressa un regard à Guido, les yeux chaleureux.

— Il m'a amenée vivre chez lui, m'a trouvé du travail pour que je puisse terminer mes études. Il était déjà un jeune entrepreneur à succès, ajouta-t-elle, les lèvres retroussées en un sourire.

Les yeux de Siena pétillèrent. — Qu'est-ce que les vieilles commères ont dit de ça ?

Luc fronça les sourcils. — Commères ?

Il lança à Tris un regard interrogateur.

— Nous avons tous appris l'anglais quand nous étions jeunes, mais ton argot australien continue de me prendre de court.

Ses lèvres s'étirèrent, et une chaleur envahit Tristan. Elle ne devrait pas ressentir ça.

Elle. L'avait. Repoussé.

— Les vieilles potins, expliqua Siena. Des femmes qui ont des opinions bien arrêtées sur le bien et le mal. Je parie que l'Italie a son lot.

— Oh, on en a, mais elles ne se sont jamais occupées de nous, dit Guido.

— Vivre chez Guido s'est très bien passé… Isabella pencha la tête, un sourire en coin. — Jusqu'à la nuit où il a ramené Margherete en visite.

— Sì. Le ton de Margherete devint théâtral. — Il m'invite à voir sa maison, et qu'est-ce que je trouve ? Une autre femme !

Elle agita un doigt.

— Non, non. Je ne veux pas d'une autre femme dans les parages. Il dit qu'il m'aime — alors pourquoi est-elle là ? Je suis partie et je lui ai dit de me laisser tranquille.

Elle lança à Guido un faux regard noir, mais ses yeux pétillaient.

— Et qu'est-ce qui se passe ensuite ? Le lendemain même, sa femme, dit-elle en crachant le mot avec espièglerie, arrive à ma porte. Et elle dit —

Margherete redressa les épaules, approfondissant sa voix en une imitation passable d'Isabella.

— Je vais te dire quelque chose, espèce d'idiote. Guido est mon ami. Il est mon frère. Il n'est pas — et n'a jamais été — mon amant. Je l'aime, je l'ai toujours aimé. Et lui m'aime. Mais maintenant — il t'aime, toi.

La table éclata de rire.

Margherete secoua la tête. — Isabella a avancé d'un pas. J'ai reculé d'un pas. Elle faisait peur.

Elle frissonna en dodelinant des épaules, puis sourit.

— Puis elle dit : Je te préviens, si jamais tu le fais souffrir encore comme hier soir, je... te... ferai... du... mal.

Margherete leva les mains. — Qu'est-ce que je pouvais faire ? Je me suis jetée droit dans les bras de Guido — et je n'en suis jamais ressortie, eh ?

Ce récit avait tout d'un classique familial bien rodé qui fit à nouveau ricaner la tablée.

Un serveur déposa un autre plat devant Tristan, remplaça son verre de blanc par du rouge.

— C'est une si jolie histoire, soupira Siena. Tellement romantique.

Son regard passa d'Ettore à Isabella. — Si ce n'est pas indiscret, comment vous êtes-vous rencontrés ? Je veux dire, si l'un de vous venait de l'aisance et l'autre pas vraiment, comment vos chemins se sont-ils croisés ?

Ettore et Isabella échangèrent un regard — saturé d'une éternité d'affection, bien au-delà des années.

— Dans ma famille, commença Ettore, nous insistons pour que nos jeunes apprennent tout ce qu'il y a à savoir sur nos navires. Ils doivent pouvoir prendre n'importe quel poste en cas de besoin — pour protéger nos gens, pour assurer la réussite de l'entreprise. Nous apprenons le métier sous tous les angles, afin de vraiment comprendre les personnes avec qui nous travaillons — leurs motivations, leurs difficultés. Ils dépendent de nous, comme nous dépendons d'eux.

Son regard papillonna vers Sebastian. — Bien sûr, il arrive que nos enfants rechignent un peu.

— Bla, bla, marmonna son fils cadet, d'un ton las.

Siena lança à Sebastian un coup d'œil de côté acéré. — Vous disiez, Signor Ricci ?

Ettore but une gorgée de vin, amusé. — Hum. Oui, nos enfants qui travaillent à bord. Cette expérience explique pourquoi Luciano réussit si bien dans ce qu'il fait — des missions sous couverture, aux quatre coins du monde. Il a été nettoyeur, mécanicien, garçon de cabine, aide de cuisine — bien des choses. Cette fois, il a utilisé son diplôme de comptabilité.

Tristan arqua un sourcil vers Luc.

— Et Isabella ? relança Siena.

Le sourire d'Ettore s'adoucit.

— Je travaillais comme docker quand cette jeune femme magnifique a rejoint le bureau de paie comme secrétaire. Je suis tombé amoureux instantanément.

Sa voix portait une révérence tranquille.

— Je passais deux fois plus de temps sur les quais que je n'aurais dû — juste pour être près d'elle.

Isabella sourit. — Je suis tombée amoureuse de lui aussi. Il était travailleur, fiable. Je l'aimais pour ses yeux pétillants, pour la façon dont il me faisait me sentir. Il était mon amour pour toujours, jusqu'à...

— La veille de notre mariage, sourit Ettore, je lui ai avoué que je n'étais pas seulement docker — j'étais propriétaire du groupe maritime.

Isabella secoua la tête, les lèvres pincées. — Je n'étais pas contente. Je ne pouvais pas épouser un homme comme ça, admit-elle. Il était trop riche. J'étais une fille pauvre, d'origine ouvrière. Je ne m'intégrerais jamais.

— Des bêtises, bien sûr. La voix d'Ettore s'adoucit, son regard s'attardant sur sa femme. — Regardez-la. Elle est parfaite en tout point. Je n'avais pas besoin qu'elle « s'intègre ». Je la voulais exactement telle qu'elle était, et qu'elle est. Je lui ai demandé : « Me refuses-tu parce que j'ai de l'argent ? »

Isabella reprit le fil. — Je lui ai dit : « Je ne suis pas une chasseuse de dot. Je veux travailler dur avec mon mari pour qu'avec le temps, nous soyons à l'aise. »

— Et je lui ai répondu, continua Ettore, que nous pouvions nous épargner cette étape. Parce que nous avions des choses plus importantes à bâtir — comme notre vie ensemble. Notre famille.

Son sourire s'élargit. — Alors j'ai dit : « Si tu m'aimes, mais ne veux pas m'épouser à cause de mon argent, épouse-moi contre mon argent. Si j'avais un frère pourri, refuserais-tu de m'épouser à cause de lui ? La fortune, c'est comme ce frère — ce n'est qu'un fait. »

Il ricana, levant son verre vers Isabella. — Et ça a marché.

Tristan entendit à peine les rires qui ondulaient autour de la table.

Luc soutenait son regard, ferme, inébranlable.

Son pouls tonitrua. Des larmes lui piquèrent les yeux.

Une vie avec quelqu'un qui l'aimait autant qu'elle l'aimait ? Une famille à elle ? Avec des gens qui ne la jugeraient pas pour son passé ? Un amour comme celui d'Isabella et d'Ettore ?

Oui.

Une chaleur fleurit dans sa poitrine, son ventre devint un orage de papillons.

Luc inclina légèrement la tête, interrogatif.

Tristan pressa une main sur le creux de son ventre pour calmer le tremblement. Elle hocha la tête.

Luc expira, les épaules s'affaissant comme s'il relâchait un souffle retenu depuis toujours. Il sourit, articula silencieusement merci, et leva son verre.

Elle reproduisit le geste, but une gorgée, sans le quitter des yeux. Les papillons ne se calmèrent pas. Au contraire, un serrement lui noua la gorge — une pression de bonheur renversante.

Si quelqu'un la regardait de travers, elle éclaterait en sanglots.

— ECM a un navire « Isabella » et un « Margherete » dans sa flotte. Ce sont vos prénoms ? demanda Siena.

Tristan entendit à peine.

Elle venait d'avoir toute une conversation avec l'homme qu'elle aimait — questions posées et répondues — sans un seul mot prononcé.

Elle venait de prendre la décision la plus importante de sa vie tandis que la conversation autour d'elle se poursuivait comme si de rien n'était.

Surréaliste.

Ettore acquiesça. — Nous donnons à nos navires les prénoms des femmes importantes de nos vies. Ma bisaïeule s'appelait Margherete — un heureux hasard, puisque c'est aussi le prénom de notre chère amie. Paola était la mère d'Isabella. Laura, la mienne. Donatella et Giulietta sont nos filles. Et, bien sûr, Isabella.

Il marqua une pause. — Il nous faut trouver un nom pour le nouveau que nous construisons. Ce sera le navire le plus luxueux que nous ayons jamais lancé. Il doit porter un grand nom.

Luc reposa son verre. — Nous avons un nom, Papa.

La pièce se figea.

— Il y a deux minutes, Tristan a accepté d'être ma femme. Sa voix vibrait d'un triomphe discret. — Le nouveau navire sera le Dorata Tristana.

La table explosa.

— Il y a deux minutes ? s'étrangla Margherete. — Nous étions tous assis ici ensemble ! Comment n'avons-nous pas entendu une demande en mariage ?

— Parce que c'était privé, murmura Isabella, les yeux brillants. Elle jeta un regard à Tristan. — Tu feras très bien, raggazzina.

Tristan n'avait toujours pas retrouvé sa voix.

— Tu as des explications à donner, ma fille, grogna en riant Siena.

Luc se leva, son verre à la main, et se déplaça derrière son père. Il tendit la main à Tristan, l'aida à se lever, et glissa un bras autour de sa taille.

— Mesdames et messieurs, annonça-t-il, je vous présente ma compagne pour la vie et pour l'amour — la belle, fougueuse, loyale, admirable Tristan Sinclair. À Tristan.

— À Tristan ! répondit le chœur.

Luc se tourna vers elle. — À toi, mon cœur.

Elle donna un petit coup de tête contre son épaule. — Il y a trente minutes, j'ai repoussé une magnifique demande en mariage de cet homme.

Des exclamations étouffées.

Elle inspira, puis continua, la voix ferme mais chargée d'émotion. — Je ne me croyais pas assez bien. Assez audacieuse. Assez bien née pour être sa partenaire.

Son regard effleura Isabella. — Vos histoires m'ont fait changer d'avis.

Un sourire complice.

— Je soupçonne une petite collusion ?

Isabella haussa les épaules, sans chercher à le nier. — Peut-être. Ce sont des histoires que nous n'avions pas racontées depuis longtemps. Ce soir… nous nous en sommes souvenus, dit-elle.

— Merci, dit Tristan en levant son verre. — À Luciano — caméléon, ami, égalitaire. Tu as peut-être de l'argent, mais tu comprends les gens. Ce soir, j'ai appris pourquoi.

Elle croisa son regard, la voix assurée mais remplie de l'amour qu'elle lui portait.

— Tu as vu les stewards en difficulté — en sous-effectif, épuisés — et tu les as compris. Tu as géré une situation délicate sans vendre la mèche. Puis tu as vu Siena telle qu'elle est vraiment — l'héroïne, pas la coupable.

L'expression de Luc s'adoucit, absorbant chaque mot.

— Tu écoutes. Tu apprends. Tu t'adaptes. Et tu as fait la même chose avec moi. La gorge de Tristan se serra, mais elle poursuivit. — Je t'aime pour ça. Je t'aimerai toujours. Tu es l'amour de ma vie.

Elle leva son verre plus haut. — À Luciano.

Le salut résonna parmi les invités.

À mesure que le toast s'éteignait, Ettore se pencha, les yeux brillants. — Quand vous marierez-vous ?

Luc n'hésita pas. — Avant que la Laura ne sorte du bassin de radoub.

Siena s'étrangla avec sa boisson. — Six semaines ? Il va falloir t'activer, ma belle. Elle sourit en secouant la tête.

Tristan se tourna vers Luc, le regard plissé. — Pourquoi cette précipitation ?

Le sourire de Luc était si large qu'il menaçait de lui fendre le visage.

Il lui effleura l'oreille, son souffle chaud sur sa nuque. — Le temps file, Madame Griff, murmura-t-il, sa voix grave envoyant en elle un frisson lent et délicieux.

Avant qu'elle ne réponde, il lui prit le verre des mains, le posa à côté du sien sur la table, et l'attira tout entière contre lui.

Puis, d'un baiser profond, lent, absolument dévorant, il scella leurs fiançailles et leur avenir.

CHÈRE LECTRICE, CHER LECTEUR

Merci d'avoir choisi mon livre.

J'ai écrit la première version de cette histoire il y a dix ans, juste après ma première croisière, une traversée qui a commencé à Venise et s'est achevée à Naples. Mon mari l'avait organisée pour célébrer un anniversaire de mariage marquant.

L'histoire a évolué au fil du temps, mais certains éléments sont restés immuables. Les lieux visités par mes personnages, Nico et Tris, sont nés de mes propres expériences durant cette croisière, notamment : les chats du monastère de Paleokastritsa ; les ruelles étroites et bondées qui mènent au théâtre grec antique de Taormine ; et le « bruit » du café qu'on préparait dans une venelle de Castelmola, qui m'a attirée au-delà des paniers de porte-clés phalliques et colorés, jusque, par mégarde, dans le désormais célèbre café que vous croiserez dans le roman. La vie regorge de péripéties à la fois étranges et merveilleuses et, à travers mes histoires, j'aime en partager quelques-unes que j'ai croisées.

J'espère que le roman vous plaira. Dites-le-moi via la page de contact de mon site web : ou laissez un avis sur Amazon ou Goodreads.

Avec amour,

Caenys

www.caenyskerr-author.com